物語のおわり

湊かなえ

朝日文庫

本書は二〇一四年十月に小社より刊行されたものです。

目次

物語のおわり

湊かなえ

朝日新聞出版

20×20

知床
網走
旭川
美瑛
小樽
富良野
札幌
摩周湖
洞爺湖
N

空の彼方

20×20

あの山の向こうには何があるのだろう。物心ついた頃にはすでに、わたしはぼんやりと遠い景色を眺めながら、そんなことを考えてばかりいました。深い山間《やまあい》の盆地にある、小さな町で生まれたわたしの目に映るのは、町を取り囲む大きな壁のような山とその上に広がる青い空ばかりです。両親は夫婦二人で小さなパン屋を営んでおり、午前二時に起きてパンを作り、午前六時から午後六時まで店を開け、仕込みを終わらせて午後九時には床に就くという毎日を過ごしていました。店の名前は〈ベーカリー・ラベンダー〉。しかし、父も母も生まれたときからずっとこの町で過ごし、旅行に出たこともなく、紫色の花が絨毯《じゅうたん》のように広がっているという北海道のラベンダー畑など見たこともありません。強面《こわもて》の父が、町の奥さんたちがつい立ち寄りたくなるような洒落《しゃれ》た店名にしようと、近所の「もの知りさん」から借りた植物事典を開いて、これはと思うカタカナの花の名をちらしの裏に書き出していき、母が選んだというだけの名前です。しかし、二人の意図が当たったのか、〈ベーカリー・ラベンダー〉は町の人から愛される店となり、夫婦は土日、祝日も休むことなく、パンを作り続けることになりました。おかげで、一人娘のわたしにかまっている暇などなく、わたしはただ、ぼんやりと山の向こうの世界を想像しながら、時間をつぶしていたのです。

山の向こうにはここと同じような町があって、わたしと同じ歳《とし》で同じ顔をした女の子がいるかもしれない。でも、その子はパン屋の娘などではない。お父さんは外国航路の船乗りで、年に数回帰ってくるごとに世界中の可愛《かわい》らしい人形と美しい布を買ってきてくれ、お母さんは洋裁が得意で、お父さんの買ってきた布で洒落たワンピースを縫ってくれる。女の子は毎日それを着て学校に行き、みなからとても羨《うらや》ましがられるのだが、本当はそんな服、嬉しくもなんともない。だって、みなと一緒に川遊びも木登りもできないのだから。女の子は一日でもいいから服など気にせず、思い切り遊んでみたいと願っていた。するとある日、お母さんと一緒に訪れた隣町のパン屋で、自分そっくりの子と出会ったのだ――。

そんな空想物語を同級生の一人に話して聞かせたことがあります。小学六年生のときに銀行員であるお父さんの仕事の都合で引っ越してきた、小野道代《おのみちよ》さんという子です。昔からわたしを知っている子たちは、授業中でも放課後でも、わたしがぼんやりと遠くを眺めているのに気付いても、いつものことだと慣れていましたが、道代さんの目にはとても不思議な姿に映ったようです。

「あなたの頭の中はどうなっているの？」

好奇心に満ち溢《あふ》れた顔で訊《き》かれ、わたしは少し恥ずかしくなりましたが、頭の弱い子だと誤解されても困るため、つい今しがたまで頭の中に広がっていた世界のことを、道代さんに語り聞かせたのです。

「おもしろい！　続きはどうなるのかしら」

手を打ちながら、そんなことを言われても困りました。わたしの空想はいつもそのとき限りで、一つの物語として完結することなどなかったからです。そう伝えると、道代さんはそれはもったいないと、わたしに空想を書きとめて物語を完結させることを勧めてきたのです。思いついたときに思いついたことだけを考えるのが楽しかったのにと、少し面倒に思いながら、そうね、などと言って答えをはぐらかしていたのに、翌日、道代さんから可愛らしい花柄のノートをプレゼントされると、書かないわけにはいかなくなりました。そうして、同じ顔の女の子が入れ替わる話をどうにか書きあげると、道代さんはとてもおもしろかったと褒めてくれ、あなたは女流作家になれるのではないかとまで言ってくれたのです。何を大袈裟《おおげさ》なことをと、わたしは笑いとばしました。こんな田舎のパン屋の娘が作家になどなれるわけがないではないか。

「少なくとも、わたしにとっては、あなたはもう作家よ」

道代さんは真面目な顔で断言し、違う話も書いてくれと言いました。しかも、今度は殺人事件が起きる話を読みたいというのです。世の中に推理小説というジャンルの本があることは知っていましたが、わたしは読んだことがありませんでした。本など買ってもらったこともないし、学校の図書室に置いてあるのは、文学全集と呼ばれるもので、それまでに読んだ中で、自殺や心中は出てきても、殺人事件が起きるようなものはありませんでした。読んだことのないものを書けるはずがないから無理だと伝えると、道代さんはわたしに横溝正史《よこみぞせいし》の『本陣殺人事件』という本を貸してくれました。題名に殺人事件とついているのです。怖い話に違いない。夜、トイレに行けなくなったらどうしよう。大人向けに書かれた本を最後まで読めるだろうか。などという心配は杞憂《きゆう》に終わりました。両親が早々に床に就き、わたしにとっては退屈な長い夜、時計の針が十二時をまわっても眠気は生じず、ひと晩で一気に読みきってしまったのです。

旧家の離れで起きた殺人事件。惨殺された新郎新婦の枕もとには家宝の琴と不思議な血痕のついた金屏風《きんびょうぶ》。降り積もる雪のせいで殺人現場は密室に――。

まるで、この町が舞台になっているようではないか。作家になるには東京に住まなければならないのかもしれないけれど、物語の舞台は田舎でもいいのだ。むしろそちらの方が物語に独特の空気を持たせることができる。そう感じた途端、わたしの頭の中には古い屋敷が浮かび、そこに住む美しい三姉妹の清らかな笑い声が聞こえてきたのです。殺し方はあまり血が出ない方がいい。農薬を飲ませようか。美女に農薬は似合わない。毒草はどうだろう。学校の図書室で毒のある植物を調べ、物語を描いていきました。ノートに十ページ。短編小説とも呼べない、子どもの考えたつたない物語ですが、道代さんはそれはもう心から興奮したように喜んでくれたのです。

「お茶に毒が入っていたんじゃなくて、湯のみに毒が塗ってあったなんて、最後まで思いつかなかったわ」

そんな感想を聞くと、わたしはしてやったりという気分になり、今度はどんな方法で殺してみようか、などと物騒なことを考えるようになったのです。しかし、物語というのは読んでくれる人がいるから文字にする価値があるのであって、中学一年生の終わりに道代さんが別の町に越してしまってからは、想像はしても、文字に起こそうとはぱったりと思わなくなってしまいました。物語を書きためたノートは道代さんにあげました。いつでも読めるように書き写させてほしいと頼まれたのですが、わたしの分は頭の中に残っているから必要ありません。道代さんはお礼にと、横溝正史の本を三冊もくれました。こんなにもらっていいのだろうかと、一冊だけを選ぼうとしたのですが、本屋に売っているものよりもこの世にたった一冊だけの本の方が価値があると、わたしの手に三冊をしっかりと握らせてくれたのです。物語を作り続けてねと。

中学二年生になると、物語の世界に没頭することが難しくなりました。パン屋のレジ係に来てもらっていた小松《こまつ》さんという女性が結婚して、ご主人が出勤するまで家にいなければならないという事情ができたため、わたしが午前六時から八時までのあいだ、店番をしなければならなくなったのです。店に立つまでに学校へ行く準備もしておかなくてはならず、五時に起床していたため、夜更かしをして一気に本を読む余裕などなかったのです。おまけに、わたしが店に立つこの二時間は、通勤、通学の人たちが訪れる一番忙しい時間帯でもありました。ぼんやりしている暇などありません。パンを紙袋に入れて、レジを打ち、お金を受け取り、おつりを渡す、という作業を息つく間もなく繰り返し、みながさわやかな顔をして登校する中、へとへとになって学校にたどりついていたのです。授業中も空想ではなく夢の世界にどっぷりと浸っていました。しかし、店の手伝いは嫌いではありませんでした。お客はほぼ常連さんばかりでしたので、この町にはこんな人たちが住んでいたのかという観察ができ、それぞれが好きなパンを覚えて、ドイツパンおじさん、チョココルネさん、といったあだ名をつけてみたり、奥さんたちが買っていくパンの数や種類でそこの家庭を想像してみたり、楽しめる要素に事欠かなかったからです。

ハムさんもそんな常連客の中の一人でした。この辺りでは見かけない制服を着て、毎朝午前六時五十分に店を訪れ、ハムサンドとハムロールを買うので、彼の名前を知らないわたしは心の中で「ハムさん」と呼んでいました。毎日必ずこの二つなので、わたしはお盆に載せられたパンをろくに見ないまま、紙袋に入れてレジを打つようになっていました。しかし、中学三年生になったばかりのある日、いつものようにハムさんに紙袋とおつりを渡し、彼が店を出ていってしばらく経《た》ってから、ハムサンドが彼が来る直前に売り切れていたことを思い出したのです。部活動の差し入れにするとかで、近くの中学校の先生が大量に買っていったためです。ハムさんがサンドイッチをお盆に載せていたことは確かです。だとすれば、それは卵サンドでハムサンドよりも三十円安く、わたしは間違ってレジを打ったことになります。明日の朝、返そうと思いましたが、彼がレジの打ち間違いに気付き怒って店に来ると、父に叱られてしまうので、今日中にどうにかした方がいいだろうと、わたしは彼を待ち伏せすることにしました。

学校で友人に制服の特徴を説明すると、隣町にある京成《けいせい》高校のものだと教えられ、ならばバス通学をしているに違いないと、放課後、午後四時頃から、店から百メートルほど離れたところにあるバス停で待ち伏せをしていたのです。ハムさんは五時半到着のバスから降りてきました。駆け寄って、ポケットに入れていた三十円を渡すと、訝《いぶか》しげな顔で見返されました。レジに立っているときは白い作業服を着て頭を三角巾で覆っているため、わたしがパン屋の娘だと気付かなかったようです。店ではどんな客でもはきはきと応対することができるのに、そのときのわたしは緊張してしどろもどろになりながら、レジを打ち間違えたことを説明しました。

「たった三十円のことなのに、ずっとここで待ってたの？」

ハムさんは少しあきれたように言いました。レジの打ち間違いを彼も気付いていなかったようです。

「でも、本を読んでいたから、あっという間でした」

わたしは脇に挟んでいた本を見せました。

「女の子なのに推理小説を読むなんて、珍しいね。好きなの？」

頷《うなず》くと、他にどんな本を持っているのかと訊かれ、友人が引っ越す際にくれた三冊しか持っていないことを打ち明けました。すると、ハムさんは自分の本を貸してあげようかと言ったのです。江戸川乱歩《えどがわらんぽ》をたくさん持っているのだと。パン屋のお客から、しかも、年上の男性から本など借りてもいいのだろうかとためらいはありましたが、推理小説をもっと読みたいという気持ちの方が勝りました。道代さんにもらった三冊は時間を見つけては何度か繰り返して読みましたが、やはり最初に読んだときの驚きは、二度目に味わうことはできません。なるほどそうだったのか、と膝を打ったり、やっぱりな、とにんまり笑う快感を味わいたくて、わたしは彼にお願いしますと頭を下げたのです。ハムさんは翌朝早速、江戸川乱歩の『孤島の鬼』を持ってきてくれました。しかし、レジには長蛇の列ができ、ろくにお礼を言うこともできませんでした。そのため返す際には、再びバス停で待つことにしたのです。ハムサンドもハムロールも午後には売り切れていたので、クリームパンの紙袋を一緒に差し出しました。彼がその場でパンを半分に割ってくれたので、わたしたちはバス停のベンチに座り、パンを食べながら本の話をしました。そして翌朝、ハムさんはまた別の本を持ってきてくれたのです。

読み終えてしまうのがもったいないのでゆっくりと堪能したいという気持ちと、早く読み終えてハムさんと本の話がしたいと思う気持ちが、いつも争っていたように思います。あるとき、バス停で待っていたのに、五時半のバスからハムさんが降りてこなかったことがあります。朝、顔を見ているし、翌朝にだって会えるはずなのに、何年かぶりの再会が果たせなかったかのように寂しい気持ちになりました。ベンチに腰かけ、ぼんやりと遠くを眺めながら、ハムさんは何をしているのかしら、と彼の姿を想像してみたりもしました。するとあっという間に時間が経ち、六時半のバスが到着して、ハムさんが降りてきたのです。わたしは会えたことがとても嬉しかったのに、彼は開口一番、日が暮れかけているのにこんなところにいては危ないじゃないか、とわたしを叱りました。それが辛《つら》くて泣いてしまうと、今日遅くなったのは生徒会の活動があったからで、これからは帰りが遅くなる日は朝のうちに伝えておくよ、と言ってくれました。しかし、レジでそんな会話をしていると、うちの親にハムさんと会っていることが知られてしまうかもしれません。すると、彼は暗号を決めようと提案してくれたのです。いつものバスで帰れるときはいつものパンを、遅くなるときは別のパンを買うと。

「遅くまで忙しい日に、好きなパンを食べなくても大丈夫なのですか？」

一番気になったことでした。ハムさんのためにこっそりと、ハムサンドとハムロールを取り置きしておこうかと思っていたくらいなのに。

「母もよく買ってくるけど、きみの家のパンはどれもおいしいよ」

パン屋の娘であることをこれほど誇りに思ったことはありません。仕込みの手伝いにチーズを細かく刻んだり、食パン型に薄くバターを塗ったりという作業をすることはありましたが、もっと本格的にパン作りを父に教わりたいと思いました。

夏の終わりのある日、ハムさんと二人でバス停のベンチに座っている最中、わたしはぼんやりと遠くの景色を眺めてしまったようです。ハムさんと二人でいるととても緊張するのに、まったく逆の、心が落ち着くという感覚も、川底の石が水の流れに応じてときおり水面に姿を覗かせるように、ふと現れてくるのです。雛《ひな》人形のお内裏様のような色白ですっきりした顔のせいなのか、落ち着いた声での丁寧なもの言いのせいなのか、手と手が触れ合うことのない、もしも知り合いがそこを通りかかっても、別々にバスを待っている人たちが少しばかり世間話をしているのだと解釈してくれそうな距離を保っていても、ハムさんから流れ出る穏やかな空気はわたしを包み込んでいたのです。

「ときどきそうやって遠いところを見てるけど、何が見えているんだい？」

「山の向こうの世界です。行ってみたいけど無理だから、想像ばかりしているんです」

「行ってみればいいじゃないか。なんなら、僕が連れていってやろうか」

山の向こう側の町にはハムさんの通う高校があり、バスに乗れば一時間足らずで到着するというのです。そうして、わたしの長年の思いはあっけなく叶《かな》えられることになりました。日曜日、わたしは女友だちと一緒に学校で勉強をすると言って家を出て、停留所でハムさんと待ち合わせをし、一緒にバスに乗ったのです。生まれて初めてのバスでした。小学校と中学校の修学旅行で二回、町から出られるチャンスがあったのに、そのどちらも前日から高熱が出て、泣く泣く休むことになり、わたしはこの町から出られないという呪いをかけられているのだと思い込んでいたのに、だからこそ、空想するしか出て行く方法はないと思っていたのに、バスは町中の二つの停留所でお客を乗せると、町の外れ、山間の道へと向かっていったのです。ぐねぐねと細い道が続く峠道、初めての景色をしっかりと目に焼き付けておこうと決めていたのに、吐き気をこらえるのに必死で、膝の上で握りしめた両手から目を離すことができませんでした。やはり、わたしは呪われているのだ。悪霊がわたしを町から出すまいと取りついているのだ。額にうっすらと汗が浮かび、膝ががくがくと震えてきました。しかし、山奥には停留所がないのか、バスが停《と》まる気配はいっこうにありません。胃の中のものが込み上げてくる前に、降ろしてくださいと叫ぼうかと思ったときです。ハムさんの腕がわたしの前にすっと伸び、窓を開けてくれました。ひんやりとした空気が流れ込んできて、ほんの少しだけ気分が楽になりました。

「着いたら起こすから、寝ていたらいいよ」

　吐きそうなことをハムさんに気付かれていたと知り、恥ずかしさが込み上げてきましたが、言われた通り目を閉じて、シートにもたれていると、頭がふっと軽くなり、意識とともに呪いも消えていったのです。

駅前の停留所でバスを降りました。乗り物酔いにはこれがスッキリしてよいだろうと、ハムさんが駅の売店でサイダーを買ってくれ、売店横のベンチに座って飲みました。乗り物酔いという症状があることを初めて知りました。駅に列車が入ってきました。列車を見るのも初めてでした。ほうほうの体《てい》で山の向こうの町にやってきたというのに、そこは自分の住む町よりは大きいけれど、大都会というわけではありませんでした。やはり、町を囲むように山があります。あの山の向こうはもっと賑やかな町なのですか？とハムさんに訊《たず》ねると、そこはわたしたちの住む町とあまりかわらない規模で、この近辺ではこの町が一番大きく、大都会に出るためにはさらにここから長時間、列車に乗らなければならないということを教えてくれました。

「わたしはきっと、一生あの町に住むと思うわ。出かけるとしても、ここまでが限界」

「ここなら大概のものは手に入るから、何か必要なものがあれば僕に言付けたらいい」

改めて、ハムさんが毎日この距離を往復していることに感心しました。それほどまでにして通う学校はどんなところなのかと訊ねると、ハムさんは早速、京成高校に案内してくれました。重厚でモダンなレンガ造りの校舎はその姿だけで、ここが優秀な学生が集まる場所だということを表しているようでした。休日でも部活動をしているらしく、校舎からは吹奏楽の演奏が聞こえてきましたし、校舎の奥にあるグラウンドでは野球部の練習が行われていました。

「優秀な人たちが集まる学校で生徒会役員をされているなんて、ハムさんはとても優秀なんですね」

「逆だよ。あまり優秀じゃないから、雑用を押しつけられてるんだ。ところで、ハムさんって僕のこと?」

しまったと思いました。心の中だけの呼び方だったのに。しかし、わたしはハムさんの名前を知らなかったので、代わりにどう呼べばよかったのかもわかりません。ハムさんはわたしのことを「きみ」と呼ぶけれど、「あなた」と返すのは何か違うような気がしました。

「……すみません」

「いや、ハムさんでいいよ。気にいった。公一郎《こういちろう》の公からとったのかな」

ハムさんは笑いながらそう言ってくれました。公一郎という名前だったのかと、初めて知りましたが、ハムサンドとハムロールからだとは言えず、黙って頷きました。ハムさんは校舎の中も案内してくれました。整然とした教室、廊下の壁には生徒の描いた油絵が飾られていました。毎日こんなところで勉強ができるなんてうらやましいです、と伝えると、きみもここを受ければいいじゃないか、と言われました。

「本好きのきみにぴったりな文芸部もあることだし」

文芸部という部活動も初めて知りました。どんなことをするのかと訊ねると、本を読んでみなで感想を言い合ったり、自分で詩や小説を書いたりするのだと教えてくれました。田舎町で自分以外にも小説を書いている人がいて、それが部活動になっていることに驚きました。入ってみたいとも思いました。

「でも、わたしには無理だわ。毎日バスで通える自信はないし、そもそも頭が足りないもの。今日、こうして見学をさせてもらえただけで十分幸せ」

ハムさんはそれ以上、わたしに京成高校を受けることを勧めませんでした。生徒会室の前でハムさんと同じクラスの男性に会い、その子は誰なのだ、とハムさんは冷やかされましたが、中学三年生の親戚の子に学校案内をしてやっているのだ、と顔色ひとつ変えずに答えるのを見て、ほんの少しがっかりしました。人の案内をしている場合じゃないだろう、と言われているのを聞き、わたしはハムさんが三年生だということを知りました。バス停で本の感想を聞いてもらうのも、休日に遠出をしてもらうのも、ハムさんにとっては迷惑なことだったのだと気付いたのです。

学校を出るとハムさんは本屋に連れていってくれました。横溝正史の新刊が出ていたり、江戸川乱歩の作品がずらりと並んでいたり、うっとりするような空間でした。この本の数だけ驚きが用意されているということなのですから。しかし、親に内緒で出てきたためお小遣いは日頃こつこつと貯《た》めてきた分しかありません。横溝正史の新刊と松木《まつき》流星《りゅうせい》という作家の『霧の夜殺人事件』を買いました。初めて読む作家でも、タイトルに「殺人事件」とつくと期待は高まります。ハムさんは江戸川乱歩の本を二冊買いましたが、受験勉強をしなければならないのに、そんな暇はあるのだろうかと心配になりました。

本屋を出ると今度は文具店に連れていってくれました。わたしの通う中学校の向かいにある文具店は三畳ほどのスペースに基本的なものがひと揃《そろ》え並べられているだけでしたが、この文具店は広さも十倍以上あり、品揃えも豊富で、洒落た万年筆や革張りのノートなど見たことのないようなすばらしいものがたくさん並んでいたのです。わたしは便せんと封筒を買うことにしました。可愛らしいイラストが描かれたものや、ツルバラ模様のふちどりが描かれた外国製のものなど、どれもこれもに心を惹《ひ》かれ、本屋と同様、ここでもなかなか選ぶことができず、ハムさんにどちらが素敵かと訊ねたりしながら、ようやく決めることができました。夕方までには帰らなければならず、店を出てバス停に向かっていると、ハムさんに誰に手紙を書くのかと訊かれたので、引っ越した友人に書くのだと、小説を書いていたことはしょって、小野道代さんのことを話しました。道代さんとはひと月に一度の割合で文通をしていたのです。

「道代さんは今、東京にいるのだけど、ハムさんも東京の大学を受験されるのですか？」

「いくつか受ける予定だけど、僕が一番行きたいのは北海道大学なんだ」

東京よりもさらに遠いところです。北にある寒いところだという印象しかありません。

「ところで、きみの家は何か北海道と縁があるの？」

なぜそんなことを訊かれるのだろうと首をひねり、店の名前〈ベーカリー・ラベンダー〉のことだと気付きました。

「縁があるどころか、両親もわたしも北海道を旅行で訪れたこともありません。ラベンダーという語感が気に入って店の名前にしただけなんです。ハムさんはどうして北海道なんですか？」

ハムさんはその学校にぜひ師事したい先生がいるのだと教えてくれました。本を通じて親しくなったので、てっきり文系だと思っていたのに、理数系の科目の方が得意だったのです。これはますます本を借りている場合ではないと思い、新しい本を自分で買ったことだし、これまでもたくさん貸してもらったので、もういいと言うことにしました。

だけど、なかなか切り出せませんでした。パンを買いにきてくれるのだからまったく会えなくなるわけではないのに、やはり寂しいのです。泣いてしまうといけないので、バスを降りて別れ際に言い、そのまま走って帰ろうと決めました。ところが、気分が悪くなってしまう前に寝てしまおうと、バスに乗るなり目を閉じたわたしが次に目を覚ましたのは、〈ベーカリー・ラベンダー〉の前、ハムさんの背中の上だったのです。父の、何してるんだ、という怒鳴り声で一瞬にして目がさめ、飛び降りました。停留所に着いたのに、肩をゆすっても起きなかったため、ハムさんはわたしを背おって帰ってくれたのです。

「親を騙《だま》してどこに行ってた」

父に詰め寄られ、わたしは京成高校の見学に連れていってもらったことを正直に話しました。文芸部があると知り興味を持ったのだと。山の向こうの町に行ってみたかったのではなく、きちんと目的があったと思わせたかったのですが、逆効果でした。

「パン屋の娘のくせに、何が文芸部だ。おまえの頭じゃこっちの高校で十分だろう。だいたい、それならそうと最初からちゃんと正直に言って出て行きゃいいんだ。女友だちと勉強するだの嘘《うそ》つきやがって、本当はやましいことでもしていたんじゃないか」

父はそう言って、じろりとハムさんを睨《にら》みつけました。しかし、そういうときにもハムさんはまったく動じない様子で、お嬢さんを許可なく連れ出して申し訳ございませんでしたと、きっちりと頭を下げてくれたのです。そのうえ、

「でも、僕はお嬢さんと交際したいと真剣に思っています。僕は大学受験、お嬢さんは高校受験と今はそれどころではありませんし、大学に合格すれば僕はこの町を出ていきます。だけど、卒業後はまたこの町に戻ってきて就職するつもりです。ですから、お許しいただけるかどうかはそのときに返事をください」

父も、仲裁に出てきた母も、わたしもポカンとして、言葉を返すことができませんでした。ハムさんはそんなわたしたちに一礼して、自分の家へと帰っていきました。

「ところで、あいつはどこの倅《せがれ》だ」

「もの知りさんのところの子ですよ。秀才なんですって」

「秀才がまた、なんでうちの娘なんかを気に入ったんだ」

「本当に。ぼんやりしているだけの子なのに」

ハムさんの後ろ姿を見ながら、父と母はそんな言葉を交わし、わたしはというと、ハムさんの言葉を頭の中で繰り返しながら、はて、お嬢さんとは誰のことなのだろう、などとんちんかんなことを考えていたのです。数日後、ハムさんのご両親まで、我が家に挨拶に訪れ、ハムさんとわたしは晴れて親公認の仲となったのですが、そうなってみ

るとこれでよかったのだろうか、という思いが込み上げてくるのです。ハムさんに恋心を抱いていたのは確かですが、こんなにあっけなく先のことが決まってしまっていいのだろうか。わたしの意思は置き去りにされているのではないかと。あの状況では仕方がなかったのかもしれないけれど、ハムさんも両親より先に、わたしに何かひと言それらしいことを言ってくれればこんな気持ちにはならなかったのにと、心の置きどころを探すように、山の向こうのさらに向こう、空の彼方《かなた》をぼんやりと眺めるようになったのです。

わたしは家から近い高校に合格し、ハムさんは第一志望の北海道大学に合格しました。町を出る前日、ハムさんは自分の持っている推理小説を全部、わたしのところに持ってきてくれました。まだ読んだことがない作品もたくさんあり、それらを読んだ感想や近況について、手紙で送ることを約束しました。父から駅まで見送りに行く許可が出ましたが、ハムさんはわたしの体を気遣い、バス停まででいいと言ってくれました。発車時刻の三十分も前に二人で停留所に行き、肩が触れ合いそうなくらい近付いてベンチに並んで座りました。風邪を引かないでとか、かけたい言葉はいろいろとあったのに、涙が邪魔をして、気の利いたことを何も言えないまま時間が過ぎてしまいました。そんなわたしにハムさんは、高校生活は楽しいから時間が経つのなんてあっという間だよとか、好きなことを見つけてそれに没頭できればなお楽しいだろうね、などと励ます言葉をかけ、優しく手を握ってくれたのです。

「手紙、楽しみにしているから」

ハムさんはそう言ってバスに乗り、行ってしまいました。

わたしは週に一度、ハムさんに手紙を書きました。ハムさんからの返事は月に一度なので文通と呼べるかどうかはわかりません。高校生活が始まったばかりの頃は、学校の様子や新しい友人のこと、部活動で文芸部がない代わりに新聞部に入ったこと、初めて書いた記事「柔道部女子主将、こそどろ退治顚末《てんまつ》記」の評判がとてもよかったこと、パン屋に新しく入ったレジ係の女性が美人で店がとても繁盛していること、それなのに母の機嫌が悪いことなど、書きたいことがたくさんありすぎて、ハムさんからの返事を待ち切れなかったため、全部の手紙にお返事をくれなくてもいいです、と添えて出していたのですが、半年もしないうちにだんだんとネタ切れになってしまいました。学校生活がつまらなくなったのではありません。友人たちは恋の話で盛り上がり、わたしはみなより少しばかり文章が上手《うま》いからと、ラブレターの相談などを受けていましたし、クラスで誰がハンサムだの、体育祭のフォークダンスで一緒に踊れるかしらだの、話題には事欠きませんでしたが、ハムさんに書けるような内容ではなかったのです。好きな人と今日は目が合った、帰り道で一緒になった、などとはしゃぐ友人たちをうらやましいと感じることもありました。どこから話が漏れたのか、あなた婚約者がいるんですって？と訊かれたことがあり、いつのまにそんな大袈裟な話になってしまったのだろうと焦ることもありましたが、そんなことこそ、ハムさんに伝えるわけにはいきません。

ハムさんはやはり、大学のことや、北海道での生活のことを書いてくれていました。到着した日はまだ雪が積もっていたこと、桜の開花がひと月も違うこと、アパートには日本全国から学生が集まっていて、毎夜、お国自慢大会が開かれていること。まるで、外国に行っているかのような、どれをとってもわたしが体験したことのないエピソードばかりで、手紙の内容が尽きてしまうということはなさそうでした。遠い空を眺めながら、ハムさんの生活を想像してみることもありました。ハムさんは絵葉書を送ってくれることもありました。一面紫色のラベンダー畑のものは、両親にも見せてあげ、額に入れて店のレジ横に飾ることにしました。そう報告すると、次はすずらんの花の絵葉書を送ってくれました。きみを花にたとえるとしたら、すずらんではないかと僕は思います。そんな、葉書なのに親が読んだらどうするのだと恥ずかしくなってしまうような一文を添えて。ときめきながらも、わたしはすずらんについてあることを思い出しました。

時を同じくして、道代さんから手紙が届きました。受験勉強があったり、ハムさんに手紙をせっせと書いていたりで、道代さんとは疎遠になっており、一年ぶりの手紙でした。道代さんは東京の有名進学校に合格し、文芸部に入ったと書いてありました。近頃、話題になっている推理小説家、松木流星もここの出身者で、先輩たちの中には、自分の作品を松木先生に添削していただいている人もいるなどと、まったく別世界の夢物語のような内容でした。そして、最後にこう締めくくっていたのです。

『本好きが高じて文芸部に入ったはいいけれど、書くことがこんなに難しいとは思ってもいませんでした。わたしのリクエストに気安く応じてくれ、おもしろい話をたくさん書いてくれていた絵美《えみ》ちゃんを今更ながらに尊敬してしまいます。小説、もちろん書いているわよね。いつか、お互いの作品を読み合えるよう、がんばりたいと思います』

新聞部の記事は書いても、小説は道代さんが引っ越して以来、一行も書いていませんでした。パン屋のレジに立つ必要もなくなり、夜はたっぷりと時間がありました。ハムさんにもらった本も全部読み終えていました。小説を書いてみようかと考え、しかしハムさんに手紙を書かなければと思いとどまり、いい案を思いついたのです。少しずつ小説を書いて、ハムさんに読んでもらおうと。書いたものを知り合い、特に好きな人に読まれるのはとても恥ずかしいことですが、ハムさんなら、目の前で読まれることもないし、感想を口にされることもありません。ちょうどいい距離だと思いました。また、ハムさんに読んでもらいたいと思ったのは、すずらんを使った殺人事件にしようと考えたからです。道代さんに小説を書くために、図書室で毒がある植物について調べた際、すずらんが猛毒を含んでいると書いてあったことを思い出したのです。少しずつ物語を送り、最後に犯人が殺人に用いたのがすずらんの毒だとわかったとき、ハムさんはどんな顔をするだろうと、想像するだけで楽しくなりました。それでもなお、わたしをすずらんの花にたとえてくれるだろうかと。

さっそく『午前三時のお茶会』と題した小説を書き始めました。以前書いたような、田舎を舞台に、浮世離れした怪しい人たちが伝説や因習のからんだ事件を起こす話ではなく、田舎を舞台にしながらも、もっと現実的な、自分の身に起きないとは言いきれないような話にすることにしました。道代さんの手紙に松木流星の名があったからです。松木作品は社会派推理小説と呼ばれていて、おどろおどろしさとはまた別の人間の怖さが含まれており、自分がこの状況に陥ったときにはどう感じるだろう、などと考えながら読む楽しさがありました。もし、自分が加害者なら。それはどんな事件だろう。人殺し？　なぜ殺さなければならなかったのだろう。どのような状況になれば、わたしのような凡人でも殺意を抱き、実行するだろう。どんな手段を用いるのだろう。ためらいはないだろうか。誰かに協力を仰ぐだろうか。一人で殺したとして、それを誰かに打ち明けるだろうか。黙っていても、ハムさんなら、ハムさんのような人なら、気付くのではないだろうか。ハムさんのような人は主人公とどういう関係なのだろう。味方なら心強いけれど、敵なら……怖い。

ちらしの裏に登場人物と相関図を書き、全体のおおまかなあらすじを決めると、頭の中に映像が浮かんできたので、それを文章に換えていきました。五日間書き続け、区切りのいいところで、誤字脱字はないか、言い回しは間違っていないか、おかしな比喩は使っていないか、内容に辻褄《つじつま》が合わないところはないか、などを確認して、原稿用紙に書き写すと、ちょうど十枚になりました。それに、本を全部読んでしまったので自分で書いてみることにしました、と短い手紙を添えて、いつもより多めに切手を貼り、ハムさんに送ったのです。ハムさんも驚いたのか、前回の手紙からまだ一週間しか経っていないのに、返事が届きました。

『まだほんの出だしだというのに引き込まれてしまった。この先どんな展開になっていくのだろう。続きを楽しみに待っています』

ハムさんからのこれまでのどの手紙よりも嬉しい内容でした。ハムさんだから怒りはしないだろうとは思いながらも、女のくせに小説を書くなんて生意気だとか、こんなことをしているヒマがあれば料理の練習でもしておけとか、そんなことを遠まわしにでも言われてしまったらどうしようと、ひやひやしていたのです。ハムさんが褒めてくれるのならと自信もつき、わたしは毎晩机に向かって小説を書き、学校でも家でも物語のことばかり考えていました。しょっちゅうぼんやりしているわたしを、学校の友人も両親も、遠いところにいるハムさんに思いを馳《は》せているのだろうと解釈しているようでした。

「公一郎くんも、あんたがずっとぼんやりのままじゃ、帰ってきても愛想をつかして、また遠くに行っちゃうかもしれないわよ」

母からそんなふうに言われてもおかまいなしに、わたしは物語に思いを巡らせていました。ヒロインの女性はすずらんの毒を使って親の借金のために無理やり決められた婚約者を殺し、別の愛する男と町を出て行こうとする。しかし、駅には敏腕刑事が待ち伏せしていて……。というところまで決めていたものの、まだ殺害するところにすら進んでなく、すずらんの毒をどうやって飲ませようかと考えるのに必死だったのです。バラの花びらを浮かべる紅茶のように、すずらんの花を浮かべて飲ませるというのはどうだろう。だけど、毒はどの部分に含まれているのだろう。大人の男性を一人殺すのにどのくらいの量が必要なのだろう。おかしな味はしないのだろうか。ほんのひと口飲んだだけで死ぬのなら、少しくらい味がしても大丈夫だろうけど、一杯全部飲ませなければならないのなら、紅茶よりもコーヒーの方が味がごまかせるだろうか。いっそ、パンに練り込んでみてはどうだろうか。そんなふうに、考えることも調べなければならないこともたくさんあったのです。

毎週十枚、ただし、試験中や文化祭などの学校行事があるときは書けないこともありましたが、約一年かけて『午前三時のお茶会』を書き上げました。ハムさんから、まずは原稿用紙四百枚の長編小説を完結させたことへのねぎらいの言葉があり、きみをすずらんにたとえたことを撤回するよ、というメッセージのあとで、結末はこれでよかったのかい？　という疑問が付されていました。最後の最後まで迷った結果、ヒロインは駅で待ち伏せをしていた刑事に逮捕されることにしたのです。本当は刑事たちから逃げて愛する男とともに列車に乗せてやりたかった。だけど、そうすると二人の試練はさらに続き、物語はここで終わるのではなく、むしろここから始まるような気がして、どうにも気持ちに収まりがつかず、推理小説を読んだあとのスッキリとした気持ちを得るためにも、逮捕されることにしたのです。その代わり、女を乗せたパトカーを見送る男に叫ばせました。待っているから。なかなかいい言葉だと思ったのですが、ハムさんにはハッピーエンドと感じてもらうことはできなかったようです。しかし、嬉しい言葉もちゃんと書き添えられていました。

『新作ももちろん書くんだろうね。ファン第一号として、楽しみに待ってるよ』

ハムさんがわたしのファン。いったいハムさんはわたしなんかのどこを見初めてくれたのだろうと、ふと不安になることがありました。田舎町で勉強ばかりしていたから女の子と仲良くなる機会がなく、たまたま本を貸してあげることになったわたしに興味を持ってくれたのかもしれないけれど、大学にはきれいで頭のよい人がたくさんいて、おかしな約束をしたことを後悔しているのではないだろうかと。だけど、小説を褒めてもらっていると、少しずつそんな不安は薄れていきました。ハムさんを物語の力でドキドキさせてあげられる女性は、女流作家は置いておき、周りにいるのはわたしくらいだろうと、妙な自信すら湧いてきたのです。

二作目、三作目と、わたしは学年が上がっても暇さえあれば小説を書いていました。おかげで学校の成績は酷《ひど》いものでした。理数科目はハムさんが見たら気絶してしまいそうな結果でしたし、国語でも、現代文はそこそこいい点数をとれても、古典はからきしダメでした。しかし、両親はそれほど怒ることはありませんでした。卒業後はパン屋を手伝い、ゆくゆくはわたしが店を継ぐものだと決めつけていたからです。たとえ、ハムさんと結婚することになっても、ハムさんはこの町に帰ってくると言っていたので、新婚家庭から店に通ってくればいいじゃないかと勝手な計画を立てていました。一年間の課程の製菓・製パン専門学校は山の向こうの隣町にあり、ハムさんが帰ってくるまでに一年あるのだから、そこに通えばちょうどいいではないかと、父は案内書を取り寄せてくれました。毎日バスで往復する自信がないと伝えると、ツテを頼って学校近くの安アパートを探して、一人暮らしをしてもいいという許可まで出してくれたので、まったく迷うことなく、親の用意してくれた、そしてハムさんが待ってくれているであろう道を進むことに決めたのです。専門学校のことをハムさんに報告すると、きみの焼いたパンを食べるのを楽しみにしているよ、と小説のときと同じように応援の言葉を書いて送ってくれました。専門学校でパン作りの勉強をして、卒業後は〈ベーカリー・ラベンダー〉で働き、ゆくゆくはハムさんのお嫁さんに。わたしの人生は幸せなかたちでほぼ決定したかに見えていました。

専門学校に入ってひと月した頃、アパートに道代さんから手紙が届きました。東京の有名な女子短大の国文科に入学したという報告に続き、わたしの一人暮らしをうらやましく思うとあり、少し優越感に浸りながら便せんの二枚目をめくると、目を見張るようなことが書かれていました。松木流星先生のお宅にお手伝いさん兼、弟子として住み込みすることを許され、学校に通いながら作家を目指す、とあったのです。弟子は五人いるのだけれど、自分以外はみな男性なので彼ら以上にがんばるつもりだと、決意を表す言葉もありました。同じ世界に存在していない、天上人のような存在、松木流星と、田舎町でわたしと一緒に二年間過ごした道代さんが一つ屋根の下で暮らすだなんて。しかも、弟子とは。うらやましいという感覚など通り越し、ただただすごいと思うばかりでした。まるで、道代さんまで手の届かない存在になったかのような。この手紙は松木流星の家で書かれたのだと思うだけで、便せんを持つ手が震えてしまったほどです。それなのに、道代さんはこんなことを書いていました。

『ずっと小説を書いていたんですよね。よかったら、一度お互いの作品を読み合いっこしませんか？』

松木先生のお弟子さんになることを許可されたような人に、わたしのどの作品が見せられるというのだろうと、道代さんに断りの返事を書こうとして、ふと手を止めました。この一年はしっかりとパン作りの勉強をしなければならないので、小説を書く余裕などないだろう。卒業して働きだすと、ますますそんな時間はなくなるはずだ。ということは、もう小説を書くことはないのかもしれない。それならば、小説を書くことから卒業するという意味合いを込めて、道代さんに読んでもらうのはよいかもしれない。将来の女流作家に作品を読んでもらえるなど、光栄なことではないか。そう思い直し、道代さんに近いうちに作品を送ると返事を書いて、高校時代に書きあげた三作品全部のまとめ作業を始めました。原稿は読み返しながら続きを書けるように、ハムさんに送る前に新聞部の部室で印刷をしていたのです。住所に「松木流星先生方」と緊張しながら書いた小包を送ったその日に、『カナリア』というタイトルの下に道代さんの通っていた高校の名前が記された文集が三冊届きました。どれにも一作ずつ道代さんの短編小説が載っていました。文章はきれいなのにおもしろみのない内容で少し拍子抜けしましたが、作家の勉強を本格的にする人たちはまずは文章の練習からしていくのだろうと、思いつくままに長編小説を書いていた己の素人《しろうと》ぶりがおかしくて、一人でゲラゲラ笑ったあと、何故か涙をぬぐってしまいました。本当は道代さんがうらやましくてたまらなかったのです。

専門学校のすぐ近くに本屋があったため、本はすっかり書くよりも読むものになっていましたが、読みたい本が読みたいときに手に入るという生活はとても贅沢《ぜいたく》なものでした。特に、松木流星作品は映画化されて大ヒットし、いつ行っても書店の棚の一番目立つところに並べられていました。そんな中、夏の近いある日、ハムさんからの手紙に、夏休みにこちらへ帰ってくると書いてあったのです。母校である京成高校で理科教師になるための試験を受けるのだと。およそ三年半ぶりのハムさんとの再会です。このままではいけないと、いてもたってもいられなくなり、美容院に行き、新しいワンピースを一着買い、アパートに立ち寄るかどうかもわからないのに、隅から隅まで掃除をし、花柄の可愛らしい布を買ってきて座布団カバーを縫い、学校の調理場を借りてパンを焼き、ハムさんの乗った電車が到着する直前までバタバタと走りまわっていました。

ハムさんが出てきたら思わず駆け寄ってしまうかもしれない。そんなふうに思いながら、夕方、駅の改札前に立っていると、色白のひょろりとした人が出てきました。ハムさんだ、と二歩くらい踏み出したものの、そのまま足を止めてしまいました。ハムさんのような、そうではないような。体格はハムさんっぽいけれど、顔はこんなふうだったかしら、そう思いながらその人を目で追っていると、背後から「こら」と声が聞こえました。「僕はこっちだよ」と。振り返ると、そこにいたのは確かにハムさんでしたが、わたしの知っているハムさんとはまったく違う、浅黒く日焼けした、肩幅のがっしりとした男性でした。

「北海道でも日焼けをするのですか?」

お帰りなさいませの前にそんなことを言ってしまうと、ハムさんは笑って、北海道にも夏は来るのだと教えてくれました。ただし、こんな盆地のじめじめとした暑さではないけれどと。大きなリュックサックを背負ったままのハムさんに、すぐにバスに乗りますか？　と訊ねると、わたしがどんなところに住んでいるのか見てみたいと言われ、アパートに案内することになりました。掃除をしていてよかったと思う反面、一人暮らしの部屋に招き入れる準備を整えていたと思われるのが恥ずかしくて、夏休みの課題のレポート用紙くらいテーブルの上に広げたままにしておけばよかったと後悔しました。四畳半に小さな流し台がついただけのアパートを狭いと感じたことはなかったのに、ハムさんと小さなテーブルを挟んで向き合うと、心臓が高鳴っているのが聞こえてしまうのではないかと心配になるほど、小さな箱の中に二人で閉じ込められたような気分になってしまいました。ハムさんはお土産だと言って、リュックサックのポケットから小さな箱を出し、手渡してくれました。銀でできたすずらんのブローチが入っていました。

「まさか、毒殺に使われるとは思わなかったけどね」

ハムさんはそう言って笑い、新作は？　と訊ねてきましたが、わたしは首を振り、専門学校の課題がたくさんあるから書く暇がなくなったことを伝えました。落ち着いたらまた書けばいい、とハムさんは言いました。もしかすると夕飯を一緒に食べることになるかもしれないと少し多めに作ってみたのですが、と言い訳がましい前置きをしながら、シチューがあることを伝えると、ハムさんはとても喜び、一緒に出した、どちらかといえばこちらがメインのハムロールと一緒に、おいしいおいしいと言いながら、おかわりまでして食べてくれました。ハムロールを食べているハムさんを見ながら、中学生が初めて口を利く三つ年上の高校生に向かって「ハムさん」とは本当に失礼な子どもだったなと改めて思いました。なぜ、わたしなどを選んでくれたのだろう。ずっと疑問に思っていたことを、勇気を出してハムさんに訊ねてみると、顔が好きだ、とあっけにとられるような答えが返ってきたのです。十人並みのこの顔のどこがいいというのだろう。

「ふと気が付くと遠いところを見ている、あのときの顔が好きなんだ。田舎町に閉じ込められている悲壮感なんてどこにもない。きみの目には、頭の中には何が見えているんだろうと覗きこんでみたくなるような、夢や期待に満ちた顔をしていることに、きみは気付いていないのかい？」

　まったく気付いていませんでした。鏡に映る自分の顔を見て、そんな顔をしていると思ったことはありませんし、両親や友人からも、ぼんやりしているとはよく言われても、ハムさんのようなことを言ってくれた人は誰もいませんでした。

「きみが頭の中に思い描いているものを、僕も見てみたい。そう思って連れ出すと、何を見ても嬉しそうな顔をして。この先もっと、きみにいろんなものを見せてやりたいと思ったんだ」

ハムさんがわたしを山の向こうに連れていってくれた理由がわかりました。

「だけど、わたしは乗り物酔いをしてしまうし、修学旅行の前日になると熱が出てしまうし、どこかに出かけることになっても、ハムさんに迷惑をかけてしまうわ」

「心配ない。医者に酔い止めの薬を処方してもらうこともできるし、それが効かなければ睡眠薬を処方してもらって、乗り物の中では眠っていればいい。歩いて移動しなきゃならないところは僕が背おってやるよ。それくらい何の迷惑でもない。アルバイトで土木作業をしていたから、軽いもんさ。きみが目を覚ましたら、目的地についている。そのときの顔を見たい」

「……殺人事件のことを考えてるかもしれないわよ」

「なおさら、大歓迎だ」

山の向こうに連れていってくれたハムさんは、わたしを次の山の向こうにも、そのまた次の山の向こうにも連れていってくれる。いくつかの山の向こうには、海があるに違いない。海の向こうにも連れていってくれるだろうか。

「じゃあ、いつか北海道に連れていって」

わたしが小指を差し出すと、「約束だ」とハムさんは指きりをしてくれました。

その夜、ハムさんはバスには乗りませんでした。

春になり、ハムさんもわたしも生まれ育った町に戻りました。ハムさんは約束通り、わたしの家を訪れ、正式に結婚を申し込んでくれ、九月にわたしが二十歳になるのを待って式を挙げることになりました。それまでは、お互い自分の家で暮らし、わたしは〈ベーカリー・ラベンダー〉で父と一緒にパンを作り、ハムさんは中古で買った乗用車に乗って山を越え、京成高校に通っていました。毎朝、出勤前にハムさんが店を訪れ、いってらっしゃいませと、作りたてのハムサンドとハムロールを渡して見送るのが日課でした。ハムさんが仕事帰りにたまに本を買ってきてくれたので、推理小説とまったく無縁な生活を送っていたわけではありませんが、わたしにとっての小説は完全に読むものであって、松木流星が天上人であることには変わりなく、道代さんとも小説を送った以降、おもしろかったという短い手紙が届いたきり疎遠になっていました。それなのに、夏が近付いたある日、道代さんから手紙が届いたのです。

そこにはまず、道代さんが松木先生の家を出て行くことになったとありました。先生の家に出入りしている編集者と関係を持ったことが先生に知られてしまい、破門を言い渡されたというのです。ただ、道代さんは長編小説をなかなか一本書ききることができず、自分の才能に限界を感じ、先生に何と切り出そうかと編集者に相談しているうちにそのような関係になってしまったため、破門になるのは別段、嘆くようなことではなかったようです。ただし、弟子はともかく、お手伝いさんの後任が決まるまでは、松木先生の身の回りのお世話をしないといけないらしく、それをわたしにやってもらえないかと持ちかけてきたのでした。しかも、わたしの作品を松木先生はすでにお読みになったとまで書いてあったのです。

『松木先生は「午前三時のお茶会」をたいそう褒めてらして、数か所手を加えればすぐにでも刊行できるレベルだとおっしゃっていました。お手伝いとしてだけではなく、弟子として招き入れたいとも。悔しいけれど、絵美さんにはやはり才能があるのです。このチャンスを生かし、プロの女流推理小説家になるためにも、ぜひ前向きにご検討ください。よい返事をお待ちしています』

夢を見ているのではないかしらと、手紙に書かれていることが頭の奥まで届かず、何度も繰り返して読みました。松木流星がわたしを弟子にしてくれる。そのうえ、『午前三時のお茶会』を刊行してもらえるかもしれない。わたしの書いた文字が活字になり、本となって日本中の本屋に置かれる。作家になれる……。すぐにでも荷物をまとめて飛び出していきたい気持ちが胸の奥から熱く湧き上がりました。だけど、とすぐに同じ胸の中でその気持ちは冷まされていきます。東京になど行けるはずがないではないか。わたしはハムさんと結婚するのに。パン屋の仕事だってある。でも……。熱い思いを簡単に消し去ることはできません。一冊でいい。一冊でいいから、自分の本を世に出してみたい。一冊なら、ハムさんも許してくれるのではないだろうか。結婚を待ってくれるのではないだろうか。三年待ってくださいと頼もう。夢を追わせてくださいと。

しかし、ハムさんは許してはくれませんでした。どのように説明すればいいのかわからず、パン屋の二階にあるわたしの部屋に来てもらい、道代さんからの手紙を見せ、一冊でいいから自分の本を出したいので三年時間をくださいと、正座をして頭を下げると、「バカなことを言うな」と静かだけど怒りをにじませた声が返ってきたのです。お願いします、と額が畳をこするくらい深く頭を下げても、ハムさんから、わかった、とは返ってきませんでした。だけど、頭ごなしに否定されたわけではありません。わたしに頭を上げるように言い、学校の先生らしく、生徒を諭すようにこう言ったのです。

「僕が反対しているのは、きみに本を出してほしくないからじゃない。この話が信用できないからだ。松木流星は女たらしで有名だ。それがおもしろい小説を書くエネルギーになるのだと自分で公言しているくらいに、ゴシップ話が絶えない。彼と関わった女で、彼と寝てない女はいないとも言われている。そんなヤツのところへきみをやれるもんか。

確かに、きみの書く話はおもしろい。だけど、金を払ってまで読みたいかと訊かれれば、きつい言い方かもしれないが、そのレベルには達していないと思う。道代さんが君に後釜をすすめるのは、一刻も早く、自分が解放されたいからじゃないのか？　だいたい、弟子が編集者と関係を持ったからといって、なぜ破門にしなけりゃならない。そういう関係にあったからこそ、怒りを買ったんじゃないのか？　極端な話、きみは本を出すためなら、松木流星に体を投げだしてもいいと思っているのか？　そこまでして作家になりたいなら、出て行けばいい。だけど僕は君を待たない」

何が悲しいのかわからないほど、涙が込み上げ、嗚咽《おえつ》を止めることができず、ただひたすらに泣き続けました。何事かと両親が心配して様子を見に来たくらいです。ハムさんは二人に手紙を見せてもいいかとわたしに訊ねました。この期《ご》に及んでまだ、親ならわかってくれるのではないかと期待する気持ちがあったわたしは、小さく頷き返しました。

「申し訳ございませんが、僕はこの件に関して同意することができません」

ハムさんはそう言って父に手紙を渡しました。しばらくして、バカなことをぬかしてんじゃねえよ、と父が声をあげました。

「おまえが作家先生になんてなれるわけないだろう。こんな子どもでも詐欺だってわかるような話、真に受けやがって。公一郎くんに行かせてくださいって頼んだのか？　このバカが」

背中を蹴りつけられ、ハムさんと母があわてて仲裁に入ってくれました。母はハムさんにごめんなさいねと何度も言いました。父が暴れてごめんなさいなのか。バカな娘でごめんなさいなのか。きっと後者です。二人とも、わたしの作品を読んだこともないのに。

「もういい」

何がいいのかわからないまま、自然に言葉が出ました。もういいの、ともう一度口にすると、本当に何もかもどうでもいいことのように思えてきました。もういいんだから、と声をふりしぼって叫んでみると、夢物語は霞《かすみ》となって消えていったかのようでした。ハムさんにもう一度きちんと向き直り、ごめんなさい、と言いました。そうして、手紙を持って台所に行き、コンロの火をつけて燃やしたのです。燃える手紙をいつまでも放そうとしないわたしの腕を、ハムさんがつかんで水道の下に持っていき、蛇口を思い切りひねると、勢いよく流れ出た水と一緒に、黒い燃えかすも暗い穴に吸い込まれていきました。それを見ながらわっと泣き出したわたしを、ハムさんは優しく抱きしめてくれました。

パンを作り、ハムさんを見送り、翌朝から、いつもと変わらない一日が始まりました。ハムさんから出がけに「今夜は一緒に夕食をとろう」と言われ、わたしが「おいしいシチューを作って待ってるから」と答えると、小指を出され、指きりをして別れました。仕事場では、父もわたしもまったく口を開かず、互いに自分の担当するパンを作り続けました。これでいいのだ、と頭の中で繰り返しながら、白く柔らかい生地をこね続けました。

それから数日後、午後から母におつかいを頼まれ、三時に仕事を切り上げて出かけることになりました。ちゃんとした服に着替えていくようにと言われ、前の年に買ったワンピースに着替えてアクセサリーケースを開けると……。ハムさんにもらったすずらんのブローチが目に飛び込んできました。せっかく可愛らしい花にたとえてもらったのに、この花の毒で人が殺せるかなんて考えるとは。お酒なんか飲んだこともないくせに、すずらん酒だと偽って、ウイスキーに混ぜて飲ませるという方法を思いついたときには、頭のてっぺんの蓋がスコンと開いたように爽快だった。松木流星はこのトリックをどんなふうに感じただろう。きみねえ、こんな子ども騙しが通用するはずないじゃないか、と笑い飛ばされるだろうか。それでもいい。一度会って、ひと言でもいいから、わたしの作品について何か言ってもらいたい。そもそも松木流星はわたしの顔など知らないではないか。とんでもないブスかもしれないのに、弟子にしてもいいと言ってくれているということは、作品を評価してもらえたと、うぬぼれてみてもいいのではないか。ハムさんはわたしを山の向こうや海の向こうには連れていってくれるかもしれないけれど、空の彼方の世界を見せてくれることはないだろう。一度くらい、大きな夢を見たっていいではないか。叶えたいと願ってもいいではないか。そのチャンスは今しかないのだ。

わたしは胸元にすずらんのブローチをつけると、ハンドバッグに通帳と判子を入れて家を出ました。行ってきます、と母に声をかけ、ふろしき包みを持って出て行き、おつかい先まで届けると、そのまま近くの停留所からバスに乗りました。窓を開け、頭の奥まで届くように空気を吸いながら、込み上げてくる吐き気と戦い、どうにか駅前の停留所に自分の足で降りることができました。吐き気を追い払うように深呼吸を繰り返し、両手で頬をバチンと叩《たた》いて、切符売場に向かうと――。

ハムさんがいたのです。まるで、わたしがここに来ることがわかっていたかのように。

＊

この物語に続きはない。結末は読み手の想像にまかせるということだろうか。煩《わずら》わしい日常の中ではそんなことに思いを馳せる余裕はないけれど、おわりのない物語は、旅のお伴にするにはちょうどいいかもしれない。

過去へ未来へ

20×20

午前零時三十分、船が出港した。

日本海つばさフェリー「ひまわり」（全長二二四・五メートル、総トン数一六八一〇トン、航海速力三〇・五ノット）はおよそ七百人の乗客と、トラックや乗用車、バイクを積み、舞鶴《まいづる》港を出て、小樽《おたる》港へと向かう。

到着予定時刻は、午後八時四十五分。二十時間十五分の長旅だ。しかし、前回乗ったときは三十時間かかっていたため、十時間もの時間短縮に、ものすごく進化したのだなと感じてしまう。二十年という年月は、過ぎてみればあっという間のようで、実は、小さなことが積み重なり、知らぬ間に姿を変えているものなのだろう。

前回の到着は午前六時頃だった。到着間際、デッキに出るとすでに空は白くなっていて、日の出を眺めてからの下船となった。海上から日の出を見ていると、十五歳だったわたしは、自分と太陽が同じ海でつながっているように感じ、このまま水平線を目指して海上をまっすぐ進めば、太陽のもとに辿り着けるのではないか、という思いに浸ったものだ。

三十五歳になったわたしはどんなふうに感じるのだろう。今回、海上からの日の出を見るためには、これから四時間後に起床するしかない。日の出を見るチャンスはあるけれど、北海道に上陸したときの気分は、前回とは別のものになりそうだ。

新しい一日の訪れを見届けたまま北の大地へ足を踏み入れ、旅を始めると、別世界にやってきたかのような思いに駆られた。

家にはベッドの中でまだ熟睡しているわたしがいるのではないだろうか。七時になると母に叩き起こされて、朝から暑いなあ、と愚痴を言いながら、受験勉強のために図書館に向かう、日常世界の自分が存在しているのでは。煩わしいことは全部その子にまかせておけばいい。そんな空想と共に現実を忘れ、旅の世界に没頭することができた。

また同じような気分になれるのか、あの頃は想像力豊かだったなあ、と昔の自分に愛《いと》おしさを感じるのか、確認できないのは残念だけど、日が落ちたあとの北の大地がどのように迎えてくれるのかも楽しみだ。

日の出に備えてもう寝よう。

前回は十人用の畳敷きスペースに雑魚寝《ざこね》だった。今回はベッド付きの個室だ。なるべく二十年前と同じ旅をしたいけれど、かよわい同乗者とわたしのからだのことを考えて、ゆっくり休める空間を確保した方がいい、という隆一《りゅういち》さんから出された条件は守らなければならない。

周囲を気にせず明かりを点《つ》けて、こうして日記を書くこともできる。数えきれないくらい旅をしてきたけれど、日記を書くのは初めてだ。思い出は記憶の中に残してきた。だけど、今回はきちんと文字にして残さなければならない。ビデオも写真もたくさん撮ろう。

新しい家族との、初めての旅行なのだから――。

家族には、生まれた家族と自分が創る家族の二種類がある。

二十年前の船旅は前者の家族、両親とわたしの三人でだった。

物心ついた頃から、父と一緒にいたことがあまりなかった。父と母は共にテレビ局で働いており、父は東京勤務、母は大阪勤務だったため、父は単身赴任し、母とわたしが一緒に住んでいた。父が大阪の家に帰ってくるのは三か月に一度、三日間滞在できればいい方で、酷いときには半年以上会えないこともあった。

ただ、父親とはそういう存在だと思っていたため、寂しいと感じたことはない。母はわたしに、これはお父さんの作った番組よ、といつも教えてくれていたので、存在を認識できていたことも、寂しくない理由の一つだったはずだ。小学生になって字が読めるようになると、エンディングテロップに父の名前を見つけることが楽しみになり、内容も理解できない大人向けのドラマを、眠い目をこすりながら必死で見ていた。

録画をしているから、と母に言われても、それは違う、と力説したことがある。オンタイムで見るお父さんの名前は、直接お父さんに会えた気分になれるけど、録画だと写真のお父さんを見ているようなのだ、と。

それを聞いた母は、わたしが酷く父を恋しがっていると解釈し、日帰りでもいいから会いに来てくれ、と連絡を取った。父は大きなクマのぬいぐるみを抱え、自身は目に大きなクマを作って帰ってきてくれたけれど、わたしは、そういう意味ではないのだ、と申し訳ない思いでいっぱいになっただけだった。

幼少期のわたしにとって、父は生身の人間ではなく、笹部《ささべ》利朗《としろう》という文字として存在していたのかもしれない。父を思い出す際、文字ではなく、人に変わったのは、中学三年生の夏以降だった。

――北海道に行くぞ！

三か月ぶりに家に帰ってくるなり、父はそう言った……。

アラームが鳴ったと同時に枕もとに置いていた携帯電話をつかみ、からだを起こした。豆電球の明かりの中でケータイを開き、四時三十分の表示を確認したものの、どのボタンを押せば音が止まるのかわからない。

隆一さんがこの姿を見ていたら、苦笑したに違いない。結婚して二年、毎朝、ケータイアラームをどんなに大音量でセットしていても、先に起きるのは必ず隆一さんの方で、わたしは自分のケータイなのに自分で音を止めたことが一度もなかったのだから。隆一さんが音を止め、わたしを揺り起こすのが、日常世界での習慣だ。

しかし、さほど苦労することなく起きることができた。他に起こしてくれる人がいないことを自覚しているからなのか。いや、昔から、旅の世界でのわたしは意外と早起きだ。

それとも、眠っていなかったのだろうか。父の夢を見ていたような気がするけれど、実は、目を閉じたまま頭の奥でぼんやりと父のことを考え続けていたのかもしれない。適当にボタンを押すと、音は止《や》んだ。

服を着替える。七月とはいえ、日本海上の空気はひんやりとしている。半袖の服でデッキに出れば、寒いと身震いするはずだ。半袖Tシャツにデニムのジャンパースカート、厚手の靴下をはき、冬用のフリースパーカーを羽織る。ショルダーバッグの中身を確認すると、肩から斜め掛けにして、部屋を出た。

デッキは船首側と船尾側の二か所にある。日の出を見るのは当然、船首側だ。わたしの船室は四階にあり、デッキは五階にあるため、階段を上がり、重い扉を開けて出た。東の空はすでに少し白んでいる。風が強い。明かりは数か所灯《とも》っているけれど、船首に向かうにつれ、あまり光が届かなくなる。転ばないように手すりを持ってゆっくりと東側の水平線を見渡せるところまで足を進めると、両手で数えきれないほどの人たちがいた。

みんな、目的は同じなのだろう。日常世界では、日の出など当たり前の現象で、正月以外は意識することもないけれど、旅の世界では、当たり前の現象でも、知らない景色やいつもと違う気持ちと重なり合って、新鮮で特別なものになる。

日の出を見るには意外と時間がかかる。真っ暗な空が白み始めるところからとなると、夏場なら午前三時にはスタンバイをしておかなければならない。しかし、太陽が姿を現すまでにはそれから二時間近くかかる。

からだが冷えるのを避けるため、わたしは太陽が姿を現す少し前を選んだけれど、ほとんどの人たちがもっと早くから出て来ているのだろう。大学生らしきグループが陣取った中央には、パーティー終了後のようなお菓子のゴミやビールの空き缶が転がっている。若くて、健康で、同じ目的を持つ仲間同士が集っていれば、時間がかかることも楽しめる要素の一つに違いない。

時間はもうしばらくかかりそうだ。ゆっくりと座れる場所はないだろうか。

「ここ、座りますか?」

デッキを見渡していると、プーマのジャージの上下を着た中学生くらいの女の子に声をかけられた。船首に背を向けるような格好で、柵にもたれて座っている。右隣の人とのあいだを少し詰めてくれた。

「じゃあ、お言葉に甘えて」

座るとおしりにほんのり温かさを感じた。

「どれくらい、ここにいるの?」

「三時半頃から、かな」

「一人で?」

彼女の隣は二十代後半くらいの男性だけど、反対側の隣に座っている女性と仲良さそうに肩を並べているので、この子の同行者ではなさそうだ。

「一人のような、そうでないような……。まあ、そんな感じです」

はぐらかされる。にこにこと笑っているので、深刻さは感じられない。しかし、もしや家出では……。なんて、旅の途中で出会った人に、余計な詮索をするのはマナー違反だ。

「そちら……、お姉さんは？　いや、それもちょっとな」

「智子《ともこ》です」

呼び方に困っているのだろうな、と先に名乗った。

「あたしは萌《もえ》っていいます。智子さんは一人旅ですか？」

「ううん。二人よ」

「ダンナさんと？」

指輪をはめている手をポケットに入れているのに、萌ちゃんがわたしを既婚者だと判断したのは、薄明かりの中でも、わたしのお腹《なか》が少し大きなことに気付いたからだろう。だから、早い時間から確保していた場所を詰めてくれ、温《ぬく》もったところも譲ってくれたのか。

「ううん、ダンナはこのフェリーに乗ってない。わたしの連れは、この子」

ポケットから手を出して、ゆっくりとお腹をなでた。

「なるほど、そういう二人か。生まれたあとは大変だから、今のうちに自由を謳歌《おうか》しておこうって作戦ですか?」

妊婦経験者のような発言だ。

「身近にそういう人がいるの?」

「いとこのお姉ちゃんが半年前くらいに、赤ちゃんを産んだんです。妊娠中は今が一番大変って思ってたけど、いざ産んでみると、一日中赤ちゃんの世話で大変で好きなことが何もできない、ってぼやいてばかり。大好きな映画もしばらくは我慢しなきゃいけない。こんなことなら、妊娠中にもっと映画館に行っておけばよかった、って」

「そっか。産むとそんなふうになるんだね」

「あ、でも、そんな思いつめた感じじゃないですよ」

萌ちゃんは慌《あわ》ててフォローしてくれる。いとこのお姉さんは一日中赤ちゃんをビデオで撮り、これを結婚式のときに流してあげるのだ、と今から何十年も先のことを言って、周囲をあきれさせているらしい。

わたしはただうらやましいと感じながら、萌ちゃんの話を聞いていた。

「だけど、お姉さんよりわたしの方が上手かも。お腹にいるときから撮ってるもの。フェリーに乗る前も、ちゃんと『ひまわり』って文字が入るように三脚を立てて、これから北海道に向かいまーす、なんてやっちゃった。日の出もちゃんと撮っておかなくち

萌ちゃんに断って、バッグからビデオカメラを取り出した。三脚を取りつけて立ち上がり、水平線の位置を確認してから録画ボタンを押して、また座る。

「赤ちゃんが大きくなって一緒に見たら、楽しいですよね」

そうだね、と笑い返した。

藍色の絵の具に水滴を落としていくように、空は徐々に明るさを増していく。水平線上には薄い雲がかかっているけれど、空が明るくなるにつれ、雲の高さも上がっている。もう少し時間が経てば、太陽が顔を出す前に、空へと消えていきそうだ。

萌ちゃんの隣に座るカップルの女性が小さくくしゃみをした。男性が温めてあげるように背中に手をまわす。

「寒くないですか？　自販機でココア買ってきます。ついでに、何か飲みたいのありませんか？」

萌ちゃんが立ち上がりながら言った。

「じゃあ、温かい紅茶をお願い。ストレートでもミルクでもレモンでも、何でもいいから」

バッグから小銭入れを取り出す。

「お金はいいですよ」

「それはダメ。旅先では、年長者がごちそうするものなの」

五百円玉を渡すと、お言葉に甘えて、と萌ちゃんは自動販売機のある船内に駆け足で向かった。日の出が気になりながらも、わたしを気遣ってくれたのだろう。それなのに、自分がココアを飲みたいから、と切り出してくれた。

萌ちゃんみたいに、気配りのできる子になれるといいね。お腹に手を添えると、了解、と返事をするように、赤ちゃんがぐるっと動いた。

ミルクティーを買ってきてくれた萌ちゃんは、律儀におつりを返してくれた。頬と両手を温めて、二人同時にプルトップを引き、乾杯をして一口飲んだところで、ふわっとからだが温かくなった。紅茶のおかげ、だけではない。水平線にすっとオレンジ色の光が走ったのだ。

太陽が現れる合図。デッキにいる人たちが一斉に歓声を上げた。

「たった一筋だけの光なのに、こんなに温かいなんて」

光の筋を眺めたままつぶやくと、ですね、と萌ちゃんが答えてくれた。オレンジ色が濃度を増し、朱色に変わっていく。濃く、さらに濃く……。太陽が真っ赤な姿をほんの少しのぞかせた。歓声がさらに高まる。ビデオカメラの中心が太陽の欠片《かけら》を捉えているかを確認する。

萌ちゃんはデッキをぐるりと見渡した。よし、と頷いている。萌ちゃんの同行者も出てきているのだろうか。それならば、一緒に見て感動を分かち合いたいのではないかと思うけど、萌ちゃんはわたしの隣に座ったままだ。

恥ずかしがり屋の太陽は、一度姿を見せると潔い。舞台の下から登場する主演俳優のように、海へ空へと強い光を放ちながら、その姿を堂々と現している。

「カメラ、覗いていいですか？」萌ちゃんが言った。

「どうぞ」

太陽から目を逸《そ》らさずに答えた。わたしはこの景色をレンズ越しに見るのがもったいなくて、まばたきすることもできない。ここにいる人たちのほとんどがそうなのだろう。太陽の姿が現れたときは誰もが声を上げたけど、今は息を止めているような気配が漂っている。そんな中で、携帯電話やカメラのシャッター音が時おり響くのは、半分はこの景色を形に残しておきたいからであり、半分はここにいない誰かに見せてあげるためではないだろうか。

生まれたての光は眼球を通じてからだの芯まで温めてくれる。

この光を憶《おぼ》えていてね、とお腹にそっと手を当てた。

水平線の上に丸い太陽が光を放ちながらくっきりと姿を現し、新しい一日が始まった——。

船室に戻ると、ビデオカメラの確認をして、日記を書いた。太陽は裸眼で見るよりも大きく、色鮮やかに映っていた。船室に戻りながら萌ちゃんに言われたことを思い出す。

——智子さん、ビデオ撮るの、ものすごく上手ですね。テレビ顔負けのドキュメンタリー番組ができちゃいますよ。専門学校とか行ってたんですか?

映像に関して、専門的な勉強をしたことは一度もない。大学では経済学を専攻し、銀行に就職した。カメラの扱い方を教わったのは、父と一緒に北海道を旅したときだけだ。日帰り旅行もろくに連れていってくれたことのない父が、いきなり北海道に行こうと言い出したのには驚いた。不景気で、テレビのニュースでは連日、有名企業が何百人リストラを決行、などと流れていたため、父も会社をクビになったのではないかと疑ってしまったほどだ。

それとなく父に訊ねると、勤続二十年目の特別休暇で一週間休めるのだ、と笑いながら言われて、ホッとした。それならハワイがいい、とリクエストすると、父さんと母さんが出会った地を一緒に訪れてくれよ、と手を合わされた。

父は入社当初、東京本社の報道部門に配属されており、とある殺人事件の犯人が北海道に潜伏しているという情報を得て、現地へ向かったところ、インフルエンザにかかってしまったらしい。そこで、応援に駆け付けることになったのが、大阪支社の報道部門にいた母だったという。

——凄惨な事件で、最後は自殺した犯人の遺体が発見されるという最悪な結末だったのに、それを取り囲んでいる風景は、人間に起こったことなど関係ないと言わんばかりに、色鮮やかで、雄大だった。今度は仕事抜きで訪れたいと思いながら、十七年も経っちまったよ。

——それなら、お母さんと二人で行った方がいいじゃん。あたしはもう、一人で留守番できない歳じゃないし、いちおう、受験生なんだから。

気を利かせたつもりでそんな提案をすると、バカ言うな、と却下された。

——俺は智子にあの風景を見せてやりたいんだ。

往路の交通手段としてフェリーが選ばれたのは、両親が結婚する際、いつか二人で豪華客船の旅に出ようと約束していたからだ。日本海つばさフェリーは豪華客船とは言えないけれど、チャンスがあるうちに船旅もしておかなきゃ、という母の提案だった。

そうして二十年前の夏、わたしたち家族三人は、舞鶴港から日本海つばさフェリー

「ニューひまわり」に乗って、北海道へと旅立った。残念ながら、当時のフェリーはもうない。せめてもと、ニューが取れた同じ名前のフェリー「ひまわり」に予約を入れた。

仕事抜きで、と言った割には、父はビデオカメラを一番にカバンの中に入れていた。今のように片手で扱えるようなコンパクトなものではない。なのにいつも肩から提げていて、心に留まる風景を見つけると、カメラをわたしに持たせ、あれを撮ってみろ、と一緒にレンズを覗きながら指示を出した。

父の目が捉えた映像を、わたしの手によってカメラに収めるうちに、コツをつかんでいくことができた。しかし、父がそうしたのは、わたしにカメラの技術を教えるという目的だけではなかった。

親子で同じ感動を共有した証《あかし》を残すためだったのだ。

売店でサンドイッチと野菜ジュースを買って、再び船首側のデッキに出た。フェリーの中には大きなレストランがあるけれど、天気もいいので、海を眺めながら朝食を取りたい。デッキには簡易テーブルや椅子がたくさん並んでいるため、そこの空いている席に腰かけ、朝食を取ることにした。

日の出を見たあとに、もう一度寝ている人が多いのか、デッキに出ている人は少ない。

水平線の真上にあった太陽は、すでに空のてっぺんに近いところまで昇っている。寒かったのが嘘のように、日差しが強い。日本海と空しか見えなくても、季節は夏だと感じられる。フリースの袖を押し上げただけでは暑く、しかし、脱いで半袖Tシャツ一枚になるには、風が強い。

そんな中での朝食は優雅とは言い難いけれど、青空の下だといつもより食欲が増して、気持ちよく食べ終えることができた。

薄手のカーディガンに羽織りなおすため、部屋に戻る。

ベッドサイドに置いたままの携帯電話が点滅していた。隆一さんからメールが届いている。

『体の調子はどうですか？』

『わたしも赤ちゃんも、とっても元気です』と返信した。

携帯電話と日記帳をバッグに入れて、部屋を出る。今度は船尾側のデッキに向かった。ベンチがいくつか置かれているけれど、誰もいない。海に向かい、真ん中のベンチに腰かけると、わたしだけの指定席のようだ。

青い海にフェリーから吐き出された白い泡の筋が浮かんでいる。返信がきた。

『チビトモによろしく』

隆一さんは赤ちゃんをチビトモと呼んでいる。わたしは、赤ちゃん、だ。そう呼ぶのはあと何回になるだろう。女の子だということは超音波検査でわかっているけれど、名前はまだ決めていない。二人でいくつか案を出し合ってみたものの、これだ！　と思えるものがなく、決まるまではお互い好きなように呼ぶことになった。

だけど、早く名前で呼びたいという願望はある。

この旅のあいだにとっておきの名前を思いつくのではないかという予感がしているのだけど、早くも問題が発生した。日の出を見たときは「暁子《あきこ》」はどうだろう、と考えたのに、目の前に広がる深い青色の穏やかな海を眺めていると、海にちなんだ名前もいいかもしれないと思えてくる。紺碧の「碧《みどり》」はどうだろう、などと。まだ、北海道に上陸していないというのに、候補がどんどんと出てくるなんて。

小樽の夜景を見れば、富良野《ふらの》や美瑛《びえい》の花畑を見れば、道東の湖を見れば……。その中からどれか一つに絞ることなど、できるのだろうか。

「あれ、智子さん」

振り向くと、萌ちゃんが立っていた。

「あら、おはよう、ってヘンだよね」

「眠くないんですか？」

萌ちゃんはすっきりした顔で訊ねながら、こちらへやってくる。

「寝ぼすけの割には、一度目を覚ますと、眠くなくなるの」

言いながら膝に広げていたノートを閉じて、隣にどうぞ、というふうにベンチの中心から少しからだをずらした。おじゃまします、と萌ちゃんが座る。

「わたしも一緒です。でも、船って暇ですよね。智子さんはこんなところで何をしているんですか？」

「海を眺めたり、日記をつけたり」

膝の上のノートを指し示す。

「すごい、映像だけじゃなく、文章でも旅の記録を残してるなんて」

「記録なんて、大袈裟なものじゃないわ。日の出を見たとか、朝食は何を食べたとか、簡単なことばかり。萌ちゃんくらいの歳の子だと、そういうのをケータイで打って、友だちに送ったりするんじゃないの？」

「あたしは……、結構、面倒くさがりだから。ケータイも一応持ってきてるけど、カバンの中に入れっぱなし」

十代の子は四六時中肌身離さずケータイを持っているものだと思っていたけれど、そうではない子もいるようだ。萌ちゃんの顔が一瞬だけ曇ったように見えたのは気付かなかったことにして、そう解釈しておくことにした。

「そうして正解よ。せっかく旅に出るのに、日常生活と繋《つな》がるものがあると、どっぷり浸れないもんねえ」

「ですよね。……でも、智子さんのダンナさんって、心広いですね」

「どうして？」

「妊婦の奥さんが一人旅に出るのを許してくれるなんて。あ、一人じゃなかったんだ。いとこのお姉ちゃん、デキ婚だったから新婚旅行も行けなかったって言ってたけど、大丈夫なんですか？」

隆一さんは二つ返事で許してくれたわけではない。

「安定期だし、ちゃんとお医者さんに相談して、許可をもらってるから大丈夫よ。それに、赤ちゃんと二人旅をするのは、船も併せて三日間だけなの」

「まさか、そのままトンボがえりですか？」

「ううん、ダンナと合流するの。今夜、小樽に着いて、そのまま一泊して、明日は札幌《さっぽろ》経由で富良野に向かって、翌日、旭川《あさひかわ》のホテルで待ち合わせ。そのあと、二人で道東に向かって三泊して、帯広《おびひろ》から飛行機で帰るの」

「一度の旅行で二通りの楽しみができるってわけですね」

「ダンナは仕事を休める日が限られてるから、往復飛行機にしようって言われたんだけど、わたしがどうしてもフェリーに乗りたいってごねたもんだから、仕方なく折れてくれて、こんな旅になったのよ」

「でも、やっぱり理解があると思うなあ」

「ありがとう」

あまり褒められると、萌ちゃんのご両親、特に、父親がどんな人なのか気になってしまう。年齢くらいは訊いてみてもいいだろうか。旅の目的や、ルートについてはどうだろう。もしかすると、質問されるのを待っているかもしれない。

……脇に冷たい汗が流れるのを感じた。

「ゴメン。なんだか、ずっと日陰にいると肌寒くなってきたから、移動してもいい？」

「いいですよ、船首側のデッキの方が日当たりいいし、座るところもいっぱいあるし、なんといっても、気分がいいですもんね」

萌ちゃんが立ち上がった。わたしはベンチに片手をつき、よっこらしょ、とからだを持ち上げる。……と、一瞬、目の前が真っ暗になり、ヒュッと頭の中身を抜かれるような感覚に陥った。そのまま腰をおろす。目を閉じて、呼吸を整え、ゆっくりと開けた。

「大丈夫ですか？」

「多分、貧血だと思う。妊婦にはよくあることだから、心配しないで。薬も持ってきてるし、部屋で少し横になったらラクになるから」

「じゃあ、部屋まで」

萌ちゃんに荷物を持ってもらい、壁に手を添わせながら、部屋へと戻った。もしも、一緒にいるのが隆一さんなら、ドクターヘリを呼ばれ、旅は強制終了されていたかもしれない。赤ちゃんに見せたいものは、フェリーからの景色だけではない。

到着するまで、ゆっくり休むことにしよう。

飲み物と軽食を買ってきてくれるという萌ちゃんに、文庫本も一冊、とお願いした。旅先で、家でできることをわざわざする必要はないだろうと、本を一冊も持ってこなかったけれど、半日、横になっているのなら、読書の時間に当てたい。

売店で朝食を買ったとき、松木流星《まつきりゆうせい》の短編集が数冊置いてあるのに気が付いた。昭和の中頃に活躍した推理小説家だけど、萌ちゃんは名前を言うとすぐに反応した。テレビの二時間ドラマでは「松木流星サスペンス」と銘打って、今でも年に二、三本はオンエアされているし、今年は没後三十年のため、文庫本にも帯が巻かれて、棚の目立つところに置かれている。時代を超えた人気作家だ。

わたしが松木作品を読むようになったのは中学生になってからだった。父がドラマを数本手掛けていたことがきっかけだ。

――新米の葛城《かつらぎ》刑事が、巡査をしていた死んだお父さんから教えられたことをヒントに犯人を追いつめるところがおもしろいのに、どうして本にない、葛城刑事の恋人なんかが出てきて、事件にちょっと首を突っ込んだだけでヒントを出してるの？　おかしいよ。

たまに会えば作品にダメだしをするようになった娘の意見を、いろんな大人の事情があるから仕方ねえんだよ、と父はお酒を飲みながら聞き流していたけれど、実は、父もできることなら譲りたくなかったところであり、わたしが自分と同じように作品を捉えていたことを喜んでいたのだと、後になって母から聞いたことがある。

智子が納得してくれるものを作らなきゃな、といつも言っていた、と。

萌ちゃんが戻ってきた。

お待たせしました、とスポーツ飲料とおにぎりの入ったレジ袋をベッドサイドに置き、文庫本を手渡してくれる。

「短編集でよかったんですよね」

「うん。長編じゃ半日で読みきれないし、あまり目を使いすぎるのもよくないみたいだから、短編がちょうどいいの。売店、込んでた？」

二つだけを買ってくるにしては、少し遅かったような気がする。

「いえ、そんなには。部屋に取りに行ってたものがあるんです」

萌ちゃんはパーカーのファスナーを開けて、お腹に隠していたＡ４サイズの茶封筒を取り出した。

「これ、よかったら読んでください」

受け取って中を見ると、二十枚ほどの紙束が入っていた。Ａ４を横長に使ったコピー用紙の中央には「空の彼方」と印字されており、右肩が黒い紐《ひも》で綴《と》じられている。パラパラとめくると、縦書きの文字がびっしりと並んでいるのが見えた。

「小説？」

「そうです」

「萌ちゃんが書いたの？」

「まさか。……いとこのお姉ちゃんにもらったんです。あっ、でも、お姉ちゃんが書いたわけでもないんですけどね。なんだか、智子さんにも読んでもらいたいなあ、と思って持ってきちゃいました」

「どうして、わたしに？」

「途中で、松木流星が出てくるから。……迷惑でした？」

「ううん、おもしろそう。だけど、小樽に着くまでに読めるかな」

「返してくれなくていいです。荷物になるようなら、捨てちゃってもいいし。……でも、もし、おもしろかったら、誰か別の人にも勧めてください」

それなら、とわたしはその短編小説をもらうことにした。朝からお世話になりっぱなしの萌ちゃんに改めてお礼を言うと、そういうのは言いっこなしです、とピュッと部屋から出て行ってしまった。追いかけはしないけれど、フェリーを降りる前にもう一度会えたらいいな、と思う。

文庫本をベッドサイドに置いて、枕を立てて読書体勢を作り、「空の彼方」と書かれた紙をめくった。

主人公、絵美は山間の小さな町に住んでいる。パン屋を営む両親は一年中休みなく働いているため、絵美は町から出たことがなく、日々、山の向こうの世界に想像を膨らませていた。あるとき絵美は転校生の道代から小説を書くことを勧められる。絵美の書いた物語を道代はおもしろいと読んでくれるが、小さな町で生きる絵美は自分が小説家になれるなどとは夢にも思っていなかった。やがて、道代が転校することになり、絵美は横溝正史の本を三冊受け取る。絵美と推理小説の出会い、そして、ハムさんとの出会いだった。絵美はハムさんとの遠距離恋愛中、推理小説を書いて送っていた。それを松木流星の弟子になったという道代にも送ったところ、松木が絵美の才能を認めており、弟子になるために東京に出てこないかと言っている、という手紙が返ってきた。天にも昇る思いだったが、絵美はすでにハムさんと婚約している身だった。三年時間をください、とハムさんに頼む絵美。しかし、ハムさんの理解を得ることはできなかった。絵美の両親でさえ、ハムさんの味方だ。しかし、空の彼方の世界を見てみたいという思いが溢れ出した絵美は、誰にも内緒で駅へと向かう。そこには、ハムさんの姿があった。

物語はここで終わっている。だけど、どう考えても完結しているようには思えない。封筒を覗いてみても、綴じ忘れの紙は見当たらない。書きかけのものをくれたのだろうか。それとも、続きは読み手に委ねるということなのだろうか。

実は萌ちゃんが書いたのではないかと思いながら読み始めたけれど、数行読むと、おそらく違うのだろうな、と感じた。文体も時代設定も古い。松木流星が生きて活躍しているということは、今から四、五十年前のことだろうか。それよりも、これはフィクションなのか、ノンフィクションなのか。どちらにしても、わたしの知らない時代の、知らない人たちの物語だ。

　ただ、絵美はどうなったのだろう、とは気になる。

　絵美がわたしだとしたら、隆一さんはどうするだろう。

　絵美を自分に置き換えるのなら、そのまま列車に乗って東京に行ってもらいたい。夢を叶えるチャンスなど、人生にそう何度も転がっているわけではないのだから。ましてや、師となるのは松木流星だ。いや、それがネックなのか。

　ハムさんが引きとめる理由もわかる。松木流星回顧録を読んだことがあるけれど、当時の編集者も作家仲間も、皆、口をそろえて「松木流星は当代一の女好き」と語っていた。そんな人のところに愛する婚約者を行かせたくないと思うのは当然だ。

　隆一さんだって、反対するに決まっている。学生時代の貧乏海外旅行の話をしたときに、男女相部屋のユースホステルに泊まったことがある、と言っただけで、よくもまあそんな無防備なことを、と十年以上も昔のことなのにこんこんと説教をされたことがあるくらいだ。駅で見つかったが最後、家に連れ戻され、考えを改め直すまで縄で柱に縛りつけられるのではないか。少し大袈裟か。しかし、許してくれないのは確かだろう。

　とはいえ、絵美が男だったらよかったのに、という方向には持っていきたくない。ならば……。

絵美が病気だったらどうだろう。

絵美は乗り物酔いは激しいけれど、大きな持病があるわけではなさそうだ。小説家の夢を絶たれても、優しいハムさんと結婚し、町の人から愛されるパン屋で、両親と一緒においしいパンを作り続けるという、幸せな生活を得ることができる。

ハムさんに無理やり連れ戻されたとして、しばらくは、空の彼方に思いを馳せながら泣いてしまうこともあるかもしれない。ハムさんを恨むこともあるかもしれない。しかし、パンを焼きながら、ハムさんと共に日々の生活を営むにつれ、思いは少しずつ薄れていくのではないだろうか。これでよかったのだ、と納得し、そんなこともあったな、と笑える日だってくるに違いない。

子どもができれば尚更、これでよかったのだ、という思いは強くなるはずだ。一人でいるうちは、幸せとは自分自身のことだけど、お腹の中に小さな命が宿れば、幸せとはその子のことへと変わる。

あのときもし東京に行っていれば、この子を授かることはなかったかもしれない。この子のいない人生など考えられない。この子と引き換えにベストセラー作家にしてやろうと言われても、即、お断りだ。

むしろ、ハムさんに感謝したい気持ちになるのではないか。

未来が何十年も続くと信じることができれば、穏やかな幸せに満たされた人生を選択したいと、わたしなら思う。

しかし、絵美の余命が幾ばくもなければ——。

ハムさんは絵美に、思う存分、好きなことをさせてやりたいとは思わないだろうか。特に、小説とは形に残るものだ。絵美がこの世に生きた証として、絵美が書いた物語を本にして世に出してやりたいと願わないだろうか。

夢を叶えることができなかったとしても、愛する人が後悔を残したままよりも、やれることはすべてやったと満足した状態で送り出してやりたいと、たとえそれが残される者のエゴだとしても、そう考えるのが家族ではないだろうか。

北海道旅行をした年の暮れ、父は息を引き取った。直腸癌《がん》だった。

突然、旅行に行こうと父が言いだしたのは、余命半年という宣告を受けたからだ。それをわたしが知ったのは、父が亡くなるひと月前だった。それまで父は仕事に出ていたため、わたしは父がそんな重い病を患っているなどと思いもしなかったのだ。

父は北海道から戻ったあとは、それまでと同様、大阪の家に帰ってくることなく、からだが許す限り、ドラマ作りに携わり続けた。父はその仕事に誇りを持っていたからだ。

父が生まれ育ったのも、絵美と同じような、山間の小さな町だった。家が農家だったため、旅行に連れていってもらったことは一度もなかったらしい。これも絵美との共通点だ。

単調な毎日。そんな中で、父にとっての一番の娯楽がテレビだった。なかでも刑事ドラマが大好きだった。のんびりとした町では事件といっても、近所の家の夫婦喧嘩や学校の校庭にイノシシが入り込んできたなどという牧歌的なものばかりだった。

日常世界の中にハラハラドキドキすることなど何もない。ところが、ボタンを押しただけで、小さな箱の中に別世界が現れる。激しいカーチェイスに爆発、拳銃の撃ち合い。はたまた、心理合戦や騙し合い。友情、愛情、信頼。被害者、犯人。殉職。

手に汗握り、心躍らせながら一つの世界を見終わったあとには、興奮とは裏腹に、自分の周囲は平和でよかったなあという安堵《あんど》の気持ちも湧き上がる。そして、何もない日常世界も少しばかり好きになる。

しかも、小さな箱の中の世界を、日本中の人たちが楽しんでいるのだ。田舎でも都会でも、山間でも海辺でも。行ったことも見たこともないところに住んでいる人たちが、毎週同じ時間に、同じ世界を共有することにより、父は自分が広い世界と繋がっているのだと認識することができた。

そして、いつか自分も多くの人々が共有することができる世界を作りたいと夢見るようになったのだ。

父は夢を叶えることができた。そして、死の間際までその世界を作り続けたいと願った。母は父の余命のことを知っていた。仕事を辞めて、家族三人で静かに穏やかに過ごし、一日でも長く生きてほしい、と思ったことは何度もあったという。

だけど、それは自分の願いであって、父のやりたいことではない。母は父に後悔させたくないと考えた。父が死を迎える際、満足のいく人生だったと思えるように、できる限りのサポートをしようと心に決めた。たとえ、自分が寂しい思いをするとしても。

その決断は、正しかったのだと思う。もっと好きなことをさせてあげていればよかったと、父を偲《しの》ぶ際に、母が後悔の言葉を口にしたことは一度もない。だからこそ、わたしも楽しかった思い出の中に父の姿を見ることができた。

父が最後に手掛けたドラマは、松木流星作品だった。時代設定を現在に置き換えるため、原作を尊敬の念を持って壊し、再構築したその作品に、わたしがダメだしをする箇所などどこにもなかった。

エンディングテロップに流れた父の名前は、文字ではなく、北海道で一緒にカメラを覗いた父の姿で、わたしの中に入り込んできた。

——どうだ、おもしろかっただろ。

そんな声と一緒に。

ハムさんには、絵美が病気にならなくても、こういう選択もあることに気付いてほしい。「空の彼方」のわたしのエンディングが決まった。

駅から連れ戻されたものの、後日、絵美はハムさんの理解を得て東京へ行けることになった。ハムさんが絵美の夢を叶えてやりたいと思い直したからだ。毎日、短くてもいいから連絡を入れること。お手伝いの仕事は夜九時まで、住み込みではなく近くのアパートから通う、といった条件を松木流星に提示し、決定事項は書面に記してもらうこと。ハムさんからかなり厳しい条件は出されたが、絵美は必ず守ると約束した。

旅立つ絵美にハムさんは言う。

——後悔のないよう、精一杯がんばればいい。だけど、これだけは心に留めておいてほしい。きみには戻る場所があるのだということを。

携帯電話のアラームが鳴った。「空の彼方」を読み終えてから三時間。昼寝の後の目ざめは、日常、旅先、問わずいい。

午後六時。小樽港に到着するまで、ベッドに横になっていた方がいいのかもしれないけれど、やはり、見ておきたい景色がある。少しお腹もすいた。部屋を出て、まずは売店に寄り、カップラーメンを買って、給湯コーナーでお湯を注いだ。

カップラーメンを手にしたまま船尾側デッキに向かう。午前中と同様、ベンチは空いていた。真ん中に腰かけて、カップラーメンの蓋を開け、箸を割った。

赤ちゃんのことを考えると、夕飯はレストランで栄養のあるものを取った方がいいのだろう。小樽に着いたらもう一度食事を取るからね、と赤ちゃんに詫《わ》びて、ラーメンをすする。向かい風のせいで、インスタントラーメン特有の濃い味噌《みそ》の香りが鼻腔《びこう》を通り抜け、頭のてっぺんにまで届く。

カップラーメンって、こんなにおいしいものだっただろうか。

前回、フェリーに乗ったときも、家族三人でデッキに出て海を眺めた。船首からも、両側面からも、船尾からも、一通り眺め終えると、父がわたしに訊ねた。

——どこから眺めるのが一番好きだ？

間髪入れずわたしは答えた。

——船首からに決まってるじゃん。

デッキの先端に立ち、海を見下ろすと、船が力強く波をかき分けている様が見えた。そのまままっすぐ水平線に目をやると、まるで、自分が波をかき分け、突き進んでいるような気分になれた。まだ見ぬ目的地、未来へと向かって。

母も船首だと答えた。タイタニックの映画が公開されるのはまだ後だったのに、だって、三人で船の先端に立つと、この海は自分たちだけのもの、なんてロマンティックな気分になれたじゃない、とうっとりしたように空を仰ぎながら言っていた。

船首以外の答えがあるとも思っていなかった。誰だって、一番前、しかも限られた人しか立つことができない先端が好きに決まってる。しかし、父の答えは違っていた。

——俺は船尾からが好きだな。船が辿ってきた跡を見ることができる。特に、夕暮れ時はいいだろうな。カップラーメンを食いながら、日が沈むまでぼうっと眺めていたいよ。

インスタントラーメンは父のソウルフードだった。幼少期は両親が農作業に出ている日の昼食として、中学、高校では、部活のあとのおやつとして、学生時代は朝昼晩の主食として、そして、就職してからは深夜におよぶ作業のよき相棒として、欠かすことのできない食べ物だった、と船内レストランのショーケース前で父は言った。

雑魚寝だし、カップラーメンだし、豪華客船には程遠いじゃないか、と少し不満を抱きながら母を見ると、楽しそうに笑っていた。

三人でカップラーメンを食べながら、船尾から見える海を眺めた。夕日は悪くないけれど、やはり、船首からの方がいいなと感じた。乗り物酔いをする体質ではなかったものの、進行方向と逆向きに長時間座っているのは、あまり居心地がいいものではなかった。おまけに、隠れてカップラーメンを食べているような侘《わび》しさも伴った。

お父さんはどうしてこっちの方がいいのだろう……。

二十年を経て、今、その答えに辿り着いたような気がする。父は航路に自分の人生を重ねていたのではないだろうか。航路を示す白い筋は、手前は濃く、遠ざかるにつれ、広く薄く広がっていき、青い海の一部となる。そうやって、人生で培ってきた経験も思い出も最後には消えてなくなってしまうものだ、と目の前の景色は教えてくれていたのだ。

気付くことができたのは、わたしが父と同じ病を宣告された身だからだろうか。

父と同じ病を宣告されたからだで、父との思い出を巡り、同じ気持ちに辿り着く。

だけど、この旅は父との思い出に浸るためのものではない。

新しい家族との思い出を作る旅だ。

直腸癌が発覚したとき、わたしのお腹にはすでに新しい命が宿っていた。妊娠三か月、堕胎という選択もあった。堕胎すれば化学治療をすぐに開始できる。産むのであれば自然治療を続けながら胎児が七か月になるのを待って帝王切開し、それから化学治療を始めなければならない。父のように手を施せないほどには至っていなかったけれど、癌は進行を待ってはくれない。化学治療が遅れれば、克服できる確率も低くなる。

今お腹に宿っている子はあきらめて、癌を治療し、克服してからまた子どもを作ればいい、という考え方もある。だけど、今お腹の中にいる命と次に授かる命は同じものではない。子どもをあきらめて化学治療に専念したからといって、必ず克服できるわけでもない。

子どもをあきらめて、自分が助かり、新しい子どもを授かる。

子どもをあきらめて、自分が助かり、新しい子どもは授からない。

子どもをあきらめて、自分も死ぬ。

子どもを産んで、自分が死ぬ。

子どもを産んで、自分も助かる。

何をどう選択すればいいのかわからなかった。隆一さんと相談しなければならない、と考えて、彼にはわたしとは違う選択肢が生じることに気が付いた。

わたしはできることならお腹の中に宿ってくれた子どもを産みたい。新しい命と引き換えに自分が死ぬのであれば、それでも構わない。だけど、隆一さんはどうなのだろう。子どもを産んで、わたしが死んだ場合、わたしはそれで終わりだけど、隆一さんは子どもを育てなければならない。男手一つで子どもを育てるとなると、仕事に必ず影響が出るはずだ。建設会社に勤務する彼は、夜も明けないうちから家を出なければならない日もあるというのに。

彼はまだ三十八歳だ。新しい女性との出会いもあるかもしれない。子どもがいない方が新しい家庭を持ちやすいはずだ。子どもがいなければ、隆一さんは再スタートすることができる。幸せになれる。

産むか産まないかの選択は、わたしがしてはならないのかもしれない。残される家族がするべきものではないのか。だから、あなたが選んでくれ、と彼に決断を委ねた。

休日に、散歩に出ようと隆一さんを誘い、家の近くの公園で言った。

外でひと目を気にしているうちは思考が止まらずにいてくれるけれど、家の中では、全部言い終える前に頭の中がぐちゃぐちゃになって何も考えられなくなり、ただひたすら泣いてしまうに違いないことは予測できていた。だから、まだ日が高い時間、親子連れや子どもたちが集まる、賑やかな場所を選んだのだ。

桜の木の下は、花が散ったあとだったせいか、わたしたちの貸し切り場となった。

わたしが言い終えると、隆一さんは息を呑《の》むようにわたしを見返し、つい、と目を逸らした。両手の拳をかたく握り、肩を震わせ、わたしは自分が殴られるのではないかと、からだを強張《こわば》らせて身構えた。隆一さんの右の拳は桜の幹に打ち込まれた。公園のシンボルとなっている巨大な木だ。学生時代はラグビー選手だった手をもってしても、枝が少し揺れただけで、わたしの両手でかかえきれないほどの幹には傷すらついていなかった。

拳のまま、隆一さんは両目をぐいとこすった。まぶたの端には、涙ではなく、血の筋が残っていた。

——大丈夫？　手から血が出てる。

——俺の心配なんか、するな。……俺優先で選ばなきゃならないことなんて、何もない。智子はどうしたいんだ？

——わたしは……。

——先のことなんか考えなくてもいい。今何を望んでいるかを、教えてくれ。

——わたしは……。赤ちゃんを産みたい。

そのとき思い浮かんだ願いは、ただその一つだった。

　隆一さんは拳に滲《にじ》んだ血をズボンの脇で無造作にぬぐうと、今度はゆっくりと、その手を開いて、わたしのまだまったく大きくなっていなかったお腹に当てた。

――この子も同じことを願っているはずだ。チビトモは智子の分身なんだから。

涙で視界が歪《ゆが》み、わたしは拳をぶつけても揺るがないことがわかった木に向かい嗚咽した。

　隆一さんと一緒に病院に行き、子どもを産んだあとで化学治療を始めたいという意思を伝えた。しかし、それで心穏やかに過ごせるようになったわけではない。

大丈夫、大丈夫、と自分に言い聞かせていたのに、ある日突然、スコンと暗くて深い落とし穴にはまってしまった。

　隆一さんに出会ったのは五年前だ。友人の結婚式の二次会で紹介されて、そのまま付き合い始めた。半年後には結婚しようと言ってくれたのに、まだ自由を謳歌したい、などと言って返事を二年以上引き延ばしたのはわたしだ。もしも、あのときすぐに結婚していたら、たとえこの歳で発病しても、子どもはとっくに生まれていたはずだ。何も迷うことなく、子どものために、化学治療に専念することができた。

　もしも、もっと早く隆一さんに出会っていて、二十歳くらいで結婚していれば、子どもは今頃、中学生だ。それくらい成長していれば、化学治療に専念はするだろうけれど、もうわたしがいなくても大丈夫、と癌を克服できないことをそれほど恐れはしないのではないか。

もしも、今も独身であれば、死が訪れることを、悲観せずに受け止めることができるのではないだろうか。

暗闇の中でいくつもの、もしも、を積み重ねるたびに、現実が目の前に延びる道をふさいでいった。そして、泣き叫ぶ。

死にたくない。

だけど、それは子どもより自分の命をやはり優先したいという意味ではない。何も持たないわたしであれば、人生が終わってしまうことに対して、怖いと感じても、後悔することはないはずだ。父の死以降、やりたいことは全部やっておこうという思いを持って生きてきた。

わたしの今の願いは、子どもが無事生まれることだ。だけど、生まれたら、今度は別の願いができてしまうことはわかっている。子どもと一緒に過ごしたい。子どもの成長を見届けたい。子どもに母親がいないという寂しい思いをさせたくない。そのために……。

生きたい。

死ぬことが怖いのではない。ただただ、悲しいのだ。

柔らかいからだを思い切り抱きしめたい。お乳をあげて、おむつを替えて、お風呂に入れて、かたときも離れずに、成長する姿を見ていたい。どんな顔で笑うのか。どんな声で何を語りかけてくれるのか。座り、立ち、歩き、走り。少しずつ世界を知っていく。その人生にわたしはどれくらい関わることができるのだろうか。この子の心に思い出を刻むことができるのだろうか。

考えては絶望し、考えては絶望しの繰り返し……。

そんなとき、何気なくテレビをつけると見覚えのある映像が現れた。「松木流星サスペンス」の再放送、父が手掛けた作品だった。ぼんやりと眺めていただけなのに、いつしか吸い込まれるように見ていた。そして、エンディングロールに父の名前を見つけたとき、ふと、思いついた。

未来に思い出を残せないことを嘆いているのなら、今の思い出を残しておけばいいではないか。そうしてわたしは、かつての父のように、隆一さんに提案した。

――北海道に行こう！

日が沈み、空と海が一つになった。白い筋はもう見えない。闇の向こうに、無数の小さな明かりが見える。北の大地の人たちの、日常世界の明かりだ。

船室に戻り、下船の準備をする。「空の彼方」もビデオカメラや日記帳と一緒に、ショルダーバッグの中に入れた。

ケータイを出し、隆一さんにメールを送る。

『もうすぐ到着です。旅に出ることを許してくれて、ありがとう』

いきなりどうしたのかと驚かれるかもしれない。作者不明の終わりのない小説を受け取ったことも報告しようか。松木流星の弟子で、絵美という名前の女流作家はいないか、と調べてもらうのはどうだろう。

いや、「空の彼方」はもう完結したのだ。

低いエンジン音とともに、室内が揺れる。接岸したのだろう。船内放送が流れ、部屋を出た。通路は乗客で溢れかえっている。どの顔も皆、期待に満ちているように見える。わたしの顔もそうあればいい。

五メートルほど先の階段途中に、萌ちゃんの後ろ姿を見つけた。原稿を返しに行こうか。お礼ももう一度きちんと言いたい。しかし、萌ちゃんは必死で誰かの後ろ姿を追っているように見える。それが誰なのか、人が多すぎて見当がつかない。萌ちゃんは誰かを追って、旅に出た。だけど、その誰かは萌ちゃんが追ってきていることを知らない。

そういうことがあり得るだろうか。

萌ちゃんのところへ行くのはやめた。萌ちゃんには萌ちゃんの旅がある。

わたしはわたしの旅を続けよう。映像や写真を撮り、文字を書き、思い出を一つずつ形に残していこう。いつか、この子と一緒に振り返ることができるように。

お腹に手を当て、つぶやいてみる。

——お母さんは、生きるよ。

やっと気付いたのか、というように赤ちゃんはぐるりぐるりとお腹の中で笑い転げた。

花咲く丘

20×20

ラベンダー畑を背景に写真を撮ることが、富良野、いや、北海道を訪れた証となるのだろうか。

昨日、上《かみ》富良野町にある日の出公園ラベンダー園を午後一時頃に訪れたときは、丘一面に広がるラベンダー畑を取り囲む人、人、人で溢れかえっていた。

旅行会社のバッジを付けた人たちが、駐車場から小走りでやってきて、そのままのいきおいで丘を駆け上がり、展望台に到着すると、まずは、公園のシンボルである鐘の前で写真を撮る。次に、ラベンダー畑を見下ろすようなアングルで公園全景を写し、少し下ってラベンダー畑を背景に写真を撮る。そうしてようやく、歩調をゆるめ、紫色の花の絨毯を眺めながら丘を下り、売店へと向かう。注文するのは、薄紫色をしたラベンダーソフトクリームで、それを片手に写真を撮ると、義務を果たしたかのようにカメラをバッグに仕舞い、ソフトクリームにかぶりつく。

二十年前にはなかったはずだ。僕も姉も兄も、普通の白いソフトクリームを買ってもらったことを憶えている。ラベンダー味とはどんなものか気になるところだが、ビミョー、と声が聞こえてくると、そうだろうな、と頷いてしまう。

次は動物園に向かうらしく、バッジの人たちはソフトクリームを食べ終わると、花畑を振り返りもせず、駐車場へと向かっていった。滞在時間は三十分もなかったはずだ。それでも、ラベンダー畑を見てきたと、証拠写真とともに自慢することができる。

ようやく人物を入れずにラベンダー畑を撮影できるか、と思ったところにまた別の団体客がやってくる。そうして気が付いた。風景写真の撮影が目的だというのに、富良野地方で最初にラベンダーが植えられたといわれる有名な観光地であるこの公園に、昼間、やって来たのが間違いだったのだ、と。

ところが、明けて午前六時にやってきても、先客はいた。

ラベンダーはひと株ずつ、わずかな間隔をあけて植えられているが、白いドレスを着た女が小道沿いのその隙間に埋もれるようにしゃがみ込み、小道から男がデジタル一眼レフのカメラを向けている。どちらもまだ二十歳前後に見える。

結婚写真の撮影だろうか。しかし、新郎の姿はない。写真を撮っている男はTシャツとジーンズ姿だ。雑誌のグラビア撮影だろうか。それにしては、女はそれほど美人ではないし、ドレスも安っぽい。近頃はジミ婚ブームで、ウエディングドレスもシンプルなデザインが主流なのかもしれないが、女のドレスはシンプルというより、安い生地で手作りしたようなものに見える。

地元の個人経営のレストランが、ウエディングパーティー用のチラシを自前で作成するために、従業員を使って写真撮影をしている、というのが一番しっくりくる。

「裾の広がり方がおかしいから、立った方がいいんじゃないか？」

男がカメラを構えたまま、女に声をかけた。

「えー、ダメだよ。このドレス、丈がくるぶしまでしかないんだもん。足元、サンダルだから見えちゃうじゃない」

女がしゃがんだまま答える。

「靴くらい、ちゃんと履いてこいよ」

「ドレスに合う靴なんて持ってないもん。このためだけに買うのも、もったいないし」

「じゃあ、もっと丈を長くすりゃよかったんだ。上はなんとかドレスに見えるけど、下は白い布巻いてるだけじゃん」

「生地が足りなかったんだから仕方ないでしょ。ラベンダー畑に埋もれて、上半身だけ見えている感じで写してよ」

「簡単に言うけどさ、ラベンダーって意外と高さないんだよな」

男はレンズを調節しながら少しずつ移動しているが、なかなかリクエストに応えられる場所が定まらないようだ。

「この位置から撮ってみたら？」

男の背後を通って小道を二メートルくらい上がったところから声をかけた。

「え？」

「足元を意識して距離をとるよりも、広角レンズで近寄って撮ってみるといいんじゃないかな」

「そうっすか？」

男は僕の横にやってきて、カメラを構えた。

「あ、ホントだ。手前のラベンダーがいい感じで足元を隠してくれている」

男はシャッターを押すと、画像を確認して、僕に見せてきた。

「思った通りだ。今度はモデルを中心に置くんじゃなくて、右側に少し余白をとってみたらどうだろう。ラベンダー畑に広がりが出て、全体的に安定感が増すはずだから」

言った後で、口を挟みすぎると鬱陶《うっとう》しがられるかも、と危惧したが、意外にも男はカメラを僕に差し出してきた。

「すごく詳しいみたいなんで、よかったら、何枚か撮ってもらえませんか？　これ、友だちから借りたカメラなんっすけど、俺、こういうの使ったことがなくて」

　それなら、とカメラを受け取り、構図などを確認しながら調節する。まずは、人物と風景、両方に焦点を合わせたものを。次に、モデルに焦点を合わせて、風景にぼけを入れてみる。ラベンダーに柔らかさを持たせた分、女のシャープな顔が際立ち、なかなか美人に撮れたのではないか。フラッシュを使って女の顔を明るめに写してみるのもいい。

「こんな感じでどうだろう」

　十枚ほど写して、男にカメラを渡す。男は画像を確認しながら、おおっ、と声を上げ、女のもとへ駆け寄った。

「すごい、すごい。プロが撮った写真みたい」

　女が画面を覗きこみ、画像が変わるごとにはしゃいだ声を上げている。

「これで満足したか？」

「うん、夢叶った！」

　女は満面に笑みを浮かべて大きく頷き、立ち上がった。

「じゃあ、撤収。ったくこんな朝っぱらから……」

　男はぼやきながらも、女の手を引いて一緒にこちらへやってくると、僕に頭を下げた。

女もぺこりと頭を下げる。頭の上に載せていた白いリボンがぽとりと落ち、女は、わわっ、と声を上げながら、あわてて拾った。

「ちゃんとお礼言えよ」

「あ、ありがとうございました」

「いや、こちらこそ目的も訊かずに、さしでがましいことをして……」

「僕ら、結婚してるわけじゃないんです。っていうか、ただの同級生で付き合ってもいないんだけど。こいつから、北海道に住んでるうちに絶対にやりたいことがあるから協力して欲しい、って頼まれて」

「あたし、北大の四年生なんです。卒業後は九州の田舎に帰るので、いい思い出ができました。もしかして、プロのカメラマンさんですか？」

「……いや、カメラが趣味なだけで」

「そうなんっすか？　絶対プロだと思ってました」

「すごいのを撮ってもらえて、めちゃくちゃラッキーです」

どう答えたものかと頭をかいているうちに、「人のいない時間を狙って来たんっすよね。邪魔ものは撤収するので、ごゆっくり」と男が言い、二人は丘を下っていった。

男は早足ですたすたと歩き、女はドレスの裾を膝のあたりまでまくりあげ、ぱたぱたと小走りに付いていく。赤いサンダルがドレスに不似合いだが、かわいらしい。

その様子がおかしくて、肩からかけていたカメラでパシリと一枚撮ってみた。タイトルは「ちょっと、待ってよ」といったところか。

広いラベンダー畑はようやく僕だけのものになる。しかし、女の声が小道にぽとりと落ちていた。

――プロのカメラマンさんですか?

正しい答えは、プロのカメラマンになる夢をあきらめた者です。夢との決別のために北海道を訪れたのは、夢の始まりがここであったからだ。

僕の実家は山陰地方の小さな海辺の町でかまぼこ工場を経営している。従業員八名の小さな会社で、貧乏ではなかったが、それほど裕福でもなく、夏休みに家族旅行に出かけたのはたったの一度きりだった。姉が中学二年生、兄が小学六年生、僕が小学四年生のときだ。

行き先の決定権は母にあった。そもそも旅行をするきっかけになったのは、母が宝くじで十万円を当てたからだ。母は北海道、できれば富良野に行きたい、と提案した。富良野を舞台にしたテレビドラマ、「北の国から」が好きだったからだ。レンタルビデオを含め、ドラマは家族全員で見ていたため、反対する者は誰もいなかった。

旅行会社で二泊三日の富良野・美瑛ツアーに申し込み、七月末、両親と子ども三人、計五人で飛行機に乗り、新千歳《しんちとせ》空港に向かった。家族全員初めての飛行機、初めての北海道だった。旅行の行程は、一日目は、新千歳空港から札幌に向かい、北海道庁旧本庁舎や時計台、大通公園などを見学して、十勝岳《とかちだけ》温泉に宿泊。二日目はメインの富良野観光で、午前中にドラマのロケ現場となった麓郷《ろくごう》を見学し、ワイン工場を訪れたあと、ここ、日の出公園へ。

ラベンダー畑を目の当たりにした僕たち一家は、テレビ画面で見るよりもはるかに色濃く広がる紫色の花の絨毯に向かい、歓声を上げた。

自らを乙女と称する母はもちろん、花などまったく興味がなさそうな父までもが、すごいなこれは、と口にしたほどに、皆が心を奪われていたのだ。非日常の世界。当然、その景色を写真に収めたくなる。しかし、姉はとりあえず一冊、兄と僕とでようやく一冊、計二冊しか子どもの成長アルバムがない我が家において、カメラなど日常生活にまったく必要ない道具だった。

ならば、誰でもそこそこ上手に撮れる使い捨てカメラを買えばいいものを、父は出発前にはりきって、従業員の田中さんという、とにかく新しい機械が好きなおじさんから、一眼レフのカメラを借りていた。パートのおばさんたちから、「社長、ラベンダーの写真をたくさん撮ってきてくださいね」と頼まれ、まかせとけ、と胸を叩いた手前、カメラもちゃんとしたものでなければ、と思ったのだろう。

そして、田中さんに扱えるのだから、自分にも簡単に操作できると思い込んでいたに違いない。それなのに、いざ、ラベンダー畑を前にしてカメラを構えると、どうにも焦点を合わせきることができない。まあ、現像すればきれいに写っているのだろう、などと思いながらラベンダー畑を二、三枚撮り、その前に家族を立たせたものを一枚撮ると、早々に写真撮影を終わらせた。

カメラに興味を示したのは、子どもたちの方だった。ラベンダー畑に感動したものの、母のように、じっと眺め続けていたいとは思わない。ミルク味のソフトクリームも食べ終えた。しかし、集合までにはまだたっぷり時間がある。姉がまず、カメラを貸してくれと父に頼み、次は兄が撮りたがり、カメラは完全に子どもたちの退屈しのぎの道具と化してしまった。

当然、僕も写真を撮りたいとはりきって申し出た。なのに、父は僕に対しては、「落とすと困るし、フィルムがもったいないから、この場所から三枚だけにしろ」と厳しいことを口にした。

いつものことなので、がっかりはしなかった。台所で包丁を使うのも、打ち上げ花火に火をつけるのも、工場で品質表示のラベルに日付スタンプを押すのも、姉や兄が僕と同じ歳のときにはすでに許可がでていたはずなのに、僕に対しては両親ともに、あんたはまだ小さいんだから、と言ってさせてくれなかった。

ずるい、とそのつど僕は不満を抱いていたが、姉や兄から見ると、えこひいきされているのは、僕の方らしい。確かに、宿題ひとつとっても、父は僕のだけ手伝ってくれていた。運動会や日曜参観日にも必ず来てくれた。だからといって……。

——あんたが一番、父さんに大事にしてもらったんじゃない。

そう言って、すべてを僕に押し付けるのはずるいのではないか。

広角レンズを付け、手前のラベンダーまでピントが合うように絞って、シャッターを押す。が、どうもしっくりこない。

まずは公園全景を、と思うのだが、ここを切り取りたい、この姿を永遠に留めておきたい、誰かに見せたい、と思える場所に焦点が定まらない。初めて一眼レフのカメラを覗いた十歳の僕は、姉や兄の見よう見まねでレンズを動かし、被写体の変化に心を弾ませ、ここも、ここも、と形に残しておきたい景色はいくつもあったというのに……。

このテンションのまま写真を撮っても、バッジを付けた観光客が撮る記念写真となんら変わりないものになるのだろう。むしろ、それ以下になるのではないか。

証拠写真は誰かに見せるためにある。

いいなあ、北海道。きれいだなあ。うらやましいなあ。

相手にそんなことを言わせるのが目的なのだから、おかしな写真を撮るわけにはいかない。自慢できる最低限の基準は満たさなければならないということだ。

十歳の僕にはそれができた。ある意味、僕の初コンクールは二十年前にここで行われたと言えるのかもしれない。

今でこそ、デジタルカメラで撮った写真をその場で確認することができるが、二十年前は、どのように写っているか、現像するまでのお楽しみだった。北海道旅行から帰って五日後、母が写真を近所の写真館に取りに行き、僕たちきょうだいは父と一緒に楽しみに待ち構えていた。しかし、帰ってきた母の表情はあきらかにがっかりしたもので、封筒から写真の束を取り出した途端、皆が同じ表情になった。二十四枚撮りフィルム、三本分の写真は、ほとんどぴんぼけだったのだ。

父は最初、写真屋の腕が悪いのではないかと文句を言っていたが、そうではないことは三枚の写真が証明した。色鮮やかにくっきりと景色を切り取った写真。

全部、僕が撮ったものだった。

一枚は、ラベンダー畑をバックに僕以外の家族四人が並んで写っている。一枚は、丘一面にラベンダー畑が広がる公園全景。もう一枚は、足元に広がるラベンダーを大写しにしたもの。ピントの狂いは一ミリもなかった。

それら三枚の写真を家族の人数分焼き増し、皆でしばらくの間、カバンに入れて持ち歩き、知り合いに見せ、友人に自慢した。

きれいだわ。すごいなあ。行ってみたいなあ。

称讃の声はすべて僕に向けられているような気分だった。僕の撮った写真で、年賀状が作られ、大きく引き伸ばしたものは額に入れられ、自宅の居間と、工場の事務所にも飾られた。

僕の写っていない家族写真を飾られることに、僕は誇らしさを感じていた。

——下の坊ちゃんは行かなかったんですか？

写真を見ながら、大概の人はそう訊いてくる。すると、両親はこう答えるのだ。

——いや、この写真を撮ったのは、末の子なんですよ。

——それはすごい。将来、名カメラマンになるんじゃないですか？

そう言われると、父も母も、まんざらではないという顔をしていたではないか。——拓《たく》なら、カメラマンになれるよ。姉も兄も、そう言ってくれたではないか。なのに、その夢にようやく手が届きそうなところで、どうしてあんなことが言えるのか。僕に、かまぼこ工場を継げ、などと。

数回、シャッターを押したところに、新しい客がやってきた。僕の両親くらいの男女二人連れだ。女の方は茶色い犬を抱いている。ポメラニアンだ。立ち入り禁止の看板を無視してずかずかとラベンダー畑に入っていき、男に向かって声を上げた。

「ここでいいかしら。ちゃんと、ラメちゃんがカメラの方を向いたときに、シャッターを押してちょうだい」

「わかった、わかった」

男がそう言って、小さなデジカメを構える。

ラベンダー畑の中で、ウエディングドレス、犬と一緒に……。写真学校では何度も、目的を持って写真を撮ることの重要性を説かれた。いくら技術が高くても、何も考えずにただ景色を切り取った写真では、見る人に感動を与えることはできない、と。

僕がここで写真を撮っている目的は何なのだろう。

夢とのお別れ撮影旅行で、いいのだろうか……。


日の出公園近くのカフェで朝食を取り、美瑛に向かう。二十年前の旅行の際と同じコースだ。あのときは観光バスだったが、今回はレンタカーを利用している。

富良野でラベンダー畑を堪能した段階で、母を中心とするうちの家族は、旅行の目的を九割がた果たしたような気分でいた。

あとは旭川に向かい、市内のホテルに宿泊し、土産物を買い込むのを楽しみにしていたくらいだ。バスガイドが「これから、美瑛を通過して旭川に向かいます」と言うのを聞きながら、僕は寝てもいいかと母に訊ね、その横で姉と兄はすでに寝息を立てていた。

それなのに、美瑛を走るバスの窓から見える景色は、閉じかけた僕の目を一瞬で見開かせた。丘一面に模様を描いている花畑はラベンダー色だけではない。赤、オレンジ、黄、白、まぶしいほどに輝いていた。慌てて、姉と兄を起こした。

――パッチワークみたいね。

母はうっとりしながらそう言い、姉は、それは何だと訊ねていた。

兄は父に、花の種類を訊いていた。父は、サルビアやポピー、マリーゴールドといった花の名前はなかなか出てこず、ガイドに教えてもらっていたのに、じゃがいもやそばといった作物の花の名前はすぐに出てきて、他の客たちから、すごいですね、と褒められ、嬉しそうに頭を掻《か》いていた。

それらの会話をところどころ耳で捉えながら、僕の体はカメラと化していた。父はカメラを日の出公園を出るときに旅行カバンに仕舞いこんでいた。心が揺さぶられるような美しい景色を、一枚でも多く頭の中に刻みこんでおこうと、僕はレンズである目を遠近さまざまに調節しながら、ベストアングルに焦点を絞り、頭の中のシャッターを押し続けた。

——美瑛は丘の町として知られています。

バスガイドからそんなふうに説明はあるものの、バスが停まる気配はなかった。どうして、停まってくれないのだろう。バスから降ろしてくれないのだろう。大自然を物語る雄大な景色をじっくりと心ゆくまで堪能したいのに。

不満は湧き上がるものの、文句を言っている暇はなかった。窓の外には、どこまでもどこまでも、美しい丘の風景が続いているのだから。

バスがようやく停まったのは、白い教会のような建物の前だった。「拓真館《たくしんかん》」という名の写真ギャラリーだ。

――拓真と同じ名前じゃないか。

いち早く気付いたのは父だった。僕の名前は「たくま」と読むが、同じ漢字の名前がつけられた建物が存在することが嬉しかった。それが写真ギャラリーだということに、僕の胸は震えた。たった今、自分が見てきた景色が、自分の撮った作品として展示されているような想像をして、にやにやしてしまったはずだ。

名前が同じ写真家がいるのか、と自分の名前をツアー客たち全員の前で叫んで、自慢したい気分になったが、「拓真館」は写真家の名前に由来しているわけではなかった。

写真家の名前は前田《まえだ》真三《しんぞう》。尊敬する人物を訊かれると、僕は迷わずこの名を挙げる。

一九二二年生まれの前田真三は風景写真の第一人者で、一九七一年、約三か月をかけた日本列島縦断撮影行の終盤、ここ、北海道美瑛町や上富良野町一帯に日本の新しい風景を発見する。以後、足繁くこの丘陵地帯に通い、人と自然の織りなす美しい大地をテーマとした作品を次々に発表した。

一九八七年に開設した「拓真館」には、約八十点の作品が常設展示されており、現在も年間三十万人が訪れる拠点となっている。

前田真三の写真には温度がある。風が吹き、雲が湧き上がり、大地が呼吸しているのを感じる。その一点、一点を、受け取り手として鑑賞し、作り手として観察した。

頭の中に作品を焼きつけたまま、昼食を取るために、美瑛駅へと向かった。視界の端から端まで一望では捉えきれないほど広大な丘陵地帯が続く。

駅付近のレストランで地元産の野菜がたっぷり乗ったカレーうどんを食べたあと、パッチワークの路を回るため、まずは、ぜるぶの丘を目指す。わずかな距離にもかかわらず、黄金色と緑色のコントラストに目を奪われて車を路肩に停めた。

小麦がたわわに実る丘、その上には澄み切った青い空が広がり、白い雲が湧き上がっている。僕という人間など、まったくもって小さな存在でしかないことを教えてくれ、だけど、おまえもこの広く美しい自然の一部なのだと手を差し伸べてくれる。

同じ田舎だとしても、こんな風景に囲まれた場所ならば、僕は喜んで実家に帰る。かまぼこ作りの毎日も悪くない、と思えるだろうか。しかし、あの町に、僕の撮りたい景色はない。

目の前には、ゆるやかに起伏した丘が広がっている。緑濃い畑の向こうに見えるのは十勝岳だろうか。丘の稜線《りょうせん》と山とをどのバランスで撮ればおもしろくなるか。山を遠くに置いて丘の広がりを表現するのは？　地平線の位置は？　空は太陽から九〇度の方向、地平線から離れた空ほど青く見える。

超広角レンズを取り付けて、そのポイントを探す。と、手前に先客がいるのに気が付いた。僕と同じ歳くらいの女で、妊娠しているように見えるが、連れの姿は見えず、三脚にデジタル一眼レフカメラを固定して覗いている。自分の姿を入れて写したいようで、立ち位置とカメラとを二往復した。

おそらく写真にそれほど自信のない人でも申し出るはずだ。

「あの、よかったらシャッター押しましょうか？」

「助かります。よろしくお願いします」

女はハンカチで鼻の頭を押さえながらそう答え、何の作物かわからない畑の手前に立った。カメラは三脚に固定されたままだ。言葉通り、シャッターを押すだけと解釈されたようだ。ラベンダー畑でドレスを着ていた子のように、アングルの調整からしてあげようかと思ったのだが。まあ、三脚をつけたまま動かせばいい。

カメラを覗く。女は片手を腹に添え、もう片方の手でピースサインをして、こちらに笑いかけている。三脚を移動させる必要も、レンズの調節をする必要もない。

「撮りますよ」

声をかけて、シャッターを押した。女は、どうも、と言いながら歩いてこちらへ戻ってきた。

「助かりました。タイマーにすると、間に合うように走らなきゃいけなくて」

腹に手を添えながら明るく言われた。一人旅のようだが、訳ありではなさそうだ。

「お一人ですか？」

つい、訊ねてしまう。

「そうです、夫の仕事の都合で。今日の夕方、旭川のホテルで待ち合わせをしているの。お腹の子との二人旅もいいけど、この景色は彼にも見せてあげたかったなあ」

女が丘を振り返る。そういうことか、と合点がいった。

「よかったら、何枚か撮りましょうか？」

「いいんですか？」

「車で回ってるんで、時間を気にしなくて大丈夫なんです」

「いいなあ。パッチワークの路を一周なんて」

「もしかして、歩いて？」

「免許を持ってないから。レンタサイクルも考えたけど、振動が強そうでしょう。ぜるぶの丘までなら駅から歩けるし、十分きれいだからいいかなと思って」

「一緒に回ります？　あ、知らない男の車に乗るとか心配ですよね。どうしようかな、免許証を預けたら、信用してもらえますかね」

「そんなのしてくれなくて、いいですよ。よろしくお願いします。すごく、嬉しいです」

女は、智子です、と名乗り、僕は、柏木《かしわぎ》拓真です、とフルネームを名乗った。

「もしかして、『拓真館』の、拓真さん？」

写真仲間に自分からそう紹介したことはあるが、先に言われたのは初めてだ。なんだか照れくさい。と同時に、智子さんはいい人だろうな、と好感度が一気に上がる。

助手席に座ってもらって、智子さんの旅の目的などを聞いてみたいと思ったが、畑の中から野生動物が飛び出してきそうな道を走るのだから、万が一に備えて、後部座席に座ってもらった。

先に話しかけてきたのは智子さんの方だ。

「『拓真館』の拓真くんは、やっぱり写真関係の仕事をしているの？」

ほんの数分前に出会った人だが、僕はこの人に、僕の夢について聞いてもらいたい。

何でもできる姉や兄ではなく、僕だけが一眼レフカメラを扱えたことと、「拓真館」との出会いから、十歳の僕の将来の夢は「写真家」と決まった。

だけど、そのために特別な努力をしていたわけではない。カメラを持ってもいなかった。ただし、地域の祭りや学校行事の際には、使い捨てカメラをまるごと一つ、僕用に買ってもらえたので、それで十分満足していたし、写真係として家族に認められたことに誇らしさも感じていた。

高校生になったら写真部に入ろう、と決めていたものの、いざ入学すると、活動している様子がまったくうかがえない写真部に入るよりも、中学生のときと同じバレー部に入った方が学生生活を楽しく過ごせるような気がして、迷うことなくバレー部に入部した。アルバイトをしてカメラを買おうという目標は持ったままだったが、そんな時間の余裕はどこにもなく、使い捨てカメラすら手にしないまま三年間を過ごした。

姉や兄とレベルの差が雲泥である東京の大学に入ってからは、バレー部に入ろうとは思わなかったが、写真への思いもまったく消え失《う》せていた。かなりゴネて東京の大学を受験することを許してもらったのに、誰も名前を知らないようなところしか受からなかったことに引け目を感じて、少しでも親を頼らずにすむようにと、アルバイトに勤《いそ》しんだ。

バイト仲間に恵まれ、季節の変わり目ごとに彼女もでき、それなりに楽しくやっているうちに、時間はあっという間に過ぎてゆき、就職活動は苦戦しながらも、都内にある靴を扱う会社から内定を取ることができた。

ぜるぶの丘の展望台からは、ケンとメリーの木が見える。「拓真館」があるのはパノラマロードで、パッチワークの路とは線路を挟んで反対側となる。歩いて行くには困難な場所だ。

「『拓真館』行きますか？」

「わたしは昨日、同じペンションに泊まった人たちと行ったんだけど、何度行っても素敵なところだから、拓真くんの予定に合わせるわ」

「僕もさっき行ってきたところなんです。やっぱり、美瑛に来たらまず一番に行かなきゃと思って」

「そりゃあ、拓真くんだもんね。わたしも赤ちゃんが男の子だったら、名前、拓真にしていたかな」

お腹の子は女の子で、智子さんはこの旅の中で、名前を決めることにしているらしい。

ぜるぶの丘を後にして、北瑛《ほくえい》小麦の丘へと向かう。名前が人生に与える影響は大きい、と僕は話を続けた。

写真への思いが再燃したのは、やはり「拓真館」がきっかけだった。同じ会社に勤務する事務の女の子が北海道旅行の土産に、「拓真館」で前田真三の写真集を買ってきてくれたのだ。僕に好意を抱いているのではなく、単に、旅先の施設が知り合いの名前と一致したのが嬉しかったらしい。

僕はそれを有難く受け取り、暇さえあれば眺めていた。

写真を見ながら、子どもの頃の北海道旅行を思い出すこともあったが、次第に、これはどんなふうに撮られたのだろう、と考えるようになった。そして、自分にも撮れるのではないかと、バチあたりな考えまで抱くようになってしまったのだ。

なけなしの貯金でデジタル一眼レフカメラを買ったため、北海道を訪れる余裕はなく、身近な景色から撮っていった。

前田真三なら、ここをどんなふうに撮るだろう。温度、風、空気、目に見えないものを落とし込むにはどうすればいい。

写真専門誌を買い込み、隅から隅まで読んで研究をした。ただ、景色を切り取るだけではなく、目的やテーマを持つことが大切だということもわかり、休日には、山や海といった自然を感じることができる場所に赴いたり、祭りなどのイベントにも足を運んだ。

太陽が照らしだす花の色が最大限に鮮やかになる瞬間を捉えたい。

激しい波しぶきの小さな一粒にも躍動感を持たせたい。あの山の向こうには町があり、見知らぬ人たちが泣いたり笑ったりしながら生活しているのだと感じることのできる、空の広がりを表現したい。

僕なりの思いを込めた写真を現像して、並べると、北海道旅行のときの写真のように、他とは違った輝きを放つ写真を数枚、見つけることができた。ぴんぼけの中のまともな三枚ではないが、そんなふうに、これだ！　と思うことができるものだ。

その中からさらに厳選したものを、僕はある写真専門誌のコンクールに送った。予選通過者の末席に自分の名前が載るといい、とささやかな望みを抱いていた。雑誌を買い込んで両親と姉と兄、それぞれに送り、自慢をしてやろう。正月に実家に帰った際、「そういや、おまえは写真を撮るのが上手かったよな」などと言われ、皆で北海道旅行を思い出しながら、楽しく酒が飲めればいい。姉さんの見合い写真も、おまえが撮ってやれ。父はそんなことも言うに違いない。

能天気な僕の想像は、スケールアップして叶うこととなる。初応募したコンクールで優秀賞を取ることができたのだ。二千人中の第二位という、かつて僕が経験したこともない順位だった。

帰省したのは、受賞した三か月後だったのに、工場の人や近所の人たち、田舎町ですれちがう人のほとんどから、おめでとう、と声をかけられた。とっくに忘れられていてもおかしくないし、そもそも知らなくて当然のことなのに。

父も母も事あるごとに自慢していたということを、従業員の田中さんがこっそりと教えてくれた。

僕に合わせて帰省してくれた姉と兄も祝福の言葉をかけてくれた。姉は自分から見合い用の写真を撮ってほしいと頼んできたし、兄はネットでフォトコンテストを調べ、次はこれに応募してみたらどうだ、と僕の背中を押してくれた。フィルム会社が主催する、アマチュア最高峰のコンテストで、プロの写真家への登竜門とも呼ばれているものだ。

翌年、僕はそのコンテストで最優秀賞を獲得した。応募総数二万人の中のトップだ。豊かな自然が満ち溢れる風景を切り取ったのではない。ネオンの光る路地裏に咲いた花を撮ったのだ。タイトルは「夢、拓く」。

その年の年度末、僕は六年間勤務した会社を辞めた。プロの写真家を目指すため、時間に融通のきく仕事をしながら、写真の専門学校に通うことに決めたのだ。

ケンとメリーの木に到着した。何十年も前のCMで有名になった場所だ。しかし、木はシンボルの一つにすぎず、すばらしいのはやはり、丘の風景だ。智子さんに断り、少し先まで進んだ路肩に車を停めた。絶景スポットなのか、他の場所より路肩が広い。緑、黄緑、深緑、そして黄金色。僕は色の名前をあまり知らない。だけど、知らない名前の無数の色を写真で表すことはできる。

三六〇度見渡しながら、数枚、風景写真を撮影したあと、智子さんにどこに立ってもらおうかと考えた。智子さんも風景写真を撮っている。その姿がとても優しくて、僕は思わず、カメラを構え、シャッターを押した。想像したこともなかったが、美瑛の風景と妊婦はとてもマッチしているのではないだろうか。花や作物を実らせる豊かな大地と妊婦は、ともに新しい生命を育むという共通点があり、まさに、母なる大地として強く、優しく、温かく、自分以外の生命を包み込む存在なのだということを感じさせてくれる。

そんな写真集があってもよさそうなものだが、僕は見たことがない。ちゃんと撮らせてほしい、と頼んでみようか。

その前に、智子さんのカメラで撮ってあげなければ。

「拓真くん、ここから撮ってもらっていい？」

いつの間にか道路を渡っていた智子さんのところまで走っていき、カメラを受け取ると、智子さんは白い花が咲く畑の前に立った。カメラを構える。これもまた、僕がアレンジを加える必要のないポジションだ。身長は二〇センチ以上違うはずなのに、それも計算されているのだろうか。

シャッターを押すと、智子さんは次の場所を探すように丘をきょろきょろと見回しながら、こちらに戻ってきた。

「あれ、そばの花だって知ってた？」

「知ってましたよ。あっちはじゃがいも」

二十年前の父の受け売りでそのまま答えると、智子さんは驚きの声を上げた。智子さんは富良野の農家の人に昨日教えてもらったらしい。三脚を立ててラベンダーの写真を撮っていると、地元の人にシャッターを押そうかと言われ、そのまま、その人の知り合いの農家の畑でメロンをたらふく食べさせてもらったという。

「へえ、いいなあ」

僕の誘いに気軽に乗ってくれたのも、前例があったからだということがわかる。いい人だと判断してくれたのだろうと、少し喜んでいたのがバカみたいだ。ただ、通りかかる人が智子さんに声をかける気持ちは理解できる。この豊かな地に立てば、誰でも妊婦に親切にしたいと感じるはずだ。

「じゃがいもの花は今初めて知った」

智子さんはそう言って、じゃがいも畑に向かった。

「じゃがいもも白い花なんだ」

花を眺めながら、腹に片手を添えてつぶやいている。いや、赤ちゃんに語りかけているのだろう。

「あの、僕のカメラで智子さんを撮らせてもらっていいですか？」

「わたしを？」

「そうです。花を見ている智子さんを」

「じゃがいもじゃなきゃダメ？」

「すみません。実は、そば畑でもつい撮ってしまったんです。なんか、母親って姿が畑とすごくマッチしているな、と思って」

「なるほど、母なる恵みの大地ね。わたしでよければ、ぜひ」

僕は智子さんに、お腹の赤ちゃんに花の名前を教えてあげているような感じで、とずうずうしくポーズを指定し、カメラを構えた。ぼかしなどの演出は加えず、そのままの姿を撮りたい。智子さんの柔らかい笑顔を捉えて、三回、シャッターを押した。

僕が撮り終えたのを確認すると、智子さんは、画像を見せてほしい、と言ってきた。

そばの花の前で撮ったものから順に見せる。

「なんか、いい。自分で言うのもなんだけど、すごくいい写真。これって、もらえる？」

「当然です。……連絡先、訊いても大丈夫ですか？」

「了解」

智子さんはあっけないほどけろっとした顔でそう言い、携帯電話を取り出した。赤外線通信で互いのメールアドレスを交換する。

「初対面なのにこういうことができちゃうから、旅って不思議なのよね」

智子さんが言った。まったく、同感だ。

「でも、本当にわたし、運がいい。旅先でプロのカメラマンにあんないい写真を撮ってもらえるんだから」

「いや……。僕はプロじゃありません。カメラマンでもない。ここに来たのは写真と決別するためなんです」

北瑛小麦の丘、セブンスターの木、そして智子さんリクエストの親子の木を回った後で、ログハウス調のシャレたカフェに入った。森の中の隠れ家といった雰囲気だ。

「地元の素材を使った手作りチーズケーキに心惹かれるんだけど、チョコレートケーキもおいしそうだから、両方頼んで二人で分けない？」

「賛成です」

ケーキ二種類と、僕はコーヒー、智子さんはカモミールティーを注文した。傍《はた》から見ると、僕たちは夫婦に見えるのではないだろうか。いや、姉と弟といったところか。智子さんは僕なんかよりも、遥《はる》かに人生を達観しているように見える。人生の決断を迫られても、くよくよと悩むことなどないのだろう。

「智子さんが撮った写真、見せてもらってもいいですか？」

智子さんはカメラをバッグから取り出し、画像を見せてくれた。

「……へえ、フェリーでここまで来たんですね。あ、とうもろこし。僕まだ食べていないんですよね」

智子さんはただにこにこしながら、こちらを見ている。中途半端な泣き言の予告をしてしまった僕に、おそらくとても気を遣ってくれているのだろう。智子さんは日の出公園にも行っている。ラベンダー畑が波打って見えるような場所など、あっただろうか。穏やかな海のようだ。

「智子さんも、写真の勉強をされていたんですか？」

「そんなによく撮れてる？」

「ちょっとヘコむくらいに」

「写真というよりは、父がテレビ局で映像関係の仕事をしていたから、いろいろ教えてもらったの」

僕には無縁の世界がさらりと登場した。

「プロ中のプロに教わった、ってことですね」

写真家を目指していたことなど話さなければよかった。

「拓真くんが撮ってくれた写真、本当によかったよ。これが最後なんてもったいない」

「……田舎に戻って、家業のかまぼこ工場を継がなきゃならないんです」

「そうなんだ……」

「すみません、せっかくの旅なのに、こんな辛気臭い話して。だけど、智子さんの写真を見せてもらって、あきらめがつきました」

「えっ」

「誤解しないでください。技術云々《うんぬん》じゃなくて、自分の足りないものに気付いたんです。僕の思い込みだったら恥ずかしいんだけど、智子さんは生まれてくる赤ちゃんに一緒に旅した景色を見せてあげるために、写真を撮っていませんか？」

「何でわかったの？」

「お腹が大きいのを見ているから、想像力がそれほど豊かじゃない僕でも察しがつくんだろうけど、写真だけ見ても、大切な人に見せてあげたいっていう思いが込められてることはわかります。僕の写真には……、ただ、写真を撮るのが好き。それくらいの思いしか込められていない」

「写真を撮るのが好き。一番大切なことだと思うけどなあ。……あ、ケーキ」

テーブルに注文した品が並べられる。智子さんがチーズケーキとチョコレートケーキをそれぞれフォークで半分に切り、一つずつを入れ替えた。

「食べよ」

僕には明るく言ってくれたのに、智子さんはチーズケーキを頬張ったまま、何か考え事をするような表情をしている。なぐさめの言葉を探してくれているのだろうか。僕は半分に切られたチョコレートケーキにフォークを突き刺し、そのままかぶりついた。

「うん、うまい！」

僕なりにおどけてみたつもりなのに、智子さんはマジメな顔をこちらに向けた。

「拓真くん、小説読むの好き？」

「あんまり読まないです。マンガなら好きだけど」

「読んでもらいたい小説があるんだけどな。短編だから、慣れてなくてもそんなに苦労しないと思う」

「今、ここで？」

「ううん。駅のコインロッカーに入れてるカバンの中にあるの。あげるから、いつでも好きなときに読んで」

頷くと、智子さんは笑顔を返してくれた。

「ところで、松木流星《まつきりゅうせい》って知ってる？」

いきなり話題を変えられ、二時間ドラマをいくつか見たことがある、と答えると、智子さんは嬉しそうに、どの作品だ、役者は誰が出ていたか、とドラマについて語りだし、わたしはドラマが好き、と断言した。

マイルドセブンの丘に寄って、美瑛駅に戻った。コインロッカー前で智子さんから渡されたのは、本ではなく、綴じた紙束の入った茶封筒だった。智子さんが書いた小説かと訊ねると、智子さんもフェリーで知り合った人から受け取ったもので、プロが書いたものなのか、素人が書いたものなのか、フィクションなのか、ノンフィクションなのか、まったく判別がつかないものらしい。だけど、読んでよかったと思えるものであり、僕にも読んでもらいたいという。

気に入らなければ捨ててもいい、とまで言われると、逆に絶対に読んでやろうという気になり、今から読みます、と宣言して、改札口で智子さんを見送った。
まだ日は高く、美瑛の丘の全景が楽しめるという駅から近い北西の丘展望公園に行き、そこで小説を読むことにした。

山間の田舎町で生まれた絵美。両親はともに家業のパン屋で忙しいうえに、絵美自身は修学旅行の前日に熱を出したりと、狭い町から一度も出ることなく、毎日を過ごしている。しかし、絵美には想像力があり、友人を介して推理小説と出会ったことから、自身も小説を書き始める。その作品が時を経て、人気作家、松木流星の目に留まり、弟子にしてやるから東京に出て来い、と夢のような転機が訪れるが、時すでに遅し。絵美には婚約者がおり、両親も絵美が作家になることより、婚約者と結婚して家業を継いでくれることを望んでいる。作家になる夢を一度はあきらめようと決心した絵美。しかし、思いを捨てきることはできず、上京するため誰にも内緒で駅へと向かう。しかし、そこには絵美を待ち構えていたかのように、婚約者の姿があった――。

公園全体を見下ろせるベンチに同じ姿勢で座ったまま、一気に最後のページまで読んでしまった。本を読む習慣のない僕にこんな読み方ができてしまったのは、絵美の姿に自分と重なるところがあったからだろう。山間の田舎町、海辺の田舎町。パン屋を営む両親、かまぼこ工場を営む両親。作家になる夢、写真家になる夢。家族から理解を得られないことまでも、僕と同じだ。

だからこそ、結末を知りたいと読み続けたのに、物語は婚約者が待ち構えていたところで終わっている。

どういうことなのかと、智子さんにメールを送ってみようと思ったが、これはもしかすると、こういう中途半端な終わり方をする作品なのかもしれない。あなたならこれにどんな結末を用意しますか？　といった類《たぐい》の。

だとしたら、僕は絵美にどうなってほしいのだろう。ほしい、という希望的な思いとしてなら、東京に行って作家になってほしい、だ。最後は、さも人生の岐路に立たされたような場面だが、落ち着いて読み返してみると、それほど切羽詰まっているわけではない。

絵美は何も背おっていないのだから。

待ち構えている男は婚約者であって、夫ではない。おそらく、腹に子どもがいる、という設定でもないはずだ。借金の形《かた》に無理やり婚約させられたわけでもないから、婚約者を捨てたところで、互いに少しばかり傷付くだろうが、大きな損害を被ることはない。

婚約者は理性のある男のようだから、逆上して、絵美を殺してしまうということもないだろう。学歴もあり、教師という安定した職にも就いているから、新しい彼女などすぐにできるのではないか。

両親にしても、女癖の悪い作家に娘が唆されているのではないか、という不安は抱くだろうが、日常生活に支障をきたすほどではないはずだ。どちらもまだ若く、健康で、娘に頼らなければならないことなど何もない。……そこが、絵美と僕との違いだ。

三か月前、父が肺癌で亡くなった。

突然の死ではなかったぶん、家族に今後のことを考える時間はあったはずだ。だけど、母や姉や兄と、父が死んだあとについて話すことなど一度もなかった。医者から余命宣告をされてはいても、父が回復する望みを捨てきっていたわけではない。むしろ、たとえ回復する可能性があったとしても、死んだあとの話などしようものなら、その可能性は潰《つい》えてしまうのではないかという恐れがあった。

そのうえ、僕は末っ子だ。一緒に暮らしてもいないし、看護できる距離にも住んでいない。父の症状を日々、目の当たりにし、話し合える距離に住んでいる母と姉は互いに何か相談しあっていたかもしれない。

僕と同じ、離れて暮らしている立場であっても、がん保険に入っていない父の高額な治療費を、ほぼ全額援助してくれていた兄になら、母は電話やメールで今後のことについても相談をしていたかもしれない。

そうやって、僕抜きで、話し合いが持たれていたのだろう。

だから、父の葬儀のあとすぐに設けられた話し合いの席で、母と姉と兄の意見は一致していたに違いない。

僕にかまぼこ工場を継がせる、ということに。

僕が写真家を目指していることも、コンクールに入賞したことも知っているし、プロとしての道が開きかけていることも伝えたのに、それならいい、とは誰も言ってくれなかった。

普通は長男が継ぐものではないのか。そうは思っても、口にできないのは、兄が東京の一流証券会社で働いているからだ。年収一千万を棒に振り、赤字と黒字を毎月、行ったり来たりしながらどうにか成り立っているかまぼこ工場を継ぐことに、何のメリットがあるというのだろう。結婚して、子どもも二人いるというのに。おまけに、上の子は有名私立小学校に入学したばかりだ。

姉はまだ独身だ。実家の隣町に住んでいる。しかし、姉もまた、小学校の教師という安定した職業に就いている。副業は禁止されているし、かまぼこ工場と兼業できるような楽な仕事ではないことくらい、僕でもわかる。

それでも、母が健康なら、僕はもっとはっきりと自己主張できていた。しかし、母は五年前に交通事故に遭い、右足を引きずりながらの生活を送っている。事務所での仕事はできても、工場での立ち仕事は難しい。

工場を閉める、工場を別の人に買い取ってもらう、そんな選択もあるのかもしれない。だけど、父と母と二人で築き上げてきたものを終わらせることと、夢をあきらめること、どちらが辛い決断なのかを天秤《てんびん》にかけると、前者の方が重いのではないかという気がして、何も言い返すことができなくなってしまった。

しかし、そんな状況であるのだから、皆、僕に工場を継いでくれと頼むべきなのではないだろうか。そうされたのならば、僕ももっと潔く決断できたはずだ。

なのに、どうしてあんな言われ方をしなければならないのだろう。

——拓真のために、お父さんが決めたことなのよ。

自分がこんな状況にいるからこそ、絵美は、田舎を捨てて、作家を目指せばいいのではないか、と思うのだが、どうにも絵美は作家として成功する気がしない。

婚約者に別れてくれと言うのではなく、三年待ってくれと頼むところに、何の覚悟も感じることができない。そもそも、彼女は作家になりたいという憧れは持っていても、書きたいという欲望は持っていないのではないか。

高校生のときに書いた作品を褒められ、それに対する深い思い入れがぶり返し、駅へと向かうが、彼女の中に新しい物語を書いてやろうという感情はない。一度反対されただけで泣きながらあきらめ、思い出したように家を飛び出すものの、その間、彼女は物語を一行たりとも書いていないし、頭の中に物語が溢れるといった様子もない。

どうしても書きたい物語がある。これを突き付けて、婚約者や両親に、作家になる才能があることを証明してやろう。そうは思わなかったのだろうか。

単に、田舎の少女が都会での華やかな職業にあこがれていただけ。婚約者や家族の理解を得て東京に出られたとしても、絵美に他人の心を震わせるような作品が書けるとは思えない。

挫折して、泣いて帰れる場所があるといい。しかし、もしも婚約者が心変わりしていたらどうするのだろう。両親がパン屋を畳んでいたら。

ああ、あのとき、周囲の声にきちんと耳を傾けていればよかった。そう後悔しないだろうか。結婚して、パン屋で働きながら、自分は作家になれていたかもしれないのに、と夢想していた方が幸せだったのではないか、と。

……僕もそう思わなかったか？

夢を断たれ、まるで人柱にされるかのような思いで、かまぼこ工場を継ぐことに同意した。どうして僕が、と考えれば考えるほど陰鬱な気持ちになり、母には、自宅二階の子どもたちそれぞれの個室であった三部屋の壁をぶち抜いて、僕専用の広い部屋を作れだの、夢との決別のために撮影旅行に出かけるから、ひと月、自由にさせてくれ、などとこちらの要望を並べたてたが、心の奥底にほっとする気持ちがなかったと言いきれるか。

夢をあきらめる理由ができたことに安堵しなかったか。

写真の専門学校に通いながら、アルバイトでプロカメラマンの助手をすることもあったが、チャンスと言えるような仕事が入ることはなかった。コンクールに応募しても、芳しい成果を得ることはできず、このまま今のような生活を続けてもいいのだろうかと、自分に問うた時期もある。それでも、あきらめなければいつかチャンスは訪れる、と信じていた。

応援してくれている家族のためにも、絶対にプロの写真家になってやろうと……。

父は死の間際まで僕のことを心配し、かまぼこ工場を拓真に継がせてやってほしい、と病室で見舞いに訪れていた姉と兄に頭を下げたのだという。それは、僕がプロの写真家になることはできないと父が判断していた証拠だ。賞をとった作品を褒めてくれても、それはよくできたアマチュアの作品としてだったのだ。

だからこそ、三十歳になってもなお、叶わない夢を追い続けている末の息子が心配でたまらなかった。

もしも、父があとひと月長く生きられて、黒木《くろき》譲二《じょうじ》という一流の風景写真家から助手にならないかと声をかけられたことを伝えられていたら、父は僕にかまぼこ工場を継がせたいと言い残すことはなかっただろうか。

だけど、きみの作品にはあと一歩何かが足りない、と黒木さんから言われたことを告げずに済んだことも事実だ。足りない何かは、尊敬する写真家の助手をしているうちに見えてくるのではないかと思っていた。逆に言えば、かまぼこ工場を継ぐことになってしまったから、もう知るチャンスはなく、プロになる夢は断たれてしまったのだ、と自分に言い聞かせていたということだ。

智子さんがどれほど僕の事情をくみ取ってくれていたのかはわからない。この小説を、自分の解釈や意見を言わずに渡してくれたということは、自分で答えを探してみろ、という意味なのだろうか。

僕がもし、この小説を完結させるとしたら……。

駅までやって来た絵美だったが、婚約者と共に家へと帰る。だが、それは作家になる夢をあきらめたということではない。絵美が本物の作家になるために、まだ出て行くべきではない、と判断したためだ。愛されて育ってきた絵美には貪欲さがない。貪欲に求めない者に、己の内なる魂が何を求めているのか、どんな作品を生み出したいのか、理解できるはずがない。

夢を手放す覚悟を決め、なお書きたいと体の奥底から突き上げてきたものを形にしたときこそ、絵美にしか表現できない作品が完成したと言え、世に発表する価値を持つのだ。

チャンスなどそうそうめぐってくるものではないのだから、実力が追い付かないかもしれない、などと臆するよりも、とにかく目の前にあるチャンスに飛びつけ、と言う人もいるかもしれない。

だけど、文学や芸術を志す者はまず、己に向き合わねばならないのではないか。魂が込められた作品には、必ず誰かが目を留める。作者が田舎に住んでいようが、都会に住んでいようが、最終的に評価されるのは、作品だ。すばらしい作品であれば、編集者は山の奥までも原稿を取りに来るはずだ。

山間の町で絵美が魂を込めて紡いだ作品が、日本中の人の心を震わせる。都会に出て行って有名になるよりも、こちらの方が何倍も愉快ではないか。

僕は夢を捨てて家業を継ぐのではない。僕の魂が求めている作品を生み出すために、敢えて、夢を突き放すのだ。

十歳の僕がすばらしい写真を撮れたのは、チャンスがたった三枚しかなかったからではないか。限られた枚数だったことにより、本当に撮りたいものに焦点を絞ることができたのだろう。

この思いを留《とど》めておくための一枚。紙束を置き、カメラを手にとった。

ワインディング・ロード

20×20

富良野から旭川まで約五八キロメートル。国道二三七号を走る。

——趣味はサイクリングです。

そう伝えると、大概の人たちは、のんびりしていて楽しそうだね、と言う。河川敷を走ったりするの？　と訊かれれば、曖昧な笑みを浮かべてごまかしたりなどせず、きちんと説明する。

——自転車で旅をするんです。北海道を一周したり、東北を縦断したり、信州ではスーパー林道に挑んだり。もちろん、九州、四国も回りました。本当は半年くらいかけて全国縦断したいところですが、親もそういうことをさせるために大学に行かせてくれたわけではないので、本業は勉強をすることだと自分に言い聞かせて、休みごとに、旅に出ることにしていました。夏はできるだけ北の方を、春や秋に、南を攻めて。三日以上休みがとれると、中国地方、東海地方など、まだ訪れていないところを潰していきました。現地までは電車や船で行って、そこから目的のコースを走るんです。電車に乗るときは、自転車は折りたたんで袋に入れて運びます。輪行《りんこう》というのですが、これがなかなか重くて。他の荷物と合わせると、一五キロ以上あります。自転車で転んで怪我をすることはほとんどなかったのに、肩からかついだ輪行バッグが、歩く衝撃で腕や太腿《ふともも》にぶつかって、痣《あざ》ばかり作っていました。家族で温泉に出かけた際に、母親から嘆かれたときには少し申し訳ないと思いましたが、全都道府県制覇できた瞬間、痣も日焼けもしみもそばかすも、坂道や雨の中を長距離走ったときの苦しさなども、すべて吹き飛ぶくらいの達成感を得ることができました。最後に訪れたのは沖縄県です。宮古島や、石垣島、西表島など八重山諸島も回りました。波や潮風にやられて自転車はボロボロになってしまいましたが、旅から帰るごとに大切にメンテナンスをしているので、いつでも出かけることができます。自転車はわたしの大切な相棒なんです。

そして、就職活動の際にはこれらの話を要約して、この経験を活かし……、と続けたところ、夏前に、希望していたテレビ番組の制作会社から内定を得ることができた。最大手ではないが、印象に残るドラマをいくつも作っている会社だ。ドラマの部署に配属されるかどうかはわからない。しかし、物語に携わる仕事に就けたことが嬉しい。

そのうえ、大学生最後の夏に、再び北海道を自転車で走ることができている。

全都道府県、訪れた場所それぞれに良さがあったが、自転車で走ることを条件に、もう一度訪れたい場所を挙げるとしたら、やはり北海道だ。決して、先月別れたばかりの清《し》水《みず》剛生《たけお》が、新しくできた彼女と沖縄旅行に行くから、腹いせに北の大地を選んだわけではない。

幅広い一本道の両側にじゃがいも畑が広がっている。白い花は男爵、ピンクの花はメークインと小学校の家庭科の時間に習ったのを思い出す。粉《こ》ふきいもに適しているのは男爵、カレーや肉じゃがといった煮込み料理に適しているのはメークイン、ポテトチップスも男爵、地平線まで広がる畑は一面、白い花をつけている。

ポテトチップス、何袋分だろうか。

――もっと深いことを考えられないのかな。広大な大地の小さな一点であることに気付いた上で、自分の存在意義は何なのだろうか、とか。

旅から戻ったわたしに、剛生はいつもこんなことを言っていた。旅の最中に携帯電話を使うのはあまり好きではない。ファストフードのクーポンやレンタルショップのお勧め情報などが届いては、日常から遠ざかった気がしないからだ。しかし、これは！と思う景色に出会うと、写真を撮り、短いメッセージを添えて、剛生に送っていた。

それらのメッセージに対する総括、といったところだ。

——例えばさ、目の前に広がっているのは緑豊かな大地かもしれないけど、北海道なんだから、厚い雪に覆われている時期があるわけだろう。そこを経てからの芽吹きを想像するだけで、実りの尊さを、俺は感じることができるよ。なのに、綾《あや》のメールときたら、粉ふきいもだとか、ふかしいもだとか。人間のエゴを通り越して、愚かさしか感じられないよ。

これは、白い花をつけたじゃがいも畑の写真に、『粉ふきいも、できたてにパラパラッと塩を振って、ビールと一緒に食べるのが、おいしいんだよね』とメッセージを添えたメールに対するご意見だ。

——日常生活の中で見えていなかったものを感じることができるのが、旅の最大の醍《だい》醐《ご》味《み》であるはずなのに、そこに踏み込もうとしないで、あれがきれいだった、これがおいしかったとか、ホント、綾の感性って薄っぺらいよな。

改めて思い返してみると酷い言われようだが、その通りかもしれない、と反省しながら聞いていたのは、剛生のことを少なからず尊敬していたからだ。

——それが、作品にもそのまま表れてるよ。

大学生になってすぐにサイクリングを始めたわけではない。

新しいことをしようと、最初に叩いたのは文芸同好会のドアだった。

小学生の頃から、本を読むのが好きだった。初めて自分で物語を書いたのは小学五年生のときだ。一枚の絵を見てお話を作りましょう、という国語の授業の課題だった。星空を見上げているうさぎの絵を見ながら、想像を膨らませるうちに楽しくなり、夢中になって書いた。

うさぎは何故《なぜ》、星を見上げているのだろうか。星と星を線で結び、にんじん座やキャベツ座を作っているのか。それとも、母さんうさぎ座か。夜に一人ぼっちでいるということは、母さんうさぎはどこへ行ったのか……。

途中でプッと噴き出したり、終盤では涙ぐんでしまったり。とてもおもしろい物語ができたと満足していた。良かった人の作品は廊下の掲示板に張り出されると聞き、みんなに読まれるのは恥ずかしいな、などとくすぐったい気分でその日を待っていたのに、三十人中五人分も張り出された掲示板に、わたしの作品はなかった。

涙がこぼれそうになるのを歯を食いしばって堪《こら》えながら、掲示された作品の一つを読んだ。作品には、先生が特に良いと判断した箇所に赤ペンで波線が引かれていた。

『まるでりんごのように真っ赤なうさぎさんのほっぺに、キラキラとお星さまのように輝く涙が、ポツーリ、ポツーリ、とキャンディを転がすように流れていったのです』

実際には、うさぎの頰は赤くないし、涙を流すこともないが、物語なのでその辺りはつっこまないとしても、この文章のどこが良いのかわからなかった。この課題は比喩について習った直後のまとめだったのに、自分の作品にまったく比喩を用いなかったことに思い当たったのは、かなり後になってからだ。

わたしは物語を書くのが好きだ。だけど、上手じゃない。そう落ち込んだだけ。それ以来、物語を書いても、他人に見せはしなかった。自分が楽しめればいい。なのに、文芸同好会に入ったのは、こういうところで基礎を学べば、物語を書くのが上手になるかもしれないと思ったからだ。何かいいテキストでも紹介してもらえれば、そのくらいの気持ちでいた。学部も、文学部ではなく、社会学部だった。

同じ日に入会届けを出したのが、剛生だ。文学部国文科の彼は初日から先輩たちの文学談義に加わり、ミシマが、ミシマの、ミシマにとって、と持論を堂々と語っていた。その姿を、かっこいいな、と感じた。

——三浦綾子《みうらあやこ》さんの『氷点』のような作品を書けるようになりたいです。

わたしはそんな自己紹介をするだけで精一杯だった。ミシマが三島由紀夫のことだともすぐに気付かなかったし、三島作品を一冊も読んだことすらなかった。それを絶対に悟られてはならないと、唇を上下内側から嚙《か》みしめるようにしっかりと口を閉じ、剛生が熱弁をふるうごとに、なるほど、といったふうに神妙な顔を作って頷いていた。

そんなわたしに剛生は帰りがけ、ミシマのどの作品が好きかと訊いてきた。とっさに、国語の授業で作者の名前とタイトルを線で結ぶ問題に対応できるよう覚えた、『金閣寺』と『潮騒《しおさい》』を答え、それだけしか読んだことがないと嘘をついた。

――それで文芸同好会に入るとは、ツワモノだね。

恥ずかしさが込み上げたが、剛生がわたしをバカにしているようには見えなかった。

――書くためにはまず読まなきゃ。

そう言われ、本を借りるという名目で剛生のアパートに行き、お礼に晩御飯を作ったりするうちに、恋人同士という関係になったが、どちらからも、「好き」とか、「付き合ってください」という言葉は出ていないはずだ。それでも、文学について独自の意見を持つ剛生を、すごいな、と尊敬していたのは、わたしにとって好きと同類の感情であるので、先に好きになったのは自分だと思っていた。

剛生からも、好き、ではなく、すごい、と思ってもらえることを望んでいたのかもしれない。

深山《みやま》峠に差し掛かる。左前方に大きなレストハウスが見えた。バターの香りに惹かれて、そちらへ体を傾ける。大きくハンドルを切らなくても、自転車は行きたいと思った方向へ流れていく。

電車、自動車、バイク、徒歩。北海道には様々な手段で旅をしている人がいる。それぞれがよさを主張し始めたらキリがないが、わたしは自転車のこういう、行きあたりばったり、自分の意思にまかせてコースを選べるところが好きだ。

屋台状に並んでいる店先のベンチで、熱々のじゃがバターを食べたあと、ゆでとうもろこしも買った。じゃがバターですでにお腹は満たされていたが、日本一あまいとうもろこし、と書かれたのぼりを見ると無視することはできない。富士山にしろ、桃太郎にしろ、日本一というフレーズには魅力を百倍増しにする力がある。

とうもろこしは白く輝いていた。真珠のように、とこれにたら付けてもいい。おなじみの黄色ではなく、まっ白な丸い実がびっしりと並んでいるのだから。そういう品種らしい。一口齧《かじ》ると、確かに甘い。先入観のせいか、ともう一度齧るが、やはり甘い。口の中からこの甘さがなくなってしまう前に、次の一口を齧る。一筋きれいになくなり、ここからさらに食べやすくなるが、一気に食べてしまってもいいのだろうかと、早くも名残惜しくなってしまう。

一粒だけ食べた。甘い。

剛生なら、大地の恵みを熟成させた豊潤な甘味、などと表現し、一般的に甘味とは砂糖による甘さを連想しがちであるが、砂糖が日常的に使用されるようになったのは……、とインターネットで検索した砂糖についての説明文を、さも自分が研究をしたかのような論文もどきの文章で、だらだらと続けるのだろう。しかも、「甘味」は物語の主旨とはあまり関係ない。

甘いは、甘い、でいいではないか。とても甘い、ものすごく甘い、で十分ではないか。

——そういう単純な表現しかできないから、一次選考も通過できないんだよ。

甘いことを原稿用紙五枚に亘《わた》って説明したとうもろこしと、ストレートに甘いと表現して、熱々のうちにパパッと食べてしまう様を一文で記したとうもろこし、読み手はどちらを食べてみたいと感じるだろう。どちらがおいしそうだろう……。そうだ、甘さは最終的な感情ではなく、重要なのは、その甘さがおいしいかどうかなのだ。

経過よりも結果、ではないか。

「何なの、このとうもろこし。恐ろしいくらい甘いわ」

観光バスから降りてきて隣のベンチに座ったおばさん三人組の一人が、わたしと同じとうもろこしにかぶりつきながら声を上げた。

「ホント、メロンみたい」

「ああ、おいしい～」

とうもろこし売り場にちょっとした行列ができたのは、おばさんたちの声が大きかったからだけではないはずだ。宣伝しようとしたわけではないし、自分の語彙力をひけらかしたいわけでもない。ただ、感じたままに言葉を発した。

飾りのない言葉や行動が人を動かす、ということか。

しかし、表現をする職業に就いたからには、その先を探究しなければならないはずだ。だからといって、さも意味のありそうな無意味な言葉で塗り固めるのが正しいとは思わない。

とうもろこしを一粒たりとも無駄にしないよう、一列ずつ根元から実を外すように齧る。頭の中では表現についての拙い考察が堂々めぐりになっているが、地平線に向かってまっすぐ延びている一本道を眺めるうちに、そういうことを考えるのが面倒になってきた。

頭の中で作り出す必要などない。目の前にあるものを受け止め、感じるままに行動をする。そして、その先にある想像の及ばない世界に触れたとき、感動があるのではないか。

芯だけになったとうもろこしに未練は残るが、富良野を離れる前のデザートはやはり、夕張メロンにしよう。六分の一にカットしたものが売られている。オレンジ色に輝く果肉はとうもろこしとは別の甘さをわたしに教えてくれるはずだ。

北海道の食べ物はおいしい。——以上。

美瑛のパノラマロード沿いには「拓真館」という有名な写真ギャラリーがあるが、前に来た際に堪能したので、立ち寄らずにそのまま国道を走る。旭川まではひたすらこぎ続けるのみだ。それでも、景色は見どころ満載で、パッチワーク状の丘はかわいらしく、地平線は地球が丸いことを教えてくれる。

しかし、まっすぐ延びる広い一本道は平らではない。アップダウンが繰り返しやってくる。下りで加速をつけても、登り坂三分目まで勢いが保てれば御の字だ。前三段、後七段、二十一段変速の真ん中辺り、前二段、後四段のギアに固定して坂道を登る。軽くしすぎると、踏み込み回数を多くしなければならないので、これが登り坂におけるわたしのベストポジションだ。

バイクが二台、追い越していく。後ろ手に片手でピースサインを掲げるライダーたちにわたしもピースサインを返した。坂を登る苦労のないライダーにとってのワインディング・ロードは、ただひたすらに快適な道に違いない。

アパートの近くにあるのがバイク屋だったら、今頃、わたしはこの道をバイクで走っていただろうか。店のウインドウ越しに、これに乗りたい、とピピッと感じるバイクを見つけただろうか。この自転車のように。

ツーリング用の自転車に乗っている、と言うと、まず、マウンテンバイク？　と訊かれる。否定すると、ロードレーサー？　と訊き直される。しかし、わたしの自転車はどちらの種類でもない。

ランドナー。形はロードレーサーに似ているが、フレームもタイヤもそれよりひと回り太い、アスファルトの道路を長距離走ることに適した自転車だ。二、三十年前まではツーリング用自転車といえばこれが主流だったらしいが、今ではほとんど生産されていないという。そんな稀少な自転車が店の主人の趣味で、ウインドウに飾られていたのだ。

山間の田舎町で育ったわたしにとって、自転車は大切な交通手段だった。父は出張や単身赴任が多くてほとんど家におらず、母は乗り物酔いが酷く、自分で運転していても気分が悪くなるほどだったので、自動車やバスに乗って町の外に出かけることはほとんどなかった。大概のことは町の中で足りていたし、本屋やCDショップはなかったものの、ネット通販を利用すれば何の問題もなかった。ただ、夏休みや春休みといった長期の休みに旅行に連れて行ってもらえないことには不満を抱いていた。

友だちから土産をもらうのは嬉しかったが、そのたびに、自分を取り囲む世界がひと回り小さくなるように思えて、切なくなった。

そんなわたしの世界が少しばかり広がったのは、高校生になってからだ。毎日、自転車通学をしていたのだが、道のりは容易ではない。片道、一五キロ、おまけにトンネルのある坂道を越えなければならなかった。それでも、三段切り替えのついたママチャリを買ってもらうと、最強のアイテムを手に入れたように心強かった。

高校の近辺には全国展開しているコンビニやコーヒーショップ、衣料品量販店があり、下校中に少し寄り道をするだけで、ショッピング気分を楽しむことができた。

休日も、退屈だと感じたら、自転車に乗って隣町まで行った。大型書店の文庫コーナーで、おもしろそうな本を手に取りながら厳選する。やはり、直接選べる方がいい。書店を訪れると、自分の知らない作家がたくさんいるのを知ることができる。当たり前のことだと今なら思うが、ネットで検索をして本を買っている頃は、自分の知っている作家しか知らなかったのだ。ランキングの常に上位にいる、ほんの五人くらいだけ。

しかし、書店に行けば、新しい出会いがある。

長期の休みなどは、自転車のかごに入るだけ買い込んで、翌日からはそれらの本を読みふけった。自転車で隣町まで行き、本を買えば、本がさらに遠くまでわたしを連れて行ってくれる。

本と自転車の共通点は、どちらもわたしの世界を広げてくれる、ということだ。

大学進学で、町どころか県も越え、神戸に出てきてからは格段に自分の世界は広がったと満足していたが、あるときふいに目に留まった、町乗りではなさそうな深い青色のボディーの自転車は、さらに遠いところまでわたしを連れて行ってくれる予感がして、そのときの貯金を全部はたき、その日のうちに購入した。

それでも、わたしの頭の中にあったサイクリングコースは、神戸、大阪、京都までだったはずだ。しっかりとイメージしたわけではないので確定はできないが、もしかすると、京都どころか、三宮《さんのみや》から大阪の間くらいだったかもしれない。

ところが、自転車屋のおじさんはいきなりこんなことを言ったのだ。

――北海道かどこかに行くの？

高校の修学旅行で南こそ、沖縄まで行ったことはあったが、北はなんと、京都が最北であり、最東であったわたしにとって、北海道は外国の地名と同じ響きを持っていた。

――自転車でそんなところまで行けるんですか？

身を乗り出しながら訊ねたわたしに、おじさんは、このツーリング用自転車を買う目的は何だと、逆に訊ねてきた。サイクリングではなく、ツーリングだ。それはバイクでするものではないのか。自転車でバイクのような旅ができるのか。一日で何キロくらいの移動が可能なのか。そもそも、自転車で北海道に行くのに何日かかるのか。おじさんの質問にわたしは質問で返した。いくつもいくつも。

おじさんはランドナーというマイナー自転車を買いに来たわたしを、どこかのサイクリング団体に所属しているのだと思っていたらしい。無所属で、自転車でツーリングができることすら知らなかったとわかると、自分が旅をした際の写真やツーリングマップを見せながら、自転車旅行の基礎中の基礎から説明してくれた。

自転車でのツーリングなど、テレビで取り上げられそうな特別なことであるイメージを持っていたが、それをする人たちは夏の北海道に行くと何百人もいるし、女の一人旅もまったく珍しいものではないと教えられ、夢物語は徐々にわたしの中で現実味を帯びていった。

自転車を購入し、おじさんに必要な道具や計画の立て方を教えてもらい、初めて北海道を訪れたのは、ちょうど三年前の夏だ。フェリーでの移動を含め、二週間の旅だった。

あのときの方が北の大地を今より何倍も広く感じた。目の前に延びる道には終わりがないように思えたし、登り坂にさしかかるたびに、何でこんなことをしているのだろう、と泣きたいような気分にもなった。

あの感覚はたった一度きりのものだ。しかし、二度目は、余裕のない心では見つけられなかったものに出会うことができるのではないかと、心のどこかで期待している。旅と物語の共通点をただ確認するだけでなく、融合させるものを見つけられるのではないか、と。

初めての旅から神戸のアパートに帰り、まず初めにしたのは、小説を書くことだった。自分をモデルにした主人公が自転車で北海道を旅しながら、ほんの少し成長する物語だ。畑の近くを走っていれば農家のおばさんに声をかけられ、メロンをごちそうになり、港町を走っていれば漁師のおじさんに船に乗ってみないかと声をかけられ、なんの手伝いもしていないのに、いかの刺身をお腹いっぱい食べさせてもらった。嬉しかったが、旅を続ければ続けるほど、地元の人に迷惑をかけているだけではないか、いったい何をしにきたのだろうと、罪悪感が湧き上がってきたりもした。

ラーメン屋で相席になった自転車で旅をしている男性と話していると、彼にも同じようなエピソードがあることがわかった。しかし、彼は罪悪感など抱いていない。

――その場でしっかりお礼を言って、それでも足りないと感じたら、住所がわかっている人なら、帰ってお礼の手紙を書けばいい。だけど、そんなことは求められていないんじゃないかな。親切にしてくれた人に直接お返しをすることだけが恩返しじゃない。誰か別の人に返してもいいはずだよ。

そう言って、わたしの伝票を持って立ちあがった。

——僕も学生の頃は、サラリーマンライダーにたくさんごちそうになったからね。

結局、その人からもごちそうになったが、私の中に罪悪感は湧き上がらなかった。そして、

——ありがとうございます！　ごちそうさまでした。よい旅を。

大きな声でそう返すと、それまでに蓄積された罪悪感もきれいさっぱりなくなった。

そんなエピソードを盛り込んだ原稿用紙二百枚に及ぶ作品を、まずは、剛生に読んでもらうことにした。文芸同好会に入って初めて書き上げた原稿を、彼氏とはいえ他人に見せるのは抵抗があったが、二週間に亘る自転車での一人旅を成功させた充足感がわたしの背を押してくれた。写真付きのメールでは伝わらなかった感動を、剛生が物語から感じ取ってくれるのではないかとドキドキしながら感想を待った。

ところが、期待していた言葉は何も返ってこなかった。

——こんなの素人のブログと同じじゃん。中途半端な創作を入れるくらいなら、まだあったままの事実を日記として書いた方がいい。ただし、綾以外の人間にとって、何の価値もないけどね。

教室の外の掲示板に自分の作品がなかったとき以上に、打ちのめされた。しかし、厳

しい言葉はまだまだ続く。

——そもそも綾は何を目指して、文芸同好会に入ったわけ？　まあ、好きな作品を聞いてると、大衆文学寄りなのはわかるけどね。ああ、俺、エンタメって言葉を文芸に用いるのは許せないんだ。文芸そのものの価値を低くしていることに気付かないヤツらが多すぎる。まあ、これは置いといて。要は、真剣に文学に向き合う前から、楽な形式に流れるなってこと。ピカソのデッサンって見たことある？　一流の基礎があってこその、独創性なんだよ。わかるかな、俺の言いたいこと。

なんとなくは理解できたが、言葉の意味を深く考えるよりも辛さが増し、溢れる涙を長袖Tシャツの両袖口でぬぐい続けるのに必死だった。それでも、その場を立ち去らなかったのは、剛生の手が優しくわたしの肩に触れたからだ。

——ごめん。二週間、心配させられた腹いせが、七割入ってる。あと、楽しかったんだろうなっていう羨望が一割。しかも、俺がいないのに、メールから全く寂しがってる様子が感じとれなかったことで、さらに一割。

旅も文学もどうでもよくなった。その後、わたしが旅に出ていた二週間、剛生がどこにも行かずにひたすら書き続けて完成させたという短編小説を読ませてもらった。金科玉条とか、愚者一得など、初めて知った四文字熟語がやたらと出てきて、意味を半分も理解することができなかったが、それを有名作家を数多く生んでいる白樺《しらかば》文学賞に送ると言われ、改めて、剛生が本気で作家を目指していることを知り、自分を恥ずかしく思った。

二週間ばかり一人旅をしたからといって、自分だけが世界の広さを知った気になっていたなんて、と。

そして、三か月後、剛生の作品が一次選考を通過したことを知り、さらに彼への尊敬の気持ちは高まり、自分も、彼から文学と認めてもらえるような作品を書こうと心に誓ったのだ。

あまり好きではない比喩や、日常生活では一度も使ったことのない熟語を多用して。

剛生はそれを読み、少しはマシになったと褒めてくれたが、文学賞に応募しても、わたしの名前は一次選考通過者の欄に一度も載ることはなく、小学生の頃と同じように、自分には物語を作る才能はないのだと、三年生になる前に、再び、書くことをあきらめた。

まったく文章を書かなくなったわたしを、剛生は怒るかと思ったが、無理をしてやるようなことではない、と優しい言葉をかけてくれ、わたしが自転車で旅に出るのを、以前よりも温かく見送ってくれるようになった。

拙いメールの文章に、ダメだしされることもなくなった。

……体が浮き、膝に痛みが走る。前輪が石を踏んで、自転車が横転し、道路に投げ出されてしまった。ブレーキをかけずに坂道を下っていたせいだ。少しでも登りがらくになるようにと、下りで必要以上に加速させるのは、わたしの悪いくせだ。車が通っていなくてよかった。

自転車を起こして、道路脇に寄せる。右膝から血が流れているが、絆創膏は持っていない。初めての旅でこそ、消毒薬も湿布薬も揃えていたが、それらをまったく使うことがなかったため、一年ほど前に持ち物リストから削除した。

自転車旅行初の流血だ。水筒の水で傷口を洗い流し、タオルで二、三度押さえると、血はとまった。たいした傷でも、痛みでもない。

げんこつほどもある石を、剛生のことを考えていたせいで見逃したというくだらない原因の方が悔しい。

旭川市内に入った。道路の両脇に建物がならぶ景色へと変わる。土産物屋や派手な看板を掲げたレストランといった観光客相手の店ではなく、ケータイショップ、ホームセンターなど、どこの町でも見かける施設だ。市街地への入り口は全国ほぼ共通で、どこの町を訪れても一瞬だけ、実家に向かっているような気分になるが、町の中心に近付くにつれ、その町が持つ匂いが濃くなり、旅先であることを思い出させてくれる。

少し遅い昼食を取るためにラーメン屋を探そうと、国道から一本内側の道へ入ろうとしたところに、コンビニがあった。絆創膏を買うために駐車場の手前辺りで自転車を停める。大きな町とはいえ、駐車場が建物の三倍の広さがあるところは実家のある田舎町と同じだ。田舎町では二年前にコンビニができて以来、広い駐車場は地元中高生のたまり場となっている。

ここも同じだ。部活か補習か、学校帰りと思われる、制服姿の、おそらく中学生の男子が五、六人、建物で日陰のできている角の方にママチャリを停めて、地べたに座り、ジュースを飲んでいる。その中の一人が飲んでいる緑色の瓶に入ったサイダーは、うちの田舎の銭湯に置いてあったものと同じで、まだこれが作られていたのか、と嬉しくなった。

絆創膏とサイダーを買ってきて、自転車の前に座る。コンビニの駐車場に座ってジュースを飲むなど、普段の生活では絶対にしない。旅先だからできることの一つだ。駐車場をぐるりと見渡すと、白い乗用車にもたれて立ち、アイスクリームを食べている男の人が目に留まった。何となく、彼も旅人に違いないと感じた。

仲間を見つけて安心しながらサイダーを飲んでいると、何だと！と怒りを含んだような声が聞こえた。中学生男子たちの方からだ。

「もういっぺん、言ってみろよ、おい！」

同じ声が怒声となって駐車場全体に響く。声をあげた男子は立ち上がり、一番奥に座っている男子に詰め寄って、シャツの衿首《えりくび》を締めあげた。

「もういっぺん言ってみろって、言ってるだろが！」

言い終わらないうちに、片手で衿首を締めあげたまま、拳を振り上げ、一発殴った。

胸の奥をぎゅっとつかまれるように体が竦《すく》み、どうしたものかと考えても、足は一歩も動かない。それは、二人を囲む男子たちも同じようだ。余程、腹の立つことを言われたのか、殴った男子が怒りを収める様子はない。

「謝れよ。土下座しろ！」

声を裏返らせながら怒鳴っている。しかし、殴られた子が謝る気配はない。表情はよく見えないが、殴った子をまっすぐ見上げているようだ。恐ろしくて声も出ないのか。それとも、友人を怒らせた原因を理解できないまま殴られて、呆然《ぼうぜん》としているのか。

「ふざけんな！」

殴った男子は衿首から手を離して立ち上がった。殴られた男子は両肘を地面について少し体を起こした姿勢のままだ。ケンカは終わったのかと息をついた瞬間、殴った男子が腰をかがめて何かを取り上げた。そのまま、それを振り上げる。サイダーの瓶だ。

「瓶は……」

叫んだつもりのわたしの声など届かない。が、瓶を振り上げた男子の手は後ろから両手でつかまれた。アイスクリームを食べていた人だ。

「何すんだよ」

手をつかまれたまま男子が振り返り、アイスの人を睨みつけた。

「瓶はダメだ」

「はあ？　関係ねえだろ」

「きみたちの関係は知らないけど、瓶で人を殴るのはダメだ」

「……っせえな」

男子はアイスの人の手を振りほどき、瓶を足元に投げると、自転車にまたがって駐車場を出ていった。その後ろを、殴られた子以外の子たちが慌てて追いかける。あちらの味方か。駐車場には殴られた男子だけが残った。

「大丈夫？」

アイスの人が手を差し出したが、殴られた男子は無視して自力で立ち上がった。鼻血が流れていたが、それはぬぐわず、おしりの土をはらっている。

「よかったら、これ」

アイスの人は上着のポケットからハンカチを取り出して、男子に差し出した。

「よ……」

何を言ったのかよく聞き取れなかった。男子はハンカチも受け取らず、自転車に乗って駐車場を出ていった。先に出ていった子たちと同じ方向へ。

男の人はやれやれといった顔をして、わたしの方を見た……、ような気がしたが、わたしが小さく頭を下げたのには気付かない様子で車に乗り、男子たちとは逆方向に出ていった。

一人残された駐車場で、膝が震えて涙が出そうになった。すでに血も止まり、痛みもひいた膝の擦り傷に絆創膏を貼り、太腿を両手で思い切り叩いて気合いを入れ、立ち上がる。

怖かったね、何だったんだろうね、そんなことを誰かと言い合いたい。ただし、そんな相手がいても、気が晴れることはないとわかっている。自分は勇気のないちっぽけな人間なのだ。そんな思いに取りつかれると、人ごみにまぎれたくなる。

目的地を目指そう――。

三浦綾子記念文学館を訪れたあと、外国樹種見本林を歩く。建物の中は込んでいたが、ここは静かだ。人ごみにまぎれたいと思っていたのに、文学館の中では誰もが思慮深い人に見えて、逃げ出すように外へ出てきた。じっくりと見て回ろうと決めていたのに。

三浦綾子さんの『氷点』に出会ったのは高校二年生の夏休みだ。自転車で隣町まで行って、文庫本を大量購入する際、その日のテーマを決めることがあった。

今日はタイトル買いをしよう、カバーで選ぼう、ランキングで二位に選ばれたものにしよう……。自転車で峠道を越えながらそんなことを考えるのも、楽しみの一つだった。

テーマとしてふと浮かんだのが名前だ。三つ年下の妹が、女性アイドルの出ているテレビCMを見ながら、今度ドラマに出るんだって、などとやたら詳しく情報を教えてくれた。男の子にしか興味がないと思っていたのに、とからかってやると、自分と名前が一緒だから応援してあげるの、と返ってきたのを思い出したのだ。

芝田《しばた》綾子《あやこ》、という作家は聞いたことないが、綾子という名前の作家ならいたはずだ。

書店の検索機で調べて、三浦綾子さんの文庫本を三冊、『氷点』上下巻と『塩狩峠』、曽野綾子さんの文庫本を二冊、『天上の青』上下巻を買った。有名な作家が二人もいることから、綾子という名前は作家に適した画数なのではないかと嬉しくなった。自分は物語を作るのが下手なのではなく、文章力の問題ではないだろうかと突然前向きな気分になり、大学生になったら文章の勉強をしてみよう、などと浮かれてしまったのだ。

長い夏休みを過ごすための本だったはずなのに、『氷点』の上下巻を一日で読みきってしまった。物語の世界に引き込まれてしまい、続きが気になって仕方なかったし、一節ごとの区切りがあまり長くないので、次の節を読んでから寝ようかなという思いにさせられ、さらに次の節と、本を閉じられない構成になっているということにも、後になってから思い当たった。

何よりも、登場人物の心理が、美しい部分も、醜い部分も、これでもかというほど表現されているところに惹かれた。主人公はもちろん、誰の気持ちも理解できる。だからこそ、感情がぶつかるごとに息苦しい。『続・氷点』もあることを知り、ネット注文をした。また、何度も映像化されていることも知り、町の図書館でＤＶＤを借りてきた。

自分が思い描いたのと似たような場面もあれば、まったく違う場面もある。小説に出てきたままのセリフはたくさんあるのに、心に残っていたフレーズはなぜかカットされている。だが、雪をかぶった大地や高い針葉樹の林は自分の知っている景色を膨らませてみただけでは追いつかないほど広く、深く、本を読みながら頭の中に広がっていた世界をさらに立体的にしてくれた。

就職活動を前に、物語を書く才能がないのなら、すばらしいと感じた物語を映像化する仕事に就いてみたいと、わたしに思わせてくれた原点となる作品も、『氷点』ではないだろうか。

それほどに、『氷点』という作品は常にわたしの中にあったはずなのに、初めて北海道を訪れた際にここに寄らなかったのは、サイクリングと読書の共通点を見出《みいだ》しながらも、二つを別物と考えていたからだ。

自転車屋のおじさんも、ドラマ「北の国から」の舞台となった富良野は勧めてくれたが、旭川は中継点としてラーメンでも食べ、そのまま層雲峡に向かえばいいと言っていた。自転車と読書を結びつけたのは、奇《く》しくも、剛生だった。三年生の夏に東北を回った際、五所川原《ごしょがわら》まで行ったのに斜陽館に寄らなかったことを、剛生がまるで自分が行きそびれたかのように残念がるのを見て、あっ、と気付いたのだ。

わたしが斜陽館よりも旭川の方を悔やんでいるのを知ると、剛生はあきれたような顔をしていたが、小説を書かなくなったわたしに文学に関する説教をすることはなくなっていた。

——そもそも、主人公が殺人犯の娘であったとしても、本人には何の罪もないのだから、母親の行動は常軌を逸しているし、そこにリアリティを感じないから、作品世界に入り込むことができない。

剛生の『氷点』の感想だ。そんな解釈をする人がいることに驚いた。しかも、作家になりたい人間がだ。理屈ではそうなのかもしれない。ただ、理屈通りに割りきれないのが人間の感情で、だからこそ、人と人が関わる数だけ何らかのドラマが生じるのではないか。

いや、人間の感情を理屈で説明をつけたがるのは、後ろめたさを感じる自分に言い訳をする場合ではないか。

コンビニでのわたしのように。そして、あのときのように――。

剛生はわたしが就職活動をしていることは知っていたが、テレビ番組の制作会社を受けていることは知らなかった。わたしが詳しく話さなかったのは、剛生が就職活動をしていなかったからだ。在学中に作家デビューするために留年すると剛生は言ったが、一年では巻き返しができないほどの単位不足ではないかということは、察しがついていた。

――こういう時代なんだからさ、あまり自分を追い込まずに気楽に受ければいいんじゃない？

最終、どこも決まんなきゃ、実家に帰って、親父《おやじ》さんのコネで農協の事務にでもやとってもらえばいいだけだし。いいよなあ、綾は。親と何にも確執ないから逃げ場があって。

面接で落とされたとか、愚痴をこぼしたわけではない。白樺文学賞の二次選考に残ったことを報告するためにやってきたわたしのアパートの部屋に、就活用のスーツが吊下げてあるのを見て言ったのだ。

剛生は、はなからわたしが内定を取れると思っていない。田舎に帰ればいいと平気な顔をして言うということは、卒業すればわたしたちの関係も終わることが前提の付き合いだったのか。親父さんのコネというが、わたしの父は町工場のボイラー技士だ。昔から単身赴任ばかりしているのは地元に仕事がないからで、そんな人が娘の仕事を斡旋《あっせん》できるわけがない。おまけに、なぜ農協なのか。そのうえ、剛生が親と確執があるなど初めて知った。剛生の母親は宝塚歌劇の月組の公演ごとに神戸に出てきて、息子のアパートに泊まっているが、優しそうな人だ。いったいどんな確執があるというのだろう。

剛生はわたしに観察眼がないとよく言っていた。剛生は自分は人間を見る目があると思っているが、結局のところ、単に、薄っぺらい物語を創作して理解した気分になっているだけなのだ。その薄っぺらい物語を否定されると、自分の観察眼や、作家としての才能を貶《けな》されたと感じる。

だから、わたしが内定を取ったことがおもしろくなかったのだ。

内定通知を受け取ったわたしは嬉しくて、剛生を食事に誘った。少し気取ったお店でお祝いをしたいと思ったが、そういうのは、剛生がしてくれるのではないかと、胸の片隅で期待していたところがある。いつか、俺の小説をドラマ化してくれよ、なんて言われるバカみたいな空想までしていた。その日は、二人でよく行く居酒屋に誘い、今日はわたしがおごると言って、生ビールが二つ運ばれてきたあと、乾杯をする前に内定通知を剛生の目の前に広げて見せた。

おめでとう、の言葉はない。

——文学の才能がないことに気付いたからって、テレビの制作会社なんて、プライドないわけ？　夢を叶えるための努力を放棄した人間が、安易な世界に飛びついて祝杯を上げるなんて、本物のダイヤを買えないから偽物のダイヤで満足するのと同じじゃないか。就職が決まったことは祝ってやりたいけど、乾杯はできないな。

そう言って、ビールを呷《あお》り、自分は白樺文学賞以外の賞に応募していればとっくに受賞しているだろうが、白樺文学賞を通過せずに作家になることなど何の価値もないのだと、滔々《とうとう》と語り始めた。

——テレビドラマを何よりも愛しているから制作会社に入った人間なら、おもしろい作品を作れるだろうが、夢から逃げた人間が妥協して作るドラマなんて、くそみたいなもんだ。周りに迷惑をかけるだけだろうし、最終的に辛い思いをするのは綾なんだから、本当に就職するか、もう一度真剣に考えてみたら？　そもそも、綾は自転車が好きなんだから、そっち系を目指した方がよかったんじゃないか？　アウトドアショップの店員とかさ。うん、絶対そっちの方が合ってるし、俺はこれからも、いきいきとした綾の顔を見ながら過ごしたいなあ。俺の恋人は旅を愛する女性だ、っていろんなところで自慢してるって知ってた？

そう言われると、自分でもそちらの方が合っているような気がした。物語を書く才能のないわたしがドラマ作りなどできるのだろうかと不安にもなった。何よりも、恋人だと言ってもらえたのが嬉しくて、別の選択肢を検討してみるのもいいのではないか、と心が揺らいでしまった。

その帰り道だ。

剛生のアパートに向かう途中、街灯の光がわずかにしか届かない細い路地から、女性の悲鳴が聞こえた。やめて、いや、といった涙混じりの声だった。声に引き寄せられるように路地へ進むと、わたしとそれほど歳の変わらない男が、足元に倒れた女性に蹴りを入れていた。何度も、何度も。

――やめて！

声を出したのと、駆け出したのとどちらが早かったのか。しまったと思ったときには、目の前に男の人の顔があり、邪魔をするな、と平手打ちをするように顔を強くはたかれ、路上に転がされた。

やめろ、と現れたのは剛生ではない。まったく知らない男の人だった。ありがとう、もういいから、とその人に言われ、わたしは這《は》うように通りへと戻っていった。剛生は少し離れた街灯の下に立っていた。

――鼻血出てんじゃん、大丈夫？

呼吸ができないほどに心臓が高鳴り、膝ががくがくと震えているのに、わたしは、怖かった、と剛生の胸には飛び込めず、数歩前で足を止めた。

――何で、一緒に来てくれなかったの？

ありのままの思いを伝えただけだったが、剛生には咎《とが》めているふうに聞こえたようだ。

――もしかして、俺のこと責めてんの？　助けに行った自分は勇気があって、俺は臆病者とか言いたいわけ。

そんなことはまったく思っていなかった。ただ、怖かった、それだけなのに。

――内定取ったからって、えらい人間になったつもりでいるかもしれないけど、もし、相手が刃物でも持ってたらどうするつもりだった？ それとも、そういうことも考慮に入れた上での行動だった？ って考えてるわけないか。自分が怪我をしたり、死んでしまった場合に、周りの人間がどんなに悲しむかなんて。親から与えられた大切な命、それを未来に繋いでいくことも生を賜った者の義務であるはずなのに、綾は自分の命は自分のものでしかないと考えてる。きっと、自分一人で生きてきたとでも思っているんだろう。一人旅をしただけでそんな気持ちになれるなんて、ある意味おめでたいとは思うけど、ただの傲慢だ。まあ、それでも正義の味方を気取りたきゃ、好きにすればいい。ちなみに、俺が助けに行かなかったのは、あいつらはこのあたりでしょっちゅうもめていることを知っているからだ。親友同士の男二人のあいだを尻軽女がいったりきたりしてるだけ。くそドラマみたいな話だろ。あいつらにとっては一連のプレイで、他人が介入する状況じゃなかったってこと。

それならなおさら助けにきてくれてもよかったのではないか。刃物を持っていないことも、すぐに止めに入る人物がやってくることも知っているのなら。

――服に血もついてるし、帰ったら？ タクシー、呼んでやるからさ。

それが、剛生に会った最後だ。二週間後に、なぜだか剛生とまったく接点のなかったわたしの友人が、剛生と付き合うことになったと、わたしに報告してきた。ごめん、と泣かれる理由がわからなかったが、その子にも、剛生にも、深く問うてみようとは思わなかった。

予想外の展開、ではなかったということか。

わたしの何がいけなかったのだろう。

ヨーロッパアカマツ、ヨーロッパカラマツ、ストローブマツ、ヨーロッパトウヒ。十年前に台風の被害に遭ったとあるが、見上げた針葉樹林はテレビで見たよりもはるかに高く、空が遠く感じる。わたしは小さな人間だ。その証拠に、林の中に身を委ねているのが心地よい。見上げたままの景色を撮ってみたいが、メッセージを添えて送る相手はもういない。

携帯電話で撮ろうと思うから、写真を撮ったところで完結しないのだ。カメラで撮ればいい。ウエストバッグからデジタルカメラを取り出した。小型ながら、性能はいい。しかし、ズームをいっぱいにしても、背の高い樹をフレームに全部収めることはできない。下がれるところまで下がり、しゃがみこむように腰を落として、空を見上げるような格好でカメラを構えてみるが、思い描く写り方にはならない。

「シャッター、押そうか？」

背後から声をかけられた。見覚えのある……、アイスの人だ。あっ、と声は出たが、どう続けていいのか思いつかず、カメラを渡した。肩から立派なカメラをかけているので、きっと腕に覚えがあるのだろう。

「うんと背の高い樹なんだな、ってわかるように撮りたいんです。いろんなものが隠れていそうな」

知らない人に何を言っているのだろうと恥ずかしくもなるが、イメージは伝えておいた方がいい。

「ああ、なるほど、りすがときどき顔を覗かせてるもんね。じゃあ……」

アイスの人はカメラを持って、樹に近付いた。りすとか、そういった目に見えるもののことを言ったのではないし、そんなに近くからで大丈夫かと心配にもなったが、一枚くらい、どんなふうに写っていようが構わない。

「こんな感じでよかったかな」

戻ってきてカメラを渡される。突きあげるように空に伸びる樹、その後ろに見えている木の枝には走るりすの姿が写っている。

「すごい、りすまで」

「これは偶然。ラッキーだったよ」

携帯電話で撮っていれば、画像を送りましょうか？　と言えるのに、と残念に思うが、立派なカメラの中にはこれよりもすごい写真がたくさん収められていて、りすも何匹か写っているのだろう。お礼を言って、カメラを仕舞う。

「さっき、コンビニにいた人ですよね」

思い切って訊ねてみた。

「あ、見られてたんだ。恥ずかしいな」

アイスの人は照れた様子で頭を掻きながら言った。

「何で？　恥ずかしいのはこっちです。何もできなかったのに」

声は出ても足は動かなかった。平手打ちを受けた際の怖さがぶりかえしていた。

「いや、でも、余計なお世話だったみたいだから」

「えっ？」

殴られていた男子は、余計なことを、と言い捨て、去っていったらしい。助けてもらったのに何て言いざまだと腹が立ったが、アイスの人がやれやれといったふうに笑っているので、わたしもあやふやに笑い返した。

「でも、止めなきゃ、大変なことになっていたと思います」

「うーん。フリだけだったのかもしれないけどね。そもそも、殴られた子がかなり酷いこと言ってたわけだし」

会話が聞こえていたそうだ。他人が言ってたこととはいえ、女の子には聞かせたくないんだけどね、と言葉を濁しながら、殴られた子が殴った子の彼女に手を出して、事に及んだことまで暴露し、そのうえ、彼女を侮辱するような発言をしていたことを教えてくれた。

田舎の子どもなのに、という偏見はさておき、剛生のいう、他人が介入しなければならない状況ではなかったということだ。

「まあ、こっちも正義感で止めに入ったわけじゃなく、とっさに、瓶はダメだろ、って思っただけだから」

「わたしも。ケンカがどうこうじゃなく、瓶はダメって」

「じゃあ、瓶を阻止できてよかった。腕をつかんだあとで、しまった、とか思って、けっこうビビってたんだよな。……いや、こっちが殴られなくてよかった」

アイスの人がそう言って手前の樹を見上げるのに視線を合わせる。

「あ、りす！」

互いのカメラを取り出して、しばらく撮影タイムとなった。

「自転車、かっこいいよね」

カメラをバッグに仕舞いながら言われた。自転車のことなのか、自転車に乗るわたしのことなのか、どちらかわからず黙っていると、自転車で走るわたしを何度か追い越したのだと補足がついた。車なのに、どうして何度も追い越すのか理解できずにいると、写真を撮るために何度も停まっていたからだと言われ、道端の白い車の脇を何度か通り過ぎたことを思いだした。

アイスの人の名前は柏木拓真さん。「拓真館」の拓真だと自己紹介され、この人も名前に呼び寄せられて、カメラを始めたのだろうかと想像し、親近感が湧いた。職業はかまぼこ屋で、写真家になる夢は保留中だと聞き、さらに他人とは思えなくなる。

「わたしは芝田綾子っていいます。三浦綾子さんと同じ漢字の。三浦綾子さんみたいな作家になりたいなって、小説を書いたこともあるんですけど、才能ないみたいであきらめました。来年からはテレビ番組の制作会社に就職が決まってるんですけど、物語を書く才能のないわたしがそんな仕事をしていいのかな、なんて……」

「いいに決まってるじゃないか」

へらへらと笑いながら言ってみたのに、拓真さんは真面目な顔で返してきた。

「綾子ちゃんが書いた作品を読んだことがないから才能云々は言えないけど、物語が好きで、形は違えど、物語を作ることができる仕事に自分の力で就くことができたんだろ。めちゃくちゃラッキーじゃん」

「でも、作家になれなかったからテレビ番組に逃げた人間が、いい番組を作れるはずがない、って」

「誰かに言われたの？　それ、絶対に嫉妬。夢に近づけた綾子ちゃんがうらやましいんだよ」

「本当に、そうなのかな」

「ああ、もう。きみは物語を作りたいの、作りたくないの。五秒で答える！　はい、五、四、三」

「作りたい！」

針葉樹林のてっぺんを突き抜けていきそうなほどの大声が出た。

「じゃあ、がんばりなよ」

拓真さんはニッと笑い、それから、あっ、とわたしに負けないほどの声を上げた。

「引きよせだ」

「えっ？」

「僕はあんまり小説に興味がないんだけど、ここに来たのは、見本林があるからだけじゃなくて、作家って職業に興味を持つようなことがあって……。とにかく、きみにぜひあげたいものがあるんだ」

拓真さんはそう言うと、来た道を走っていった。

駐車場から戻ってきた拓真さんに渡されたのは茶封筒だった。

「短編小説が入ってるんだけど、一人になってから読んでみて」

拓真さんはそう言って、今日は層雲峡まで行くからと、そのまま踵《きびす》を返そうとした。

ほんの十分くらい前まで写真をのんびり撮っていたのに、とわけがわからなくなった。

それでも、りすが上手く撮れていたらデータを送ってほしい、と言われて互いのメールアドレスを交換すると、逃げられているわけではないのだなと安心した。

わたし自身は急いで目指す場所もなく、小説を読むのならば、とそのまま見本林内にある小さな広場のベンチに腰掛け、封筒からコピー用紙の束を取り出した。

タイトルは「空の彼方」――。


山間の田舎町で生まれ育った絵美。絵美はミステリー小説と出会い、自らも書き始めるようになる。そして数年後、東京在住の人気作家・松木流星《まつきりゅうせい》に弟子入りできるという奇跡のようなチャンスが訪れるが、運命のいたずらか、絵美は長年慕い続けたハムさんという青年と婚約したばかりだった。ハムさんから理解を得られなかった絵美は町に留まることを決意するが、やはり、夢をあきらめることができず、着の身着のままバスに乗り、駅へと向かう。しかし、駅ではハムさんが待ち構えていた。

ここで終わり？　と拍子抜けしたが、本ではないのだから、書きかけの状態だとしてもおかしくはない。拓真さんが書いたのだろうか。しかし、小説には興味がないと言っていた。誰が書いたものなのか、どうして旅の途中の拓真さんがこんなものを持っているのか。小説としては短いが、旅のお伴としてはけっこうかさばる大きさだ。

ただ、そういうことをわたしが訊かないようにするために、急いでいなくなったのではないかという気もする。何の先入観も持たずに、わたしがこの物語に触れることができるように。

読んでいるあいだじゅう、わたしの頭の中には、実家のある田舎町の景色が浮かんでいた。具体的な町の名前は記されていないが、そのまま我が家の周辺を描写しているような箇所がたくさんある。例えば、絵美の両親が営むパン屋。隣町へと向かうバスの停留所の近くには、町で一番おいしいと評判の個人経営のパン屋があり、わたしも自転車で隣町の高校に通学する際、ときどきそこのパン屋に寄っていた。しかし、店の名前は〈ベーカリー・ラベンダー〉ではない。〈すずらん堂〉だ。とはいえ、絵美にとってすずらんは重要な意味を持つ花なので、切り離して考えることができない。

松木流星に関する描写から、時代は半世紀ほど前だと予測できるので、代替わりして店の名前が変わったとも考えられる。だとしたら、絵美は作家になっていないということだ。小さな田舎町から作家が誕生していれば、必ず、町の歴史に残る。たとえ、一冊しか本を刊行していなくてもだ。あの小さな町から作家が出たという話は、聞いたことがない。ハムさんに説得されて家に帰ったのだろうか。

……待て、綾子。どうして、同じ町だと決めつける。実話だと仮定して結論を導こうとする。絵美を自分の姿と重ね、ハムさんを剛生の姿と重ね、作家になる才能はないだの、パン屋の方が似合っているだの、おいしいパンを焼ける自慢の奥さんになってほしいだのと、説得の言葉まで思い描いて二人で家に帰る姿を想像しながら、無理やり、絵美が作家になっていない方向に仕立てあげようとしていないか。

絵美がどの選択をすれば幸せになれるのか、理屈で考えるな。

絵美は物語を作りたいのか、作りたくないのか。

作りたいから、駅まで来たのだ。ならば、そのまま突き進み、電車に乗ればいい。それでハムさんと別れるのなら、仕方のないことなのだ。だけど、ハムさんは剛生ではない。絵美を追いかけて一緒に電車に飛び乗り、足元が職場の学校で使用する上履きのままだったことに気付いて、二人で笑い合えばいい。東京までの長い道中、二人で話し合えばいい。そして、東京駅に着いたとき、ハムさんは訊けばいい。行くか、戻るか、と。

絵美は無言のまま、人ごみに向かって走り出す。振りむいたら泣いてしまうことはわかっている。目の前に延びる道が平らでないこともわかっている。だけど、走り出した足を止めることはできない。ハムさんはもう、追いかけない。

原作のラストはわからない。しかし、わたしがこの物語をドラマ化するのなら、このラストにしよう。

携帯電話を取り出して天に向かって伸びるストロープマツを写す。メールに添付して、メッセージを打ち込む。

『わたしはおもしろい物語を作る人になる！』

送信ボタンを押した後、剛生のアドレスを削除した。

時を超えて

20×20

摩周湖《ましゅう》の伏流水が湧く池に、倒木が枯れずに沈む神の子池《かみのこ》は、その名の通り、底まで透き通る青い水を湛《たた》えた神秘の湖だ。舗装された道道からダート道を二キロメートル進んだところにあるため、決して訪れやすい場所とは言えないが、そういうところにも気軽にやってこられるのが、バイクのよさだ。とはいえ、俺のバイクはオンロードタイプのため、スピードを落とし、慎重に進まなければならなかった。

北海道には林道が多いため、北海道をツーリングするならオフロードタイプだと主張するバイク好きは多いが、俺は前回も今回も、自分のバイクが一番だと思っている。KATANA《カタナ》。旅の相棒は俺のからだを風に乗せ、心までも解放してくれる。……はずだ。

ダート道を戻り、道道へと出る。観光シーズンにもかかわらず交通量の少ないこの道は、快適に走ることができる。こうなると、オンロードタイプのものだ。清里峠《きよさとと》を右に曲がり裏摩周展望台へと向かった。

登り坂の向こうに広がる空は雲一つなく澄み渡っている。しかし、湖面が見えるかどうかは、行ってみなければわからない。

「霧の摩周湖」という歌が流行《はや》ったときにはまだ生まれていなかったが、摩周湖には霧がかかっているものなのだと、訪れたこともないときからそういう認識を持っていた。

目の前に広がる摩周湖は青く輝いている。空の青さを二倍濃縮させたような青色、摩周ブルーだ。摩周湖は日本一透明度が高い湖で、世界でもバイカル湖に次いで二位に位置する。左側に摩周岳を入れて、美しい湖面の写真を数枚、携帯電話で撮った。

誰にも送らず、ウエストバッグに仕舞う。

摩周湖には第一、第三、そしてこの裏摩周と、三つの展望台がある。第一展望台が摩周湖観光としては一番メジャーな場所で、湖面を間近に見下ろすことができ、土産物屋が併設されているため、観光客で賑わっている。第三展望台は第一展望台から国道へ向かう道続きにあり、摩周岳を間近にした雄大な景色を楽しむことができるため、第一展望台とセットのコースとして、ここもかなり賑わっている。かつてはこの二つの間に第二展望台があったそうだが、現在は通行が途絶えている。訪れた記憶がないので、当時もすでにその状態だったのだろう。

裏摩周展望台は他の二つの展望台と同じルート上にはない。展望台と湖面までの距離が少し長いため、湖面を眼下に見下ろすことはできないが、三つの展望台の中では一番標高が低いところにあるため、他の展望台が霧に包まれているときも、湖面を眺められる場合が多いと言われている。

前回がまさしくそうだった。

唯一湖面が見られた場所ということで、俺の中で裏摩周展望台は、湖めぐりに外せないコースとなった。途中で神の子池に寄れるという最高の特典も付いている。そのうえ、ここは観光客でごったがえしていない。展望台からの景色をゆっくりと楽しむことができる。しかし、午前中に訪れた第一展望台も、あの頃に比べると、観光客は半分以下に減っているように感じた。かつては、霧で湖面が見えない状態であっても、写真を一枚撮ればすぐに交代、というほど込み合っていたが、今回は美しい湖面の写真を撮り終えた後、五分ほどそこにいても罪悪感を覚えないほどに空《す》いていた。いや、観光バスの台数はそれほど減っていない。ライダーの人数が減っているのだ。前回は駐車場の一角にバイクがずらりと並んでいた。人気の車種を十台見つけるのに一分もかからなかったほどだ。荷物の積み方がうまいな、などと初心者だった俺はそんな観察をしながら展望台に向かった憶えがある。しかし、今日は当時の四分の一ほどしかバイクは並んでいなかった。しかも、乗り手は俺を含め、おっさんばかりだ。

台数が減ったのはバイクだけではない。駐車場のバイクが停められたさらに奥には、ツーリング用の自転車もところせましと並んでいた。しかし、今日は一台も見ることができなかった。ツーリングマップを購入するために訪れた書店のアウトドアコーナーには、自転車の専門誌も数多く並んでいたが、あれらの読者は皆、どこで乗っているのだろうと首をひねらざるを得ない。通勤、通学、もしくは週末に近場を走ることのみに使われているのだとしたら、もったいない。

初めはそういった目的で購入したのだとしても、からだが馴染《なじ》んでいくにつれ、どこか遠くへ行ってみたいと思わないのだろうか。これが自分をもっと広い世界に導いてくれるという予感を抱かないのだろうか。

広い世界を求める。……人として当たり前の欲求だということを、俺は忘れていたのかもしれない。

裏摩周展望台には前回も五人ほどしかいなかった。しかも、皆、ライダーだった。今日は俺一人しかいない。いや、一人やってきた。自転車に乗った女の子だ。大学生だろうか。駐車場に自転車を停め、展望台にやってきた。大きく息をついている。自転車にとってはかなり急な登り坂だったはずだ。

「こんにちは」

明るく声をかけられた。呼吸はすでに回復している。たいしたものだ。慌てて、こんにちは、と返す。女の子は手すりに身を乗り出し、わあ、と歓声を上げると、ウエストバッグから小型のカメラを出して、写真を撮り始めた。

北海道にやってきて今日で二日目。昨日、フェリーで苫小牧《とまこまい》に到着し、日高、襟裳岬《えりもみさき》を経由して、帯広のビジネスホテルに宿泊した。今日は北海道三大秘湖の一つオンネトーから始まり、阿寒湖、摩周湖、屈斜路湖《くっしゃろこ》、そして、神の子池、裏摩周と湖めぐりをしているが、旅人同士で挨拶を交わしたのは初めてだ。

あの頃は土地の人、旅人、誰かれかまわず、すれ違う人たち皆と挨拶を交わしたものだ。バイクで走っている最中も、ピースサインや親指と小指を立てたライダー同士のサインを頭上に掲げ、互いの旅の健闘を讃《たた》えあっていた。自転車ライダー、通称、チャリダーとすれ違うときも然《しか》り。

すれ違うのが観光バスに乗った人たちばかりなのだから仕方がない、とがっかりしていたところだったのだが。

「すみません、シャッターを押していただけませんか?」

女の子がこちらにやってきて、携帯電話を差し出した。先ほどまで使っていたカメラではない。いいですよ、と受け取って摩周湖をバックに一枚撮った。俺の古いタイプの携帯電話と違って、人物、風景、共にきれいに写り、なかなかいい出来ではないかと思いながら電話を返した。

「ありがとうございます」

女の子は電話を受け取ると、いい感じ、とつぶやきながら、その場でメール操作をし始めた。

「恋人に送るの？」

写真を撮ってあげた気安さから、つい訊いてしまった。このおっさん馴《な》れ馴《な》れしい、と思われたかもしれない。しかも、今どきの子は恋人ではなく彼氏と言うのではないかと、今更ながらに思いつく。

「いいえ、友だち、でもないな……。こっちに来てから知り合った人にです」

送信ボタンを押してから、女の子は顔を上げて言った。こちらを訝しんでいる様子はない。笑顔のままだ。

「そりゃよかった。恋人だったら大変だ」

気安さに拍車がかかり遠慮なく言ってみたが、女の子は首を傾《かし》げている。

「摩周湖の湖面を見ることができると、婚期が遅れるっていう迷信があるからね」

「えー、そうなんですか！」

女の子が驚いたように声を上げた。まさかと思い説明したのだが、本当に知らなかったとは。あの頃の旅人にとっては常識だったのに。いや、教えてくれたのは、旅をしない彼女だったか。

第一展望台で買った摩周ブルーに輝く湖のポストカードに、実際は霧に覆われていて残念、とその場で書いて投函《とうかん》したところ、旅を終えて帰ってきた俺に、彼女が迷信について教えてくれたのだ。

北海道東の沿岸は、太平洋を北上する温かく湿った空気が急激に冷やされることで、濃い霧が発生しやすい。霧多布《きりたっぷ》という地名もあるくらいだ。道東に位置する摩周湖はカルデラ湖であり、冷たい霧が外輪山を越えてカルデラ内に溜《た》まり、湖面を覆い尽くすため、下界が晴れていても、湖面が見えないという現象が起こる。

しかし、それでよいのだ。摩周湖の湖面を見ることができると、婚期が遅れると言われているのだから。

湖面を見ることができなかった人が、せっかく訪れたのに、と残念な気持ちになり、摩周湖の印象が悪くなるのを避けるために、地元の観光協会が考え出した迷信ではないかとも思ったが、嬉しそうに語る彼女にそんなことは言えなかった。裏摩周では湖面を見ることができた、とも。そして、誰の婚期？　とも。

「でも、当たってるかもしれません。わたし、彼氏と別れたばかりなので」

ケロッとした表情で女の子は答えた。しかし、こちらは何と続けてよいのかわからない。うっかりおかしなことを言って、泣き出されても困る。いや、それよりも、おっさん相手とはいえ、初対面の男に、彼氏と別れたばかり、などと隙を見せるようなことを言うのはいかがなものか。

――もう、お父さんの説教なんてうんざり。

そうだ、歳は同じくらいかもしれないが、この子は美湖《みこ》ではない。

「その迷信って、結婚してる人に対してはどうなるんですか？」

「そこまでは聞いたことないな……」

左手の薬指を見る。まさか、湖面が見えたら離婚ということはないだろう。ここ数年のあいだに体重も一〇キロ増え、もし離婚ということになれば、この指輪は切断してもらわなければ外すことができない。

「お金持ちになれる、なれない、なんて迷信もあるみたいですよ」

女の子が携帯電話を操作しながら言った。同じ道具を持っていても、俺にこの発想はない。

「あと、裏摩周の場合だと、迷信が逆になるとか」

「でも、今日みたいな日だと、どっちからもきれいに見えるんだから、矛盾するんじゃないかな」

「そっか、バイクの人は一日で両方回れるんですね。私は神の子池見たさに、こっちを選んじゃったんですけど」

「あそこにも行ったのか。すごいな」

感嘆するしかない。音楽が流れた。女の子の携帯電話が鳴ったようだ。

「さっき送った人から、もう少し写真を送ってほしいって」

「じゃあ、また撮るよ」

「いいえ、多分、景色だけのがほしいんじゃないかな。おとつい、第一展望台を訪れたときには曇ってたって書いてます。昨日、女満別《めまんべつ》から飛行機で帰ったから、あとは頼むって。カメラの勉強をしていたことがある人なので、緊張しますけどね。でも、神の子池は存在すら知らなかったみたいで、しばらく北海道を訪れることはないと思ってたけど、やめ来年またこようかな、なんてメールが届きました。わたしも二度目なんですけど、やめられませんよね、北海道は」

女の子は笑いながらそう言うと、電話を湖の方に向けた。なるほど、今は家に帰らずとも、まだ旅をしている最中にメールのやり取りができるのか。

前回、北海道を旅した際、五十人以上の旅人と住所交換をした。初日に富良野のライダーハウスで一緒になった人たちとへそ祭りに参加し、すっかり意気投合したところで手帳を差し出されたのが初めだ。全国各地の住所が並ぶその手帳に自分の住所を書き込むと、自分も一端《いっぱし》の旅人になれたようで嬉しかった。自分の手帳を差し出しながら、帰るまでに俺の手帳も旅人の住所で埋め尽くそうと心に決めた。

旭川で一緒にラーメンを食べた人たち、礼文《れぶん》島で島を縦断するコースを歩いた人たち、サロマ湖で日の出を見た人たち、網走《あばしり》でカヤックに乗った人たち、釧路《くしろ》駅で雑魚寝した人たち、手帳はあっという間に埋め尽くされた。

とはいえ、ずらりと並ぶ住所はスタンプラリーのスタンプ程度にしか思っていなかった。集めて満足、それで終了。しかし、大阪に戻り、一人暮らしのアパートの郵便受けを開けると、封書が五通も届いていた。知らない名前ばかり、訪れたこともない県の住所が記されている。住所交換をした人たちからだった。

一緒に撮った写真を同封してくれている人もいたし、その後の旅について書いてくれている人もいた。同じ関西に住む人からは、今度一緒にツーリングをしようとか、とりあえず飲み会をしようといった誘いの言葉まであった。もちろん、その後、自分も手紙をくれた人たちに返信するだけではなく、手帳を埋め尽くした住所宛に手紙を送ったのは言うまでもない。

その中の数人とは、今も年賀状のやり取りをしている。せっせと写真を撮っているのはその人たちに送る年賀状のためかもしれない。俺もついにバイク復活です、という自分の文字までもが頭に浮かぶ。見せる相手がいるというのは有難い。

「いい写真が撮れた？」

女の子が携帯電話を仕舞うのを見ながら訊ねた。よかったらアドレス交換を、と言ってもらえるのを少し期待したが、電話を収めたウエストバッグのファスナーはしっかりと閉じられた。

「上手い下手は置いといて、晴れてることが後押ししてくれました」

「そりゃあ、よかった。旅先で出会った人だけじゃなく、……家の人にも自慢できる」

「親は知らないんです。わたしが北海道に来てること」

なに！　と出かかった声を慌てて飲み込む。娘が一人で、しかも自転車で北海道を旅していることを親は知らされていないのか。もし、事故にでも遭って、いきなり北海道の警察や病院から連絡があったら、どれほど驚くことか。

「言うと心配するので、いつもお土産持参で事後報告するんです。でも、またどこか行ってるんだろうな、くらいには気付かれてるでしょうね」

女の子はまったく悪びれている様子がない。両親と不仲というわけではないのだろう。それにしても事後報告とは。もし美湖が自転車で一人旅をすると言い出したら、最低でも日程表をこちらによこしてからにしろ、と言うだろう。いや、危ないから行くな、と反対するかもしれない。ああ……、そうして言われるのだ。

——何でこんなに頭が固いんだろ。視野狭窄《きようさく》なんて、お父さんのためにある言葉なんじゃないの？

家族に黙って出てきたのは、俺の方だ。

「まあ、事故とかないよう気を付けて。よい旅を」

「ありがとうございます」

結局、晴れた裏摩周湖の迷信は何だったのかわからないまま、女の子の笑顔に送られて展望台を後にした。

来た道を国道三九一号まで引き返し、浜小清水《はまこしみず》方面へと向かう。今日のゴールは網走だ。前回泊まったライダーハウスにもう一度泊まりたい。

観光地の様子に変化はあったものの、北海道の大自然は変わらない。本当に二十年以上も経ってしまったのだろうかと、浦島太郎のような気分になってくる。

ツーリングを始めたきっかけは、それほど複雑ではない。大学三年生の夏前に同じアパートに住んでいた大学の一つ年上の先輩から、バイクを三十万円で買い取ってほしいと頼まれたのだ。買って半年も経っていなかったが、急に金がいることになったらしい。その理由までは訊ねなかった。

暇なうちに取れる資格は何でも取っておこうという思いから、免許は普通車と一緒に自動二輪も取っていた。大学には電車で通っていたが、アパートから最寄駅まで徒歩二十分かかっていたため、バイクがあればちょうどいいと、二つ返事で承諾した。三十万円など、小遣いが月五万円の今でこそ、目玉が飛び出そうになる金額だが、当時はまだ景気が良く、居酒屋でのバイト代は月二十万円を超えており、百万円以上の貯金があったため、さほどためらうことはなかった。

むしろ、アパートの駐輪場に停められている、いつもかっこいいなと思いながら眺めていたバイクが自分のものになるというのだから、願ってもない申し出だったのだ。よくぞ俺に言ってくれました、と胸の内で拍手をしたかもしれない。

恩に着る、と俺に両手を合わせた先輩は翌月、引っ越していった。完全に俺のものになったバイクを磨いていると、通学用にするだけでは申し訳ないような気がして、ツーリングに出てみることにした。書店のバイクコーナーに行くと、北海道ツーリング特集と銘打たれた雑誌が棚を占めており、なるほどツーリングといえば北海道なのだな、と迷わず行先を定めた。何事にも慎重派な俺が、最初は近場にしておこうか、などと怖気《おじけ》づかなかったのが、今となっては不思議に思える。

自分は学生の頃から何も変わっていない、と思っていたが、もしかすると、今とはまったく違う性格だったのではないかと、自分の思う昔の姿があやふやになってくる。

残った貯金で道具を揃えた。北海道まではフェリーが安くて便利だということを知り、切符を予約した。付き合って一年になる彼女に報告したのは、それからだった。少し切なそうな顔をされたときには心が痛んだが、彼女は二つ条件を出して、俺を笑顔で送り出してくれた。

――摩周湖のポストカードを送って。あと、お土産は何か木彫りのものがいいな。

そうして、出かけた初めてのツーリングで知ったことがある。シャープなラインを描いた四〇〇ccのバイクのボディは、メタリックレッドだった。ライダーハウスで出会った人たちは、皆、俺のバイクの前で足を止めた。写真を撮らせてほしいという人も少なくなかった。

――赤いカタナなんて、初めて見た。

そういえば、と自分のと同じバイクを見かけないことに気が付いた。俺がまったく自分のバイクのすごさをわかっていないことに気付いた人から、カタナについて徹夜で講義を受けたこともある。

スズキのカタナは一九八〇年に一一〇〇ccのものがドイツでショーモデルとして発表された。その名の通り日本刀をモチーフとしたデザインは注目を集め、翌年からヨーロッパ向けに輸出販売が開始される。日本では二輪車の排気量は上限を七五〇ccとする規制があったため、八二年に、七五〇ccのものが発売された。が、車両の型式《かたしき》認定を受けるためにハンドルの形を変えたところ、大不評。八四年に国内向け車両の生産は終了となる。しかし、外国で販売されていた一一〇〇ccの方は人気が続いていた。それを受けて、九〇年に初期型の復刻モデルが逆輸入販売された。さらに、九一年にその型を模した二五〇ccが、九二年に四〇〇ccが販売された。排気量の少ないこれらのタイプは、コガタナと揶揄《やゆ》されることもあるが、マニアの人気は高い。

まとめるとこんなところだが、俺のバイクはこの九二年に販売されたものだった。おまけに、このタイプの赤色は生産されていないと言われ、もとの色がシルバーであったことを知った。

そういえば、と先輩が赤色好きだったことを思い出した。が、わざわざ前に乗っていた人が……、とは説明しなかった。俺自身、その色が気に入っていたからだ。学生がよくこんなものを買えたね、と皮肉交じりに言われて、三十万円で知り合いから買い取ったことを伝えると、それはいい買い物をした、と感心したように言われた。知り合いはよっぽど金に困っていたんだろうな、とも。

自分のバイクの価値を知ったことにより、いっそう愛着が湧いたが、何よりも、訪れる先々で初対面のライダーから、噂《うわさ》の赤いカタナか、と言われるのが気持ちよかった。ライダー同士、気が合えばすぐにバイク談義に花が咲く。そこで自分が見かけた珍しいバイクの情報交換をし、後に噂のバイクを見かけると、くじにでも当たったような気分になれた。そういうバイクに自分のものが含まれていることが最高に誇らしかった。仮面ライダー一号と同じ装備にしているバイクには、さすがに負けていたとは思うが。

オホーツク海が眼前に広がる。四国、香川に住む身としては海など珍しくないのだが、瀬戸内海とオホーツク海ではまず色が違う。瀬戸内海は緑を帯びた青なのだが、オホーツク海はただただ青い。広さも違う。生まれて初めて水平線を見たのは、このオホーツクの海でだ。しかし、浜小清水の魅力は海だけではない。海岸に沿った国道の反対側には濤沸湖《とうふつ》が広がっている。湖から打ち上げたホームランボールが海まで届く、そんな距離だ。

オホーツク海と濤沸湖に挟まれた全長約八キロメートルの砂丘は小清水原生花園と呼ばれ、初夏から夏にかけて色とりどりの花を楽しむことができる。線路も国道もこの砂丘の中を通っているため、海と湖と花を同時に楽しめるスペシャルコースとなっているのだ。

スペシャルコースを走る前に、道の駅に入る。ホットコーヒーを注文した。夏の快晴日とはいえ、気温はそれほど高くない。おまけに風を受け続けていると、からだが冷えてくる。混雑していると一人旅の者同士相席になり、話も随分弾むのだが、あいにく、空席はいくつもある。海の見える窓辺の席についた。

初めての一人旅は快適だったが、時折、ここに彼女がいたら、と感じる景色に遭遇することがあった。ここもその一つだ。富良野のラベンダー畑、旭川のひまわり畑、そして原生花園、共通するのは、花のある景色、という単純なものだ。

住所交換をした旅人たちの中には、女の子もいた。バイクや自転車で一人旅をしている子も珍しくなかった。当時の自分はその子たちをどんなふうに見ていただろう。旅先で出会った人たちの中には、一人旅の者同士が意気投合して二人旅となり、その後、結婚したという人もいるが、俺にはそういう関係に発展するような子はいなかった。

彼女のことが好きだったからだ。

恋人同士、同じ趣味を持つ方がよいか、持たない方がよいか、これについては意見が分かれるところだと思うが、俺は後者だった。旅の途中に、彼女がここにいたらいいのに、と思うことはあっても、彼女もバイクに乗ればいいのにと思ったことはない。華奢《きゃしゃ》な彼女には四〇〇ccの倒れたバイクを起こすことがまず不可能だろうから、免許を取ることができないはずだ。起こせたとしても、のんびりしてちょっと鈍くさい彼女がバイクに乗るところを想像しただけで、冷や汗が流れてきそうな思いがした。そのうえ、俺は彼女のそういったバイクに不適切な特徴が好きだった。

一緒にツーリングなどできなくてもいい。だが、自分の見たこと感じたことはすべて彼女に聞いてもらいたい。そう思っていたからこそ、一人旅をしている女の子と一時的に仲良くはなっても、恋愛の対象として見ることはなかったのだろう。

それどころか、オフロードタイプのバイクで山道をガンガン走ってきたような女の子に出くわすと、よくやるよ、とあきれていたような気もする。日焼けして、髪もばさばさで、服や顔に泥が飛び跳ねていても、まったく気にしない。気取ってないからすぐに打ち解けられるけど、恋人としては無理だな、などと今から思えば、何様だというようなことを考えていた。

そういった女の子たちと対照的に、彼女はいつもお洒落に気を遣っていた。一緒に走る相手がいるよりも、自分の帰りを待ってくれている子がいる方が幸せなのだと信じていたし、今もその思いは変わらない。自分が待つ身になるなど、想像したこともなかった。

待つことが耐えられなくて、北海道にやってきた。

あの頃、彼女はどんな気持ちで待っていたのだろう。そんなことを一ミリも疑問に思わないほど、彼女は木彫りの縁のついた手鏡やおまけに添えたブローチを喜んでくれたし、摩周湖のポストカードだけでなく、写真を見ながらいちいち感動の声をあげていた。

彼女は湖の写真を好んだ。摩周湖の透明度や迷信について教えてくれただけでなく、支笏《しこつ》湖は国内屈指のカルデラ湖で水深は日本二位、透明度は日本四位、など道内の湖についてかなり詳しい知識を披露してくれた。洞爺《とうや》湖は沿岸に温泉が点在し、中島《なかのしま》にはエゾシカが生息している。クッチャロ湖はラムサール条約に登録された野鳥の生息地、サロマ湖は北海道最大の湖で夕日の景勝地、阿寒湖はマリモが有名、屈斜路湖は湖畔の砂を掘ると温泉が湧き出す……。彼女の知識もすばらしいが、それを今でも憶えている俺もたいしたものだ。

だから、その年の秋はツーリングには行かず、友人から車を借りて、富士五湖をドライブした。そして、二人のあいだにできた娘の名を、美湖にしたのだ。

　原生花園を走り抜け、網走市内に入った。宿泊予定のライダーハウスは網走湖畔にあり、到着まで半時間もかからないはずだが、まだ四時だ。博物館網走監獄に行ってみることにする。前回は訪れていない。「霧の摩周湖」のように、網走といえば、見たことはないのに映画『網走番外地』をまず思い浮かべる。しかし、摩周湖と違い訪れなかったのは、ライダーは博物館や美術館を訪れないものだと勝手に思い込んでいたからだ。常に自然とともにあるべきだ。……石頭なのは昔からかもしれない。

　しかし、ライダー仲間から、訪れなかったことをもったいないと言われた場所が二つある。一つは美瑛の拓真館、もう一つが博物館網走監獄だ。言った本人の趣味の問題だとは思うのだが、なかなか見ごたえがある場所なのだという。

　入館料千五十円を払い、中に入る。想像以上に敷地が広い。案内パンフレットには明治時代から網走刑務所で実際に使用されていた建物を移築、修復して保存公開していると書いてある。国の重要文化財に指定されている建物もいくつかあるようだ。閉館まで二時間しかないため、手前の建物から順に、足早に見学していくことにする。

　鏡橋、正門、庁舎、教誨堂《きょうかいどう》、五翼放射状房……。建物自体に価値があるのもわかるが、興味深いのは人形だ。ちゃちな作りなら笑いの要素になりかねないが、しっくりと建物になじんでいて、当時はこんな様子だったのかと見入ってしまう。

美湖ならどう感じるだろう。

名前の通り、透き通るような白い肌をした妻似の娘は、先月いきなり、短大を卒業後、アメリカに行きたいと言い出した。特殊造形の仕事を映画の本場でやりたいのだ、と。簡単に言えば、ハリウッドでゾンビメイクを施す勉強をしたいということだが、はいそうですか、と二つ返事で納得する父親などどこにいるだろうか。

そもそも、なぜ特殊造形などに興味を持ったのだろう。女の子のくせに。女の子らしくないということならば、まだいっそ、バイクに興味を持ってくれた方がよかった。いや、それは無理か。俺のバイクは結婚する前に売った。バイクの話をしたことも、ツーリングの写真を見せたことも、一度もない。自宅マンションの駐輪場にバイクが停まっているのを見たこともない。身近にないものに、娘が興味を持てるはずがないではないか。しかし、ゾンビだって身近にはなかったはずだ。

どこで間違えてしまったのだろう。

大学四年生になってすぐに彼女の妊娠が発覚した。地方公務員試験に受かり、地元の市役所で勤務しながら、彼女とも遠距離にはなるが関係を続けたいと、漠然と思い描いていたが、結婚はまだ考えていなかった。ツーリングしたいところはまだまだたくさんあったし、二十代のうちにオーストラリアを走りたいとも考えていた。しかし、そんなことが許される立場ではなくなってしまった。

堕《お》ろすという考えは、俺にも彼女にもなかった。だとしたら、覚悟を決めるしかない。自分に踏ん切りをつけるために、同じアパートに住む後輩にバイクを二十万円で買い取ってもらった。すぐに金が必要なわけではなかったが、そうしなければ現実を受け入れられないような気がしたのだ。金を受け取りながら俺にバイクを売ってくれた先輩も同じ事情で手放したのではないかという気がしてきた。

だとしたら、赤いカタナは摩周湖以上の迷信を持つことになる。自嘲気味にそんなことを思い、バイクを売った金で飲み倒すことも考えてみたが、結局、出産費用に充てることにした。広い世界を見せてくれたバイクと引き換えに、俺は新しい家族を得るのだ。そう自分に言い聞かせるために。

だが、その後の人生は十分に幸せなものだったと言える。

妻は子育てに大変だったはずなのに、俺が毎日快適に過ごせるよう、家事も完璧にこなしてくれた。娘は可愛く、元気すぎるほど活発で、また、勉強もよくでき、運動会や参観日といった場で親を十二分に喜ばせてくれた。六歳から始めたバイオリンの腕前もなかなかのものだった。

祝い事のある日は地元の老舗《しにせ》レストランで食事をとり、年に一度は泊まりがけの家族旅行に出かけた。娘が幼いうちは妻が好みそうな場所を選び、娘が成長してからは娘が喜びそうな場所を選んだ。

北海道を意図的に避けていたことは認めるが、妻や娘から北海道に行きたいとリクエストされたことはない。娘が高校生になっても二人で映画を見に行くこともあった。しかしそれらの映画はゾンビが出てくるようなものではない。アイドルが主演のわかりやすいラブストーリーばかりで、正直、作品自体を楽しめたことは一度もない。だが、娘と映画に行ったことを職場の同僚に話し、羨ましがられるのは、映画がつまらなかったことを差し引いても嬉しさが勝ることだった。

木水《きみず》さんちは絵に描いたような理想の家族ですね、と言われるたびに、手放したもののことは頭から消えていった。

娘が東京の専門学校に行きたいと言い出したのは、高校三年生になってからだ。できれば地元の大学に家から通ってほしいと思っていた。理系科目の成績がよかったため、薬剤師の資格を取ればいいのではないかと、進路について相談されたらアドバイスしてやろうと考えていた。

しかし、相談など何もなかった。ここに行きたいのだと学校案内のパンフレットを差し出されただけだ。百歩譲って、東京に出ることは許可しようと思った。自分も学生時代は関西とはいえ地元を離れて一人暮らしを楽しんだし、そこで得られたものもたくさんあるのだから、娘を地元に縛り付けておくのはおかしい。妻方の親戚もいるし、自分も多少なりとも土地勘のある関西をまずはすすめてみたが、日本の中心で勉強したいのだと言われると、まあいいだろう、という気持ちになった。

だが、専門学校というところがひっかかった。第一子は予想外にあっけなく授かったものの、第二子に恵まれることはなかった。一人生まれているのだから不妊症ではないが、第二子に恵まれにくいという体質の女性はかなり高い割合でいることを、結婚して五年目に知った。そうなるとやはり、たった一人の娘への期待は高まる。

将来、娘が医学部に行きたいと望んでも、音楽の道に進むために高価なバイオリンが欲しいと言い出しても、金のためにあきらめさせることがないよう、妻と相談し、こつこつと貯金を続けてきた。月五万円の小遣いについて不満を漏らしたことなど一度もない。

だからこそ、大学に行ってほしかった。おまえが周囲に自慢したいだけだろうと非難されても、こればかりは否定しない。特殊造形の勉強がしたいのなら、芸術学部のある大学を受ければいいのではないかと説得した。

娘もそこが妥協点と考えたようだ。芸術学部のある京都の短大に進学することが決まった。専門学校が短大になり、東京が京都になったのだから、こちらが望んでいた通りの結果になったとも言える。ただ、今になって、東京の専門学校に行かせてやっておいた方がよかったのではないかという後悔が湧いてくることになった。

京都の短大では満足のいくような特殊造形の勉強ができなかったのだと言う。これまで、就職活動として映画関係の会社を片っ端から受けたが、どこにも引っかからなかった。そこで、もう一度勉強をやり直したいと考えた。娘にとって、二年間の短大生活は「遅れ」だった。それを取り戻すには、本場に飛び込むのが一番だ。

――まったく縁のない場所ってわけじゃない。造形学の教授の妹さんが臨時講師をしているから、紹介してあげるって言われたし、日本人の生徒も五人くらいいるそうだし、心配することなんか、何もないじゃん。もし、お金のことでお父さんが反対してるのなら、向こうでバイトだって何だってするし。

バイトだって何だって、安易にそんなことを口にすることが心配なのだ。東京ではダメなのか。映画でなくとも、特殊造形に関わる仕事は他にもあるのではないか。もっと安定した仕事に就いて、趣味として、町の手作り工房などに通えばいいのではないか。そういった中で、作品を何かのコンクールに応募してプロの道が開けることも、あるかもしれないではないか。市役所の水道課で臨時職員を募集しているが、受けてみたらどうだ。

言葉を選びながら説得していたつもりだったが、娘には父親が夢の邪魔をしているようにしか思えなかったようだ。だからと言って、あの言いぐさはないだろう。

——こんな田舎で公務員やりながら自己満足に浸ってる人に、私の気持ちなんてわかるはずない。なんでこんなつまんない人の娘に生まれちゃったんだろう。

平手で一発殴った。娘に手を上げたのは初めてだった。色白の頬が真っ赤に腫れていくのを見て、とんでもないことをしてしまったと後悔した。しかし、その場で謝ることはできなかった。翌日、職場で娘とのやりとりを思い返し、まずは謝って、もう一度、冷静に話し合いの場を設けようと考えた。娘と一緒に教授の話を聞いてみてもよいのではないか、と。

だが、帰宅すると娘の姿はなかった。妻の姿もなかった。泣きながら京都に戻った娘が心配なので追いかけるといった内容の置手紙が残されていた。手紙の最後はこう締めくくられていた。

『美湖が広い世界に羽ばたいていくのを、二人で応援してあげませんか？』

妻は悪いことは何も書いていない。一人取り残された部屋で溢れ出した思いはたった一つだった。

広い世界、って何だ？

博物館網走監獄を後にして、ライダーハウス「旅人の家」に向かった。網走湖畔にあるログハウスの建物は当時と変わらぬ姿で迎えてくれた。驚いたのは、ご主人の姿だ。白髪が少し増えたくらいで、二十数年の月日をまったく感じさせないほどに若々しい。対照的に、奥さんは横幅が二倍になっていたが、二人の仲がよさそうな様子も昔と変わらぬものだった。

ここの宿帳には名前や住所の他に、バイクの車種を書くようになっている。スズキ、カタナ、と書き込んでいると、ずっと乗り続けてこられたんですか？とご主人に訊かれた。どうやら、俺のことを憶えてくれていたようだ。いや、バイクを憶えてくれていたという方が適しているか。

「いいえ、前に乗っていたのは、翌年に知り合いに譲って、今回のは先日買ったんです。色は塗り直しましたけど」

それはそれは、とご主人は笑いながら、部屋の番号と夕飯の時間を伝えてくれた。男女別の大部屋がいくつかあるだけなので、鍵はない。夕飯の時間は十分後だ。部屋に荷物を置きにいくくらいの余裕しかない。網走監獄を堪能しすぎたようだ。

広い世界といえば、俺には北海道しか思いつかなかった。もう一度、北海道に行こう。職員が順に取る盆休みを、一番早い日程で申請し、準備を始めた。妻にはしばらく帰ってこなくてもいいというメールを送った。受け取りようによっては、娘ともども追い出したように感じられるかもしれないと思ったが、そういうふうに受け止めるならそれまでだ、とどこか開き直る自分もいた。

俺が家族のためにどれほど努力してきたと思っているのだ。おまえたちのために広い世界への憧憬を胸の底に封印してきたんじゃないか。幸せとは必ずしも自分のためだけにあるわけではない。むしろ、自分ではなく、大切な誰かの幸せを得るための方が、頑張ることができるし、得たときの喜びも大きいはずだ。そのために自分が多少の犠牲を払うことなど、当たり前の行為なのではないか。幸せとは誰かの犠牲の上に成り立っているはずなのに、我も我もと個人が自分だけの幸せを求めているうちは、誰も幸せになれない。……そうではないのか。俺には何が正しいのかわからない。その答えを探す旅だ。

バイクはカタナしか考えられない。が、カタナは現在生産されていない。近所のバイク屋で中古車を取り寄せてもらい、三十万円で購入した二十年もののボディを赤く塗装してもらった。

食堂に入ると、奥のテーブルに見覚えのある顔を見つけた。向かいの席は空いている。そこまで行って、やあ、と声をかけた。

「昼間はどうもお世話になりました」

ぺこりと頭を下げられる。裏摩周展望台にいた女の子だ。あの時間から自転車で移動して、ここまで来られるものなのだろうか。

「緑駅から輪行したんです」

俺の表情を見ただけで疑問を察した様子の女の子は笑いながらそう答えた。そうだ、チャリダーには自転車を分解して袋に入れ、電車で移動するという手段があったのだ。そのまま向かいの席に座らせてもらい、ようやく自己紹介をした。

「三浦綾子さんと同じ綾子です」

あまり本を読まない俺でも知っている作家の名前が出たことで、ドラマの『氷点』の話をしながらホタテの刺身がメインの夕飯を楽しむことができた。名前の由来は、両親が三浦綾子ファンだから、というわけではないようだ。親目線の話をしたことで、子どもがいるのかと訊かれ、少しためらったものの、二十歳になる娘がいることを打ち明けた。

「全然、そんなふうには見えませんでした。いいなあ、こんなに若くてかっこいいお父さんがいて、娘さんがうらやましいです」

八割方サービスで言ってくれているのだろうが、悪い気はしない。だが、デレデレと頭を掻きながら喜べる気分でもない。

「それが、こんな石頭の親父はいらない、って嫌われ中なんだ。芸術系の短大に行ってるんだけど、特殊造形の勉強をもっと詳しくやるために、アメリカに行きたいなんて言い出してね。夢を応援してやりたい気持ちはあっても、手放しで送り出すことができないのが辛いところだよ。それほど映画好きってわけでもなさそうだし、なんでそんなものに興味を持ったのかもわからないしね」

こちらはなるべく軽い口調で言ってみたのだが、綾子さんは真剣な顔で頷いている。

年齢を訊ねると、二十二歳だと言われた。大学四年生で就職はテレビの制作会社に決まっているという。物語を作る職業に就きたかったのだそうだ。映画とテレビの違いはあれ、美湖とよく似た状況にある。もしかすると綾子さんも自分と美湖の姿を重ねながら話を聞いてくれたのかもしれない。しかし、綾子さんは希望する会社の内定を得ることがてきた。美湖はできていない。だから、どう答えたものかと、悩ませているのかもしれない。

話題を変えた方がいいか。

「ところで、このあとの木工教室は参加する？」

何のことだ？　というふうに綾子さんは首を傾げた。宿であるこのログハウスは、すべてご主人が自分で作ったことで知られている。テーブルや椅子といった家具も、部屋の名前を記したプレートもすべて手作りの品だ。そんなご主人がこの宿に泊まった記念として木に触れてもらいたいと開催しているのが、木工教室だ。堅苦しいものではない。ビールや奥さんの淹れてくれたおいしいコーヒーを飲みながら、小さな木に彫刻刀で何か彫ってみようという気楽なものだ。

前回は直径五センチほどの丸いリンゴの木に、ひまわりの絵を描いて浮き彫りにした。彫り上がり、サンドペーパーで磨いたあとで、茶色い液体に浸して、一晩乾燥させる。そして、翌朝、キーホルダーやブローチ、ペンダントなどにするため、思い思いの金具を取り付け、旅先で作った思い出の品を持って、宿を後にするのだ。俺は小学生の工作並みの木彫りをブローチに加工して、恥ずかしげもなく、彼女への土産として精巧な彫刻が施された少々値の張った手鏡と一緒に渡した。……そうだ。

「思い出した。娘がそのブローチを失くしてしまったんだ」

妻はそのブローチを手鏡と一緒に、いつもドレッサーの上に置いていた。娘がそれを勝手に持ち出したのは小学一年生のときだ。お父さんからお母さんへの手作りプレゼントというのを友だちに自慢したくて、妻に黙って持って出て、そのままどこかに落としてしまった。その日のうちに泣きながら打ち明けた娘を、俺も妻も強く責めることはなかった。翌日にはどうでもいいことになり、三日目以降、思い出すこともなかった。

しかし、この件は、娘の中には罪悪感として深く残っていたようだ。

図工の授業用に彫刻刀を買ったのは小学四年生になってからだが、ある日、娘は妻にかまぼこ板を差し出した。そこにはひまわりの花が彫られていた。

——お父さんみたいに上手にできなくてごめんなさい。

娘は申し訳なさそうにそう言ったらしいが、単に、失くしたものの記憶が美化されていただけで、俺の彫ったものよりはるかに写実的なひまわりがそこにはあった。しかも、かまぼこ板という固い粗雑な板にだ。

——かまぼこ板に花を咲かせるなんて、美湖の手は魔法の手だな。

そう言って、思い切り頭を撫でてやった。

「それがきっかけに決まってるじゃないですか」

綾子さんが美湖を代弁するかのように、力強く言った。そして、ちょっと待っててください、と席を立った。食事は二人とも終えていたが、俺は綾子さんが戻ってくるのを待った。といっても、三分ほどだ。彼女は両手で茶封筒を持っており、それを俺に差し出した。しわくちゃの茶封筒を俺はとりあえず受け取った。

「中に原稿が入っています。書いたのはわたしじゃありません。旭川で偶然出会った人からもらいました。読んだあと、自分のために書かれたものだって思って、大切に持って帰ろうと思ってたんですけど、なんとなく、木水さんの方が持ち主としてはふさわしいんじゃないかって気がするので、受け取ってください」

封筒を覗くと、紐で綴じられたコピー用紙の束が入っていた。取り出してみようかと思ったが、後片付けが始まるようで、奥さんに食堂を一時間閉めることを告げられた。一時間後に木工教室を始めるという連絡も。

「じゃあ、遠慮なく」

綾子さんに伝えて、封筒を持って部屋に戻った。六人部屋だが、同室者たちは星を見てくると言って出ていった。赤いカタナいいですね、と言われ、星空観測にも誘われたが、有難く辞退して、封筒から紙束を取り出した。タイトルは「空の彼方」。作者名は記されていない。

山間の田舎町に住むパン屋の娘、絵美は小説が好きだった。恋人と遠距離恋愛をすることになったのを機に、絵美は中学校以来書いていなかった小説を再び書き始める。しかし、小説家を目指しているわけではなかった。絵美は家業を継ぐために、製パンの専門学校に進む。そんな絵美に古い友人を通じて小説家になるチャンスが舞い込んできたのは、すでに専門学校を卒業し、家のパン屋で働きながら、恋人との婚約が調《ととの》ったあとだった。流行作家、松木流星《まつきりゅうせい》の弟子となるため、絵美は東京行きを願うが、婚約者も、そしてもちろん両親も猛反対する。父親など娘の背中を蹴りつけて叱っている。皆に説得され、絵美も一度は夢をあきらめるが、完全に思いを絶つことはできない。皆の目を盗んで家を飛び出すが、駅には婚約者が待ち構えていた……。

ここで終了か。綾子さんがあえてこの状態にして、俺に渡してくれたのか。それにしては封筒を取りに行って戻ってくるのが早かった。最終ページも用紙いっぱいに文字が埋まっているわけではないので、これで終わりと言われればそうかもしれないと思えてくる。ただ、綾子さんが俺にこの原稿をくれた理由はわかった。

娘の気持ちを考えてみろ。そう言いたいのではないか。

俺がもし絵美の父親だとしたら、絶対に娘を東京に行かせたりはしない。松木流星が何年頃に活躍していたのか、詳しいことはよくわからないが、四、五十年ほど昔の時代設定なのではないかと思われる。その時代の東京など、田舎者にとってはアメリカのようなものではないか。そこにまっとうな仕事をしにいくわけではない。小説家という、なれるかどうかわからない、なれたとしても先の保証がなにもない、水物の商売を目指していくというのだから、親が手放しで応援することなどできるはずがない。目が届く場所でパンを作ってもらえる方が、互いにとって幸せなのだと信じて当然だろう。おまけに松木流星という作家は女たらしで評判とある。そんな男のもとへ娘を送り込む親など、いるはずがないではないか。

まだ、美湖の状況の方がマシなような気がする。

ここは父親として駅で娘を待ち構えたいところだが、婚約者と書いてあるのだから、そこはまかせなければならないのだろう。首に縄をつけてでも連れて帰ってくれ、と婚約者を応援するはずだ。……待てよ。

どんなにできた男でも、もし美湖を無理やり連れて帰る姿を見たら、親として素直に有難いと思えるだろうか。美湖のことは妻に次いで世の中で二番目によく理解しているつもりだ。おまえに美湖の何がわかるのだ、と娘をかばいたくなるのではないか。

無理やり連れて帰れば、この子は一生、他者に夢を絶たれたことをわだかまりにして生きていくはずだ。おまえごときの愛情で、美湖のわだかまりが解けていくはずがない。年月をかけて小さくなっていったように思えても、実は、固く結晶化しているだけなのだ。一度固まってしまったものを取り除くのは難しい。言いたくないが、親でも無理だ。

今ある問題は、目を逸らさずに、今、向き合うべきだ。堂々巡りの話し合いになってもかまわない。三日三晩続くことになってもかまわない。

大切なのは、周囲の人間は、美湖の夢を邪魔しようとして反対しているのではないということを、美湖に理解してもらうことだ。そのためにも、周囲の人間は……、俺は誠実に美湖の声に耳を傾けなければならない。

なぜ特殊造形の道に進みたいのか。もしかすると、木彫りのことなど何も関係ないのかもしれない。具体的にどんな勉強をしたいのか。どんな職業に就きたいのか。なぜ映画なのか。メインは特殊造形なのか、映画なのか。夢を叶えるために必要な努力とは何だと考えているのか。リミットを設けるのか。夢を叶えるために、何を守り、何を失う覚悟ができているのか。

全部答えることができたら、美湖の勝ちだ。笑顔でアメリカに送り出してやろう。

携帯電話を取り出し、妻のアドレスを表示すると、昼間に撮った摩周湖の写真を添付してメールを送った。

『美湖の婚期は遅れるかもしれん。三人で話し合おう』

食堂へ行くと、木工教室はちょうど終わったところのようだった。綾子さんがやってきて、俺に手のひらを差し出した。原稿を返せという合図ではないことはすぐにわかる。丸い木片が乗っているからだ。

「うまく彫れているね。鳥の羽かな」

「いえ、ラベンダーです」

フォローの言葉が続かない。綾子さんがプッと噴き出した。

「娘さんの才能を改めて感じてるんじゃないですか?」

「いや、まあ、否定はしない。親バカなんでね」

照れ笑いが自然と出る。原稿を読んでいたことはわかっているはずだ。しかし、感想は求められていないのではないかという気がする。ならば、これだけ伝えればいいはずだ。

どうもありがとう。明日からも良い旅を——。

湖上の花火

20×20

リゾートホテル「ザ・ローツェ・洞爺湖」の洗面所で、白髪を三本発見した。

洞爺湖と内浦湾を見下ろす山の上に立つこのホテルの、洞爺湖側の部屋を取り、窓辺で青い湖面と緑濃い中島の景色を堪能した後、洗面所でアメニティグッズを確認しながらふと視線を鏡にやると、頭頂部に近い分け目の辺りにきらりと光る一本が目に留まった。まさか白髪、とプチンと抜くと、まだわずかに生気の残るシルバーと白の中間色で、こういうのは三十代になった頃から年に一本の割合で抜いている、とそれほど気にすることなく足元のダストボックスに捨てた。しかし、サイドを整えるように手櫛《てぐし》で生え際から軽く後ろに流してみると、今度は明らかに白髪だとわかる髪の毛がヒョロヒョロと浮き上がってきた。一本だけではない。三本もある。もともと髪の量が少ないので、できれば抜きたくないが、ハリウッドスターも宿泊したことがあるという高級リゾートホテルで、こんなみすぼらしいものをちらつかせながら歩くのは恥ずかしい。えいや、と三本抜いた後、あまり髪をかき上げないようにしながら全体を整えた。

これでよし、と改めて正面から鏡に向き直り、さらに愕然《がくぜん》とした。

早朝から、羽田空港発新千歳空港行の飛行機に乗り、そこからホテルのリムジンバスで、北海道とはいえ暑い中を長時間移動してきた。化粧が崩れるのは仕方ない。頬やおでこ、鼻の頭に脂が浮き、ファンデーションはすっかり流れ落ちている。なのに、豊齢線にはしっかりと白いファンデーションが残ったままで、子どもの絵画のように、皺がくっきりと強調されている。

おまけに、目の下は黒ずんでいるし、首を少し下げただけで、あごの下に一段層ができてしまう。私はいつからこんな顔になっていたのだろう。旅の疲れだけではないような気がした。四十歳を過ぎて急激に衰えたのか。いや、きっと二十年間、少しずつ劣化していたことに、今日、ようやく気付いたというだけだ。

鏡は毎日、朝晩、見ている。証券会社の営業という職業柄、取引先の人と会うときは特に、身だしなみのチェックは念入りに行っている。が、こんなに大きな鏡で、じっくりと改めて自分の顔を眺めたことなど、もう何年もないのではないか。化粧をしているあいだもニュース番組に耳を傾けているし、たまに買い物に出かけても、決まったブランドの服を揃えるようになってからは、試着どころか、鏡の前で当ててみることもなくなった。今は上半身しか映っていないが、クローゼット横にある全身が映る鏡の前に立てば、体のラインが崩れていることにも気付き、眩暈《めまい》を起こしてしまいそうだ。

しかし……。こんなボロボロな姿になっているからこそ、このホテルに来た意味があるのではないか。徹夜で仕事を片付けて、札幌での恩師を囲む会に出席するのに併せて、一泊余分に休みを取り、足を延ばした甲斐《かい》があるというものだ。エステを受け、温泉につかり、大自然の中を散歩して、おいしいものを食べ、リフレッシュする権利が……、私にはある。

自己投資を重ね続けてきたのだから。

そうとなればさっそく予約だ。フロントに電話をして、火山灰を使った全身リンパマッサージコースを申し込む。汗だくになった服を着替えて、顔を洗い、化粧も下地からやり直した。白髪をさらに二本見つけたが、これも抜いておく。

これで、ホテル内、どこを歩いても恥ずかしくはない。

ティーラウンジでコーヒーを注文した。一杯、二千円。

ファッション誌の写真ページの片隅に、モデル着用の服やバッグ、アクセサリーの値段が細かく記されているように、私の目を通したものは、常に金額と一緒に頭の中に表示される。こうなってしまったのは、二十年間、毎日、億単位の数字を扱っているから、という理由だけではないはずだ。もっと幼い頃から……。

町工場に勤務する父と内職をする母との三人暮らしの狭いアパートには、小学校から帰るといつもラベンダーの香りが漂っていた。六畳の居間の中央にあるテーブルの真ん中に陣取った、一〇リットルのビニル袋に入ったラベンダーのポプリの匂いだ。

母はそれを小さじですくって薄紫色のレースの小袋に入れ、目打ちで形を整えると、袋の口を蛇腹に折り曲げて閉じ、紫色の細いリボンを二回転させて蝶結《ちょうむす》びをする。それを糊蓋《のりぶた》つきの透明な袋に入れて、最後に「香りのお守り・恋愛運」と可愛らしいフォントで書かれたシールを貼れば完成だ。町の土産物屋で一個三百円で売られるが、母に入るのは一個たったの三十円。週に二回のそろばん塾のない日、私はほぼ毎日のようにそれを手伝っていた。お駄賃は一個十円。今となっては、体よく使われてしまった感があるが、一日十個作って百円という収入は、当時の子どもにとっては十分な金額だった。周囲の友だちの小遣いは、ほとんどが一日五十円だったからだ。

そろばん塾の隣には駄菓子屋があり、大勢の子どもたちで賑わっていた。私もそろばん塾が終わるとその店に行き、百円分、くじ付きの十円のお菓子を十個買った。そろばん塾には同級生が五、六人、通っていたが、その中の一人、美貴《みき》ちゃんは母親が私の母と同じ内職をやっていた。美貴ちゃんの母親の担当はカミツレで、美貴ちゃんからはいつもその匂いがしていた。

——金運アップだってさ。

小ばかにするように笑う美貴ちゃんのそろばん塾用バッグの持ち手には、カミツレのお守りが結び付けられていた。美貴ちゃんも私と同様、一個十円で母親の内職を手伝っていた。そんな美貴ちゃんがこっそり私に言ったことがある。

——私たちは自分で稼いだお金で買ったお菓子を食べてるんだよ。おいしいなあ。

大人が聞けば鼻で笑われるようなことだと、美貴ちゃん自身わかっていたに違いない。他の子どもたちだって、それなりに家の手伝いをして、小遣いをもらっていた子もたくさんいたはずだ。それでも、美貴ちゃんの言葉は私の耳に心地よく響き、私たち二人は特別な存在で、カレー味のスナック菓子も真っ赤ないちご飴《あめ》も、私たちに食べてもらうために用意されているのだと、駄菓子屋の一角すら手に入れたような気分に浸ることができた。そのうえ、くじが当たった日には、ボーナスでも入ったかのように、スキップしながら家まで帰ることができた。

そろばん塾で昇級するにつれ、六桁、七桁、と扱う数字は大きくなったが、それらは数字が集まった記号のようなもので、私にとっては百円が心を豊かにしてくれる金額であり、貯金箱に貯まった千円などはちょっとした大金だった。

このコーヒーは二十日分の賃金ということになる。当時の私が自分でこれを注文しろと言われたら、涙を流して怒りながら抵抗したに違いない。おごってやると言われても、それなら二千円くれと言っただろうし、そんなコーヒーを当たり前のような顔をして飲む大人を、バカじゃなかろうか、と思ったはずだ。

とはいえ、すべて「たられば」の話だ。当時の私は、世の中に二千円のコーヒーが存在することすら知らなかった。コーヒーといえば、茶色い大きな瓶に入ったインスタントコーヒーだった。砂糖は料理用の上白糖、ミルクはこれまた大きな黄色い瓶に入ったパウダー状のものだった。缶コーヒーは特別品。年に数回、家族で近所のボウリング場に出かけた際、父が買ったのを数口飲ませてもらい、私、缶コーヒーってけっこう好きだよ、と数人の友だちを前にして自慢できる飲み物だった。

スタバやドトールといったチェーン店も、高校を卒業するまで、生活圏内に登場することはなく、ちゃんとしたコーヒー、というものを飲むためには、「純喫茶」と看板を出した古い喫茶店の、色あせた重そうな木のドアを押さなければならず、私にとっては麻雀屋に入るのと同じくらい勇気のいることで、そんな怪しげなところに足を踏み入れてまで飲むものではないと思っていた。

人は段階を追って成長する。労働力やそれに見合った金銭感覚も同じだ。ポプリのお守りを十個作り百円もらって満足できていたのは小学生までだ。中学生になれば欲しいものの金額も上がり、私は自分がやるからと言って、母に内職の注文を二倍受けるように頼んだ。美貴ちゃんはそうしたと聞いたからだ。しかし、母はその要求をピシリとはねのけた。ならば新聞配達をしようかと思ったが、それも反対された。

——学生時代の限られた時間は小銭を稼ぐためにあるんじゃない。目先の欲求を満たそうとせず、先の自分に投資しなさい。

即《すなわ》ち、勉強しなさい、ということだ。

——お母さんは、お父さんやお母さん、自分たちの今の生活は否定しない。金持ちだとは寝言でも言えないけど、人さまに迷惑かけず、ちゃんと両足を地につけて生きているからね。だけど、あかねの未来を一〇〇パーセント切り開いてやれるほどの余裕はない。そういうこと。

それからすぐに、母は内職を辞め、近所の弁当屋で働き始めた。私が中学生になったので、学校から帰る時間に家にいてやる必要がなくなった、という理由からだった。母が毎日、宿題をやる際に目の前にいたことに思い当たったのはそのときだ。収入も二倍になったと言って、私にひと月三千円の小遣いをくれるようになった。ポプリのお守りを作っていたときよりも少し増えたが、それで買ったものから、自分で手に入れたという達成感を得られることはなかった。

コーヒーがやってきた。

専属のコーヒーマイスターが選んだ、ニカラグアの国内コンテストで優勝したという豆だ。蘭《らん》などの南国を思わせる花に似た香りを吸い込むと、頭の中がじんと痺《しび》れた。ガチガチに固まっていた脳みそがほぐされていくような感覚だ。一口すると、酸味を抑えたコクの深い味が喉の奥まで広がった。私好みの味だ。えぐみが胃の中でろ過されて蓄積していくようなコーヒーとは違い、軟弱な私の胃でもカップ一杯分、無理せず飲むことができる。二千円の価値は十分にある。

――あかねって、結局、金、金、金、だよな。

頭の中に浮かんだ声も、柔らかく温まった今の脳みそでなら、ああそうですね、と簡単に流すことができそうだ。私は努力を積み重ねてきた。自己投資を続けてきた。そういう人だけに許される空間はちゃんと用意されているのだ……、とは若干言い難い。

斜め向かいの席に二十代後半くらいのカップルがいる。女の方はまだマシとして、男の恰好《かっこう》、色あせたTシャツに海水パンツのような派手な模様のハーフパンツ、それはいかがなものなのか。おまけに足元はビーチサンダルだ。沖縄のリゾートホテルなら、ギリギリ受け入れられるかもしれないが、ここは北海道だし、このホテルはそんな汚い恰好で訪れていいところではない。

しかし、近頃の若い子にそういう傾向があることを今日初めて感じたわけでもない。彼ら、彼女らは、ブランド品を持っていないのではないのだ。いや、高価なものならいというのは違う。三万円以下のスーツもあるし、三万円以上のTシャツだってある。そういう問題ではない。

職場の後輩の女の子たちは、仕事帰りに合コンがある日は一張羅を着て出勤してくるのに、取引先の客に招待された観劇やクラシックコンサートには、普段の通勤着以下の服装でやってくる。いかにもって恰好もどうかなと思ってぇ、などと言いながら、こちらのスーツ姿をバカにするような目で見る。野外ライブに行くんじゃないんだからね、と言ってやろうかと思ったが、彼女らはきっと、自分の好きなアーティストであれば、野外だろうが、浜辺だろうが、一張羅の服で出かけるはずで、何言ってんの？　このおばさん、とバリアを張られてしまうのがオチだ。勝手に言わせておいて、目的地に着いてから恥をかけばいい、と思っていたら、少数派ではあるが、会場には同じような常識知らずがいて、彼女らはそれほど浮いた存在ではなくなる。

——日本人にとってはまだ敷居の高い分野に、カジュアルな服装で訪れる若者がいることに、開拓の余地を感じますね。

先方が気を遣って言ってくれていることを一〇〇パーセント真に受けるのだから、この習慣はいつまでたっても直らない。それとも、大半の人たちが格式ばった服を着てくる場に、自分は普段着で来ている、ということ自体に優越感を覚えているのだろうか。あのビーチサンダルも、日頃、ネクタイを締めてアクセク働いているからこそ、休日を最高にラフなスタイルで楽しんでいるのだろうか。そうなのかもしれない。二千円のコーヒーなんてぼったくりかよ、というカップルなら、こんなところには来ないはずだ。

――俺に才能があるかないか。あかねは金で判断するんだな。

文庫本をバッグに入れてきたが、少しばかり外の空気でも吸ってきた方がよさそうだ。二千円を一気に飲み干した。

背の高い針葉樹の繁る遊歩道を抜け、展望テラスに出た。洞爺湖はカルデラ湖で、右手には活火山である有珠山《うすざん》や昭和新山を見ることができ、その裾野には温泉街が広がっている。周囲には宿泊客ではなさそうな人たちがちらほら見えるが、このホテル自体が洞爺湖の観光スポットの一つなのだろうか。ならば、ティーラウンジも、宿泊者以外の人が訪れて当然だ。カップルの服装ごときでモヤモヤしていた自分が情けない。

両手を広げ、湖に向かって大きく伸びをした。と同時に、カシャリとすぐ近くで音が鳴った。私の指先から一〇センチも離れていないところで、男の人が湖を背にしてピースサインを作っていた。

「すみません、気付かなくて。私の手、入ってしまったかも」

「ご心配なく。旅の記念のスナップ写真なので」

笑いながら男の人が答える。ホッとしたものの、ああ、と顔をしかめてしまいそうになった。ガチガチに固めているわけではないが、この恰好はきっとライダーだ。年齢は私と同じくらいに見えるのに、お気楽なご身分なことで。

「バイクでご旅行ですか？」

「そうです」

「いいですね。北海道一周？」

「いやいや、まさか。少し早い盆休みを利用した湖めぐりです」

普段はきちんと仕事をしているようで、少し好感度が上がる。

「珍しいですね、男の人が湖めぐりなんて。湖の周りって入り組んだ道が多いでしょう？ライダーの人って、広くて長い直線道路を走るために来ていそうなのに」

「僕の場合は、湖好きの妻に影響されて。洞爺湖は周囲四三キロ、直径約一〇キロ、日本で三番目に大きいカルデラ湖で、中島にはエゾシカが生息している。……なんて一応、簡単な情報もインプットされてます」

結婚しているのに一人旅をしているのか。夫を一人旅に送り出せるとは、結婚の経験はないが、奥さんを素直にすごいと思えてしまう。私も家事がんばってるのに、などと文句は出なかったのだろうか。

「洞爺湖に行くなら、ぜひこのホテルからの写真を撮ってきてくれって言われて。僕なんかは、なんでわざわざ、という感じだけど、女性には有名なところなんですかね」

「どうでしょう。たまにドラマのロケに使われることもあるようだから、それで、行ってみたいって思う人もいるんじゃないですか？」

「なるほど、ドラマね……。ちょっと自慢できそうだな。何ていうタイトルですか？」

最近では、金曜ワイド劇場「洞爺湖殺人事件・どさん子刑事大石《おおいし》三津五郎《みつごろう》」です、と答えたところで、喜んでもらえる気がしない。何それ？　とガッカリのレベルだろう。

通常は視聴率一五パーセント前後だというこの枠で、一桁を出した作品だ。

「私もタイトルまではちょっと。あまり、ドラマは詳しくないので。すみません」

いえいえ、と互いに片手を振りあい、ひと区切りついたところで、じゃあ、と頭を下げた。この先にある公園まで行ってみたい。しかし、足を一歩踏み出したところで、突然、視界が真っ黒に覆われた。まぶたの上からギュッと目を押さえ付けられているような圧迫感に囚《とら》われ、足元がふらつく。

「大丈夫ですか」

腕に遠慮がちに添えられた手を、振り払ったと勘違いされないようにゆっくりと外し、両足に力を入れて踏ん張って、目を閉じたまま頭の中で十まで数えた。小さく息を吐き、これでなんとか大丈夫だ、と目を開ける。

「大丈夫です。貧血、たまにあることなので」

「お泊まりはここですか？」

「そうです」

「なら、安心だ。ロビーまで送りますよ」

「ありがとうございます。でも、本当にもう大丈夫ですから」

空元気《からげんき》を装い、残った力を振り絞るようにして走った。親切そうな人だった。既婚者だし、ロビーまでと言ってくれたのだし、送ってもらえばよかったのかもしれない。ただ、通りすがりの人であれ、一度誰かの手を取ってしまうと、今度は手を離された途端に、一人で立っていられなくなってしまいそうで、認めたくはないが……、怖いのだ。

客室の湖側の壁は天井から床までほぼ一面ガラス張りになっているため、ベッドに横たわったまま洞爺湖を見渡すことができる。空の色も、湖の色も、山の色も、あの頃と何も変わらない。貧乏学生の自分では到底泊まることのできないリゾートホテルからの眺めであっても、自然は何も変わらない。

変わらないものもあることに、気付く暇もないほど働き続けて、私は何を得たのだろう。

自分へ投資しろ、と母から言われ、貯金箱に小銭を貯め続けるようにこつこつと勉強を続けた私は、北海道大学に進学した。深い理由はない。温暖な気候の海辺の小さな町で生まれ育った私には、人生において一度は広大な北の大地に住んでみたいという憧れがあり、それを叶えるとしたら、大学生のあいだの四年間がベストではないかという結論に至っただけだ。

母からは、本物のラベンダー畑でも見たくなったの？　と言われたが、そんな願望を持ったことは一度もなかった。私にとってラベンダーとは、紫色の絨毯のような花畑ではなく、茶色に乾燥したポプリだ。土産物としてお守り袋が売られていたのは、うちの町がラベンダーの名所だからではない。国内産の九〇パーセントが生産されている「線香の町」として、香りにちなんだ土産物を揃えていたにすぎない。ラベンダーだけでなく、ハーブ畑など見たこともなかった。今から思えば、あのポプリは安い外国産ではなかったのだろうか。土産物などそんなものだ。

もともと地元や実家と確執があったわけでもないので、学生生活は特に解放感も不満も抱くことなく、ゆるゆると過ぎていった。アウトドア同好会に入り、居酒屋でアルバイトをし、もちろん、講義にもマジメに出席し、気が付けば、三年目の夏を迎えていた。

バイクでツーリング旅行に来ていた椚田修《くぬぎだおさむ》と出会ったのは、ここ洞爺湖の湖畔でだ。アウトドア同好会の友人たちと車二台に分乗し、花火大会を見に来た夜、私は皆とはぐれてしまった。たまたま隣で花火を見ていた修は、私が迷子になっていることに気付き、危ないから、と一緒に仲間を探してくれた。

幸い二十分後には仲間と合流することができたが、私はそれを少し残念に思った。もし見つからなければ、修がテントを張っているキャンプ場に一緒に行こうと言ってくれていたからだ。

――俺のテントを使うといいよ。俺はその辺の野郎のテントに入れてもらうから。

互いに旅人同士なら簡単に住所や電話番号を訊けたのかもしれないが、地元民という意識のあった私にとってはナンパと同様で、自分から訊ねることはできなかった。逆ナンという言葉が流行っていた時代だったにもかかわらず。修から訊ねてくれたらいいのに、とは思ったが、お礼を言う立場にあるのはこちらの方だ。私はバイト先の居酒屋〈北漁場〉の割引券を財布に入れていたことを思い出し、修に渡した。

——札幌に来ることがあれば、ぜひ。鮭《さけ》のルイベがおすすめです。

修は行くとも行かないとも言わず、笑って券を受け取った。海鮮料理はおいしいがガイドブックに載っているような有名店ではない。たった一〇パーセントの割引では来ることもないだろうと、ほとんど期待していなかった。内地の人はルイベなんて知ってるのかな、と車中で同好会の仲間に言われ、ホッケとかイクラとかもっとわかりやすいものを言っておけばよかったと後悔した。

しかし、二日後の晩、修は店にやってきた。ルイベって何だろうと思って、と言って。そして、凍ったまま薄く切った鮭の刺身をおいしそうに食べた。彼はその日、ユースホステルに予約を入れていたのだが、そこには寄らず、私のアパートに来ることになった。旅人を泊めてあげる、というのはこの当時、女子学生にとっても珍しい行為ではなかった。

翌日から三日間、私は自分用のヘルメットを購入し、修のバイクの後ろに乗って北海道内の旅に出た。東京の有名私立大学に通う同い歳の修は、将来は脚本家になりたいのだと私に話してくれた。ならば、有名なドラマのロケ地を案内しようかと申し出たのだが、彼はそういうところではなく、地元に住んでいる人たちだけが知っている、物語の舞台となり得そうな味のある場所を探したいのだ、と言った。

シナリオハンティング、略して、シナハンというらしい。

修は大学に入った年から、テレビ局が主催するドラマシナリオのコンクールに何作品か応募し、一年前、最終選考まで残ったことがあるのだ、と言った。

——毎朝放送のシナリオコンクールは最終選考まで残った人たちを集めて、一年間、月に一度の勉強会を開いてくれるんだ。毎回課題が出て、たとえば、「刑事ウルフ」の一話分のプロットや、金曜ワイド劇場用に松木流星《まつきりゆうせい》の『歯車の殺人』を現代版にアレンジしたプロットを書いてきましょう、っていう感じのが。それを参加者全員で持ち寄って、互いに意見を言い合ったり、その番組の担当プロデューサーに講評してもらったりするんだ。

「刑事ウルフ」は実家の父が毎週欠かさず見ていた人気刑事ドラマだったし、松木流星も読んだことはなかったが、名前だけはしっかりと知っている作家だった。プロットとはシナリオになる前段階の、コマ割りであらすじをまとめたものだということも教えてもらった。

——勉強会っていう名目だけど、プロデューサーの目に留まったプロットを採用してもらえることもあるんだ。今クール、土曜日午後十一時からやってる「貴族探偵・有栖川恭之介」の脚本家も、コンクールで入賞はしなかったけど、勉強会で拾われたんだってさ。

そのドラマのことは知らなかったが、テレビの向こう側にいる人など、自分とは別世界に存在していると思っていたのに、目の前に、その世界にとても近いところに立つ人がいることに感動し、修を心からすごいと思った。

――修くんのプロットは採用された？

――いや、俺のはさ、杉原《すぎはら》さんって俺を買ってくれてるプロデューサーが言うには、他のメンバーから頭一つ抜けたところにあるけど、好き嫌いがはっきりと分かれそうな内容なんだって。クレームがきてもかまわないから斬新なものを作りたいって、杉原さんとか、現場の人間は思っても、結局、スポンサー様に気に入られなきゃ、どんなにおもしろい企画もボツになっちゃうからね。結果、万人受けする中途半端な作品ばっかが蔓延《まんえん》して、俺みたいに、この業界に切り込んでいってやろうって意気込んでる新人は、はじきとばされてしまうわけ。

正直、このときは修の言っていることを半分以上理解できていなかった。しかし、異国の物語を聞くようにうっとりしながら、強く相槌《あいづち》を打っていたのだ。

――でもさ、それじゃもったいないからって、杉原さんがプロットライターの仕事をまわしてくれてるんだ。

勉強会のように決まったお題のプロットを書くのではなく、ドラマになりそうな小説や漫画を自分で探し出してプロットを書き、ターゲットやアピールポイントを記して、企画書のようなものを作るという仕事だ。

――月に二十本書いて、十万円。俺の貴重な収入源。来年一月にオンエアされる「ホップ・ステップ・ダンス」っていうドラマは俺の出した案なんだ。まあ、脚本はスポンサー様を納得させるために、有名な脚本家が書くんだけどね。

時給八百円の自分とは別次元の話のように思えた。そして、修はこう言った。

――脚本家には二種類いるんだ。職人とアーティスト。今はプロへの足掛かりとして、原作ものを脚色する職人の立場に甘んじてるけど、いずれは自分のオリジナルで勝負するアーティストになりたいと思ってる。北海道でのシナハンはそのためなんだ。

札幌から、支笏湖、洞爺湖と走り、室蘭《むろらん》に抜け、地球岬の先端から海を眺めながら、この景色を背景にしたドラマがテレビで流れるところを想像してみた。それはそう遠くない未来のような気がした。

港周辺をぶらぶらと歩いていると、「日本一の坂」という看板が目に留まった。行ってみようと狭い路地を進んでみたものの、傾斜角度も、道幅も、長さも、まったくもったいしたことない。かといって、日本一、なだらかとか、狭いとか、短いとかいったものでもない。中途半端な坂だった。何が日本一なんだろうと二人で考えながら、昔は通行料をとっていてそれが日本一高かったのかもしれない、誰か日本を代表するようなえらい人の家に行くためにこの坂が作られたのかもしれない、などと意見を出し合い、登りきったところに古い看板を見つけた。

——江戸末期、ここに「日本一」って名前の蕎麦《そば》屋があった、って。

——なんだそりゃ。

たいした坂ではなかったが、無駄な運動をしてしまったと言わんばかりに二人で顔を見合わせてため息をつき、ブハッと笑い出した。

——俺、このネタ、いつか使おう。

修はそう言って、看板の横に私を立たせて写真を撮った。

洞爺湖はあの頃と同じ色だ。視界の端に値段が表示されることもない……。

食欲はなかったが、次があるかどうかわからないのだからと、ホテル内のフランス料理店に入り、軽めのコース料理を注文した。昼間のティーラウンジのような、場違いな服装の人はいない。

熟年夫婦らしき人たち、まだ小学生くらいの子どもを連れた夫婦、どちらがここへ来ることを提案したのだろう。同じ価値観を持つ二人が結婚し、毎日、同じものに囲まれ、同じものを食べ、同じ趣味を共有しながら過ごしていれば、一方が提案しても、反対意見が返ってくることはないのかもしれない。

同じ屋根の下で過ごしていなくても、二人が同じ方向を見ていれば、心は寄り添い合うことができるのかもしれない。

北海道と東京、修と遠距離恋愛をしていた一年半、私は少しでも修に近付けるよう、それまであまり見ることのなかったテレビドラマを可能な限り見続けた。脚本家の名前など一人も知らなかったが、意識するようになると、橋田ドラマ、野島ドラマ、北川ドラマ、というふうに役者ではなく、脚本家の名前を冠したドラマがたくさんあることに気が付いた。脚本家は制作陣の一人ではなく、屋台骨そのものなのだと感じ、それを修に手紙で伝えた。知名度だけで判断するのではなく、自分がおもしろいと思った作品を書いた脚本家の名前も数人挙げた。

『俺も○○さんはいい作品書くなあって感心しながら見ているよ。でも、いつか絶対に追いつき、追い越す』

そんなやり取りをしている間が一番楽しかった。出会った年のクリスマスは、私が東京まで行った。少しだけプロデューサーと打ち合わせがあるからと言われて、毎朝放送に私も一緒に連れて行ってもらった。一般の人でも入れるゾーンを通り過ぎると、関係者入り口で待っていた杉原プロデューサーが、私にも入館証を用意してくれた。それを首から下げただけで、業界人になれたような気がしてドキドキした。

挨拶は昼を過ぎていても、おはようございます。修が気軽に挨拶した人に、私も会釈をした後で、今の人、お笑い芸人の○○さんだって気付いてた？　と言われたときの興奮といったら。

杉原プロデューサーと修の打ち合わせにも同席させてもらえた。

――これさあ、主役を男女反対にして書き換えられる？　北沢真帆《きたざわまほ》でアクションものをやりたいって案が出てるんだよね。

――大丈夫っすよ。じゃあ、過去に柔道のオリンピック強化選手だった設定を、テコンドーの国内チャンピオンに変えてみましょうか。

人気急上昇中の女優の名前まで飛び出し、ただただ口をぽかんと開けて聞いているしかできなかったものの、胸の内では、その話の脚本も修が書けますように、とそっと祈っていた。何の知識もなく、手助けもできない自分が修と不釣り合いのように思えたが、応援してくれる人がいるだけで嬉しいと言ってくれた。ドラマのロケにも使われたというフレンチレストランで食事をし、クリスマスプレゼントにシルバーのペンダントをもらった。

真逆のシーズンだが、ここに泊まっている人の中には、今日、この場所が、人生において忘れがたい思い出になるという人もいるのではないだろうか。

一人で食事をしているからといって、周囲が私をどんなふうに思っているのだろう、とはあまり気にならない。少し前までは、仕事帰りに外食すれば家に帰ってからの手間が省けるのに、寂しい女だと思われるのが嫌で弁当などを買っていたが、四十を過ぎてから、考え方を変えた。

卑屈になることなど何もない。私は今の今まで働いていたのだ。だから、おいしいものを食べて明日へのエネルギーを蓄えているのだ。

それでも、少し驚いたのは、高級リゾートのフレンチレストランで、一人で食事をしている女性が私だけではないということだ。少し年上だろうか。時間や空間を持て余しているようには見えない。ワインと食事を自然に楽しんでいるように見える。きっと、私のように、自分はこうする権利がある、などとは考えてもいないのだろう。私はまだそこまでは到達していない。

そして、やはり私には結婚願望はないのだろう。夫婦や家族連れよりも、一人を楽しむ女性に憧れの目を向けているのだから。

午後七時半だ。洞爺湖では四月下旬から約半年に亘って、毎晩、八時四十五分から二十分間、湖から花火が打ち上げられる。食事の後は、部屋でワインを飲みながら、それを楽しもう……。


温泉街にさしかかったところでタクシーを降りた。花火開始まであと三十分ある。土産物屋の並ぶ通りを抜けていく。平日とはいえ、さすがに人通りは多い。しかし、一人くらいならどうにかなるだろう。目的の湖畔に到着した。船から打ち上げられるという花火を、正面から見ることのできる特等席だ。見物客があちこちに見られるが、まだスペースはある。すみません、と人ごみを縫うように前に進んでいくと、あっ、と目が合った人がいた。

展望テラスで話した人だ。よかったらどうぞ、と湖に向いたベンチを少し詰めてくれたので、今回はお言葉に甘えることにして、隣に座った。

「わざわざここまで？」

「部屋から見るつもりだったんですけど、やっぱり花火は音がズシンとお腹に響くところで見たいなあと思って」

学生時代に同好会の仲間とはぐれてしまったのも同じ理由からだった。まとまった人数で座れる場所を探すとどうしても後ろの方になってしまう。皆で一緒に楽しむことが第一の目的ならそれでもいい。グループ行動がそれほど嫌いでない私は、他のことでなら譲れたのだが。

「どういうわけか昔から、花火だけは譲れないんですよね」

「わかるな、それ」

修も同じことを言ってくれた。しかし、ライダーさんは、でも、と続けた。

「打ち上げ場からこんなに近い所で見るのは十何年ぶりかな。娘がまだ三歳くらいのときに家族で家の近所の花火大会に行ったんだけど、一発目が上がった途端に、怖いって泣き出してしまって。それ以来、会場には行かず、毎年、家の二階から見てたので」

娘が三歳。十何年ぶり……。

「娘さん、おいくつですか？」

「二十歳です」

そんなに大きな娘がいるようには見えない、と思った通りに伝え、二、三、互いの年齢を窺《うかが》うような質問を交わし、最後には生年月日を言い合って、同じ歳であることがわかった。名前も「木水」だと教えてもらった。結婚して子どもがいる友人は数多くいるため、小さな子を見かけると、自分がこの子の親でもおかしくないのか、と想像してみることはあったが、二十歳の子を思い浮かべたことはない。見た目がヤンキーっぽい人なら、自分とは違うから、などと勝手にラインを引いてしまうだろうが、誠実そうなこの人に対しては、無条件に尊敬の念が湧き上がってくる。

何年も昔の恋愛をごちゃごちゃと思い返すことなどないに違いない。

「お子さんがそれくらいになると、夫婦でまた恋人同士に戻れますね」

「いやそれが、子どもの進路のことで揉《も》めちゃって、半ば、家出してきたようなもんですよ」

「娘さんは何になりたいんですか？」

「特殊造形の勉強をしに、アメリカに行きたいって」

「ゴジラとか、そういうの、ですよね」

それは揉めるだろう。ふわふわとした、先行き不安定そうな仕事だ。そもそも、勉強をしたところでその仕事に就けるかどうかすら保証がない。

「最終的な話し合いは帰ってからですけど、まあ、夫婦で応援してやろうってことになるんじゃないかなあ」

「それは、娘さん……、自分の子どもだから、手放しで応援できるんですか？」

木水さんは言葉の意味を少し捉えかねているようだ。

「たとえば、奥さんが、そういう道に進みたいって今から言い出したら」

木水さんは湖上の澄んだ空気を吸おうとするように、背筋と首をぐっと伸ばして少し前のめりになったまま、うーん、と唸《うな》った。

「それもアリなんじゃないかなあ。うちはお互い学生のときに子どもができちゃったもんだから、僕はとにかく働くことしか頭になくて、そうしてるうちに今度は娘の進路で頭を悩ませることになったけど……、正直、妻に何かやりたいことがあったのか、考えたこともなくて。だから、それが今からでも始められることなら、応援してあげてもいいかなあ、なんて」

「結婚する前の奥さんにも、同じこと思えますか？」

私は思えなかった。バブルが崩壊して就職氷河期に陥った中、自己投資を重ねて国立の四年制大学に行ったのに、事務職でしか採用されなかった。男女共同参画社会という言葉ができ、就職試験の際に「総合職は男子、女子は事務職のみ」といった募集のかけ方は今でこそ禁じられているが、当時はそれがまだ当たり前のように行われていた。東京で女子大生が、女子も平等に採用しろ、とデモ行進を行ったというニュースをテレビで見ながら、自分も参加したいと心から共感したほどだ。それでも、一部上場の証券会社に入社できただけで、恵まれていたと言える。

「それは、厳しいなあ。あの頃の僕じゃ、何言ってんの？　とか心底あきれて、あっけなく別れていたような気がするなあ」

東京の会社に就職が決まったことを修に報告すると、もしかして俺を追いかけてきたの？　と少し困ったように言われた。修と遠距離ではなくなったことは嬉しかったが、就職は東京の一部上場企業を狙うというのは、十代の頃からの人生設計に組み込まれていたことだ。ただ、学生の頃、修に会いに東京を訪れた際は、いつもごちそうになっていたため、頼って出てきた、と思われても仕方がないという思いはあった。

「自分に余裕がないうちは、他人の応援はできないよなあ」

あの頃、私は自分の生活を成り立たせるために必死だった。バブルの余韻に浸ったままの先輩たちから通勤着のチェックを受け、会社に恥をかかせるな、と叱られて、給料の大半は洋服代に消えていった。

——無視すりゃいいじゃん、中身のない人間ほど武装したがるもんだ。

修は笑い飛ばしてくれたが、あの頃の私は、組織で働く人間の気持ちがわからないのだな、と冷めた目で修を見るばかりだった。懐は痛むが、お洒落をすることは嫌いではなかったし、終業後に華やかな恰好をして会社の人たちと出かけることも楽しんでいた。

社内で事務職の女子を対象とした総合職昇級試験が行われることになったのは、入社してから三年後だ。いくつかのビジネス誌が示し合わせたように、主だった会社の総合職女性の人数ランキングを発表した直後だった。終業後の、飲み会だのカラオケだのを一切断り、私は再び自己投資のため、勉強を始めた。

「余裕って、お金のことですか？」

「それもあるけど、それだけじゃない。僕は役場勤めの自分の仕事に満足している。だけど、僕には地に足付いていないと思える職業を目指している人を見ると、働くってことをなめんなよ、とか、おまえの夢なんて地道な仕事に就いている大多数の人の上に成り立っている余興みたいなもんじゃないか、なのに、自分は特別な才能がある、って顔しやがって、なんて、その人から否定されたわけでも、バカにされたわけでもないのに、吠えてしまいたくなるんだよね。いっぱいいっぱいの自分を守る手段なんだってことに、この歳になってようやく気付けたんだけど」

「私は……、この歳になっても、気付けませんでした。ずっと昔に付き合ってた人が、脚本家を目指してたんですけど、私はそれを応援できなかった」

パラパラパラ、と夜空に豆をまくような音が響き、小さなスターマイン花火が打ち上げられた。花火大会開始の合図だ。湖上に大輪の花が咲いた。一輪、二輪、三輪……、腹の中央に振動が響く。私は、今ここにある、と実感できるものが好きなのだ。

「湖からの花火はいいですね。湖面に映る花火なんて贅沢だなあ」

木水さんが言った。花火に目を向けたままだが、私とは視線の高さが少し違う。同じ高さに合わせてみると、湖面に大きな花火が映った。きれいだけど、花が咲いた！　とは思わない。

湖面に映る花火はなんだかドラマのようだ。生身の人間の人生を映し出したもの。それを美しいと感じ、大半の人は両方を楽しむのだろうし、湖面に見入る人もいるかもしれない。そして、私のように空ばかりを見上げて、下が水面だろうが地面だろうが関係ないという人も当然いるのだろう。

もしかして、私は普通の人よりも、ドラマにそれほど興味がないのかもしれない。読書もフィクションよりノンフィクションの方が好きだ。誰かが作ったおもしろい話よりも、実際に地に足付けて生きている人の話の方が、派手さや驚きや盛り上がりがなくても、興味を持つことができる。

こんな私が脚本家という仕事を理解できるはずがない。と、高い夜空にまっすぐ打ち上げられていた花火が軌道を変えた。打ち上げ台から斜めに軌道を描き、湖面すれすれのところで花が開いた。クジャクの羽のようだ。続いて、二羽、三羽、クジャクが湖上に現れた。そして、水面に映った半円の花火もクジャクがたわむれているように見える。花火の位置が高すぎても低すぎても、空と湖面両方に美しいクジャクの姿を生み出すことはできないのだろう。私が花火師なら、こんな発想はできない。丸い花火が半分しか見えないなんてもったいないじゃないか、と最後まで駄々を捏《こ》ねそうだ。

「いやあ、これはすごい」

木水さんが声を上げた。

「本当に……」

湖面に映る花火を心からきれいだと感じた。

ホテルまで送りましょうか、と木水さんは言ってくれたが、通りまで出るとホテルからの送迎車に乗れるため、お礼だけ言い、その場で別れた。仲の良い友人にすら打ち明けたことのない思いを、通りすがりの旅人に打ち明けてしまうとは。学生時代、北海道に多くの旅人が訪れていたことは知っていたが、旅人同士のあいだでどんな交流が生まれるのかといったことまで考えたことはなかった。

偶然すれ違った人に励まされた経験のある人は、私が想像するよりたくさんいるに違いない。

ホテルに着くと、予約を入れていたエステにほどよい時間となっていた。体が固まったと感じたら、近所の中国整体には通っているが、エステは初めてだ。アロマとか、マイナスイオンといった、何に効果があるのかはっきりしないものよりも、凝り固まったところをガシガシとほぐしてもらう方がいい。

受付を済ませて、専用のガウンに着替え、薄暗い部屋に入ると、懐かしい香りがした。ラベンダーだ。手足が長く色の白い妖精のような女の人がやってきて、ベッドにあおむけに横たわり目を閉じるようにと、少し低めの、耳に心地よい声で言われた。

高級ホテルの隠れ家的な場所にある、落ち着いた色目のインテリアで統一された非日常的な空間は、目を閉じた途端、子どもの頃に住んでいた狭いアパートの居間へと変わった。私はせっせと小さな袋にラベンダーのポプリを詰めている。あんなに毎日、恋愛のお守りを作っていたのに、まったくご利益《りやく》を授からなかったのは、私自身がそれを十円玉としか見ていなかったからだろう。

金のために自己投資を続けた子どもは、総合職昇級試験に受かった途端、自分が人間としてレベルアップしたような錯覚を起こしてしまった。

プロットライターとしての収入は十万円のまま、ホームセンターでアルバイトをする修のことをまったく尊敬できなくなってしまった。おもしろい構成を思いついたんだ、と嬉々《きき》として言われても、企画が通ってから喜んでみたらどうだろう、と冷めた目で彼のことを見ていたような気がする。

修がたくさん小説や漫画を読んでいることも、テレビドラマだけでなく、映画や舞台も時間が許す限り見て研究していることも、知っていた。それなのに、自己投資に成功したと図に乗っていた私は、修の努力が報われないのは、彼に才能がないからではないかと思うようになっていた。

それでも、彼のことが好きだった。ひと月分のプロットが全部ボツになって、悔しがりはしても、決してそれを他人のせいにしたり、時代のせいにしたりしなかった。生活が苦しくなっても、デートの食事は割り勘だったし、私の誕生日やクリスマスには、ちゃんとプレゼントもくれた。彼は誰にも寄りかからず、自分の足で立っていた。そういうところが好きだったはずで、付き合っているあいだ、彼は変わらずそのままだったのに、終わってしまったのは私のせいだ。

総合職となり、給料は倍に増えた。事務職と違い制服がないため、スーツは自前で購入しなければならない。社内で好きなスーツを着ることを許される立場になったのだ。安物を着ていたら会社の恥。靴もスーツも伝統あるブランドの品で揃えた。それなのに、修のプレゼントしてくれるアクセサリーはいつまでたっても一万円以下で買えるものばかりだった。それでも、二十代のうちは、自分が背伸びをしているような自覚もあって、これでいいのかもしれないと思っていた。毎日、仕事で億単位の数字を扱っているから、金銭感覚も麻痺《まひ》してきているのではないか、と。

壊れてしまったのは、私の三十歳の誕生日の日だ。その日は平日で、私は仕事を終え、スーツのまま、修との待ち合わせ場所に向かった。彼はいつもと同じ、ジーパンにチェックのネルシャツ姿で現れ、私を炉端焼き屋へ案内した。テーブルの上に七輪が置かれ、そこで干物などを自分で炙《あぶ》るというスタイルの店だった。スーツに匂いがつくことばかりが気になった。そこで、ビールで乾杯したあとに、プレゼントを差し出された。小さな四角い箱を開けると、指輪が入っていた。しかし、私のスーツには見合わない。

——安そうに見えるかもしれないけど、実は十七世紀にフランスで作られたアンティーク品で、貯金を全部はたいて買ったんだ。

——えっ？

——やっと、嬉しそうな顔した。でも、嘘。結局、あかねは金、金、金、なんだよな。

——そんなことない。修には夢を叶えて欲しいって願ってる。でも少し、将来のことも心配してる。

――さすがに俺も、婚約指輪としてこんなのは渡さないよ。紛らわしいことしてゴメン。でも、俺、脚本家として飯を食っていけるようになるまでは、結婚する気ないから。

――そんなの、待てるはずないじゃん。

力なくつぶやいた言葉で、私たちの約十年間は終わった。私はあなたの才能を信じていません、と言い切ったようなものだ。

――夢を持たないあかねには、わかんないよ。

そこの店でルイベが食べられると知ったのは、店を出るときだったが、多分、この流れが二人にとっての正解なのだと、気付かなかったフリをした。

夢を追う人と別れた後で、自分に似た、現実的な人と付き合うということもなかった。恋なんてもうしない、と意識的に遠ざけていたわけではない。自力で立っている女を、わざわざ支えてあげたいと思う男なんて、存在しないのだろう。かといって、私もこちらから寄りかかっていく方法を知らない。

そんなときに、上司から会社の主催するセミナーへの参加を勧められた。部長職以上の役職からの推薦状がないと参加できないもので、将来有望な若手社員を集めた、管理職試験を見据えた勉強会だという。新しい、自己投資だ。

そして、四十二歳。課長という肩書までついている。腎臓を二度壊して、入院した。

二度目の入院は、半年前だ。病気とともに手に入った時間を、どのように有効に使えばよいのかわからず、なんとなくネットサーフィンしているうちに、ふと、修の名前を検索してみたくなった。脚本家デビューしていたらびっくりだ、と口に出しながら名前を打ち込んだのは、どちらの結果を望んでいたからだろう。名前の後に、「脚本」ともいれてみた。

するとと、一件ヒットした。毎朝放送、金曜ワイド劇場「洞爺湖殺人事件・どさん子刑事大石三津五郎」。オンエアは二週間後だった。『すずらん特急』という聞いたこともない女性作家の作品が原作らしく、修がどのように脚色したのか知るためにも、先に読んでおこうと思い、ネット書店で検索すると、絶版になっていた。あらすじを読んだところ、原作の舞台は山陰の方の小さな町で、北海道とは関係なさそうだ。北海道、しかも洞爺湖を舞台にしたのは、局側の意向だったのか、それとも、修が選んだのだろうか。

当日、テレビの前に正座をして、ドラマを見た。洞爺湖湖畔で発見されたリゾートホテル御曹司《おんぞうし》の死体。婚約者の死を知り、泣き崩れる美女。そこに、主人公の刑事が登場して……。

——俺は日本一の刑事だ。

——まあ、何が日本一なんでしょう？

――いや、なに、実家の蕎麦屋が「日本一」って名前でね。

お客様、と頭の外側から声が聞こえて、目を開けた。

「どこか、痛いところがありましたか？」

痛いどころか、心地よすぎて夢の中をさまよっていたというのに、エステティシャンの女性が心配そうに私の顔を見下ろしている。が、その顔がぼんやり曇ってよく見えない。薄暗いライトのせいではない。

大丈夫です、と答えたものの、涙は目からこぼれ続けている。タオルを差し出され、顔を覆うように押し当てた。温かく、柔らかい。これでは涙が止まらないではないか。

「ごめんなさい。考え事をしていたら、つい」

タオルを当てたまま、息を止め、涙を押し留めてみる。

「お客様、全部、流してください。涙もリンパ液と同じ、全部流しきった方がきれいになりますから」

そんなことを言われると、今度はもう止めることはできない。がんばって、がんばって、がんばって仕事をして、私は何を手に入れたのだろう。それは私が望んでいたものだったのだろうか。誰かを支えるためでもなく、夢を叶えるためでもない。

自分一人のためだけに生きるのに、身を削り、投資を続ける意味などあるのだろうか。

部屋に戻ると、フロントから預かり物があるというメッセージが届いており、部屋まで持ってきてもらった。Ａ４サイズが入る茶封筒、木水さんからだ。中には、文章の書いてある紙束と、メモ用紙に書かれた木水さんからの短い手紙が添えられていた。

『一緒に花火を見たご縁として、この小説を受け取ってもらえれば幸いです。返却は不要です。明日からも良い旅を！』

なるほど小説か、とめくってみる。木水さんが何度も読み返したのか、他にも何人かがこの小説を読んだのか、紙の端に折りあとがあったり、しわが寄っているページもある。これくらいの分量なら、一晩あれば十分に読めそうだ。

タイトルは「空の彼方」とあるが、作者名はない。なんとなく、プロの作家が書いたものではなく、作家を目指している人が書いた作品ではないかというような気がする。

山間の田舎町にあるパン屋の娘、絵美はおつりの額を間違えたことがきっかけで出会ったハムさんという青年と付き合うようになるが、ハムさんが北海道の大学に進学したため、遠距離恋愛となってしまう。ハムさんにせっせと手紙を書く絵美だが、あるときから、小説を少しずつ書いて送るようになる。絵美かわいさからか、ハムさんは絵美の小説を褒めるが、絵美が作家を目指しているとは思っていない。絵美自身もそうだった。やがて、ハムさんは町に帰ってきて教職に就き、絵美と婚約をする。そんな折、人気作家・松木流星のもとでお手伝いさんをしながら修業をしているという、絵美の小学校の同級生の道代から連絡が届き、絵美に東京に出て作家になるチャンスが訪れる。舞い上がる絵美。しかし、ハムさんも両親もそれに反対する。一度はあきらめる絵美だったが、ある日ふと、あきらめきれない思いが湧き上がり、家出同然に飛び出してしまう。が、駅にはハムさんの姿があった……。

ここで終わっている。どうにも既視感のある内容だ。最近になって、また少しずつヒットしているドラマや映画を見たり、話題の本を読むようになったが、答えはあなたの心の中にある、というような曖昧な終わり方をする作品が増えていないか。最終回の一話前で終わる、というような。こういう行動や考え方はおかしい、と否定されないために作者が逃げ道を作っているようで、私はあまり好きではない。芸術とはすべてを形にしきるのではなく、空想する余地を残しておくもの、などとそれらしい発言をすることもできるだろうし、作品をおもしろくないと貶されても、それはあなたが出した結論がつまらないということです、などと責任転嫁することもできる。

きちんと結末を提示して欲しい。その結末をどう捉えるか、というところで作り手と受け手の対話が成立し、相性がいい悪いも判断できるのだから。

ただ、相性で言えば、これが絵美の手記ならば、私は絵美という女が嫌いだ。常に受け身の姿勢で、立派な青年と出会い、作家になるチャンスもつかんでいる。これが、事実なのだとしても、書き方が気に入らない。自分はハムさんに愛されているのだという余裕。そして、作家を目指していたわけではないのに、友だちのオーディションに付いて行ったら私が選ばれちゃいました、みたいな隠れ自慢。絵美の心の中には、自分は選ばれる側にいる人間だという思いがあたりまえのように存在している。

素敵な二択に困っちゃう。……一生、困っていればいい。こういうタイプはどちらの選択をしても、そこそこ幸せな人生を送り、他人に語るときだけ悲劇のヒロインのように、あのときああしていれば、と涙ぐんだりするのだ。それがまた活力となり、人生に彩《いろどり》を添える。

——主役を男女反対にして書き換えられる？

もしも、私が脚本家で、どうしてもこの作品をドラマにしなければならないのなら、その手段をとるだろう。

ハムさんは何も悪いことをしていない。真面目に勉強し、進学し、婚約者のいる地元に戻ってきて、堅実な職に就いた。絵美の夢を頭ごなしに否定しているのではない。絵美の身を案じ、現実の厳しさに鑑みた上での結論だ。

それでも、絵美は電車に乗って行ってしまうのだろう。夢を持たないあなたに、私の気持ちはわからない、と言って。ドラマの始まりはこのシーンからだ。ハムさんはいつもと変わらず仕事に出かけ、数年後、ふと立ち寄った本屋で絵美の書いた本を見つけるのかもしれない。その中に、自分に似た人物や、思い出の場所、絵美と二人で交わした会話の断片を見つけ……。

絵美と自分が人生の一点で交わったことは間違いではなかったのだ、と少しばかり涙を流し、翌日からまた、同じ生活に戻るのだ。

いつもお疲れ様。明日も、頑張れよ。……自分自身にそう声援を送って。

家に帰ったら、大きな鏡を買おう。いや、せっかく北海道に来たのだから、美しい彫刻が施された木の縁付きの、うんと高価なものを買おう。私にふさわしい鏡を。

街の灯り

20×20

「ロイヤル札幌ホテル」鳳凰《ほうおう》の間では、北海道大学経済学部教授である清原征四郎《きよはらせいしろう》の退職記念パーティーが開催されている。本来ならば今年の三月末で退職しているところだが、論文の関係で半年間任期を延長したという。その論文がアメリカの権威ある雑誌で認められたのだから、パーティーが盛り上がるのも至極当然のことだろう。百人を超える彼の元ゼミ生たちが会社の休みを駆使して、遠路はるばる駆け付けているそうだ。立食パーティーの会場の至るところに同期生ごとのグループができ、懐かしい話で盛り上がりながら、タイミングを見計らって清原のテーブルへ挨拶に向かっている。テーブル前は有名店さながらの行列だ。すっかり根が生えたように会場の人数と数の合っていない椅子を堂々と占領しているのは私と連れの、三人だけだ。だが、教授と同期生の年寄りとして大目に見てもらえているのではないだろうか。

大学を卒業したばかりのような若い集団もある。学生時代を終えてからの年数が短かろうと、長かろうと、おそらくここにいるほとんどの人たちは、学生時代の自分に戻っているはずだ。私が懐かしき友人たちと再会するのは——。

「何年ぶりだ？」

「何だって？　佐伯《さえき》も水割りにするか？」

松本敏郎《まつもととしろう》がこちらの質問とまったく噛みあっていない言葉を返した。赤、白のワインのグラスを盆に載せて運んでいるボーイに、水割りはないのかと訊ねていたようだ。まだいいよ、と半分以上ビールが残っているグラスを持ち上げたついでに口に運んだ。そこへ料理の皿を持った千川守《せんかわまもる》が戻ってきた。ハムやベーコン、ソーセージが山盛りにされている。

「学生たちが実習で作っているのと同じものだそうだ。大学構内で買えるらしい。旨《うま》かったら、土産にするのもいいな」

そう言って千川は、三人分の取り皿に薄紅色のハムや分厚くカットされたベーコン、一目見てきちんと腸詰されたことがわかるソーセージを手際よく載せていった。マメな性格は時を経ても変わらないものだと、当時を懐かしく思い出す。

私と松本、千川、そして今日の主賓である清原は、大学時代、「清風荘《せいふう》」という名のアパートで四年間を共に過ごした、所謂《いわゆる》、同じ釜の飯を食った仲間だ。親は勉学のために息子をはるか遠い北の大地まで送り出したはずなのだが、親の心子知らずと言わんばかりに、昼夜を問わず麻雀に明け暮れる日々だった。週に五日は誰かしらの部屋で一晩中雀卓を囲んでいたのだから、悪友と呼んだ方がふさわしいのかもしれない。

四畳半の部屋には便所も風呂もなく、便所はアパートのすぐ外にある共同便所、風呂は徒歩八分のところにある銭湯を利用していた。どれが誰の石けんかわからなくなるほど、風呂も四人で連れだって通っていた。当然のことながら、部屋には台所も小さな流しもなく、食事はアパート隣に建つ大家宅の居間（当時はそこを食堂と呼んでいた）で取っていた。六十に近い夫婦二人暮らしで、奥さんが一人で学生十六人分の食事を作ってくれていた。力関係が偏らないようにと各学年四人ずつ入居させていたようだが、年齢不詳の学生も数名いた。そんな中で大家夫婦が私たち四人を特に可愛がってくれたのは、私たちが彼らの息子と同い歳だったからだ。息子は東京の大学に進学していた。

――家の近くに立派な大学があるってのにな。まあ、東京暮らしは心配だが、世の中は持ちつ持たれつ。こちらが余所《よそ》さんの子に親切にしてりゃ、うちの子もあちらの誰かさんに大事にしてもらえるってもんだろ。

そう言って大家のおじさんが私たちに教えてくれたのが、麻雀だった。

奥さんの料理はおいしかったが盛り付けは大ざっぱなものだった。各学年用のテーブルに、大皿に盛ったおかずをドン、ドン、と置いてあるだけ。コロッケもかぼちゃの煮つけもポテトサラダも。豚汁やカレーは鍋ごとだ。それらを手際よく取り分けてくれるのが千川だった。気が利くなと初めこそ感心したものの、男ばかり五人兄弟の三番目だという千川から、他人が分けたものを均等だと思えず、兄のカステラの方が大きいのではないか、弟のカレーの方が多いのではないかと、落ち着いて食べられなくなるため、自らその役を買って出ることにしているのだと聞かされ、それ以降は遠慮なくまかせることにした。

一人っ子の私には考えも及ばない理屈だった。

ハムもベーコンもソーセージも見事均一に分けられている。

「ところで、何の話だっけ？」

水割りのグラスを受け取りながら松本が私に言った。

「四人揃うのは何年ぶりになるかと訊いたんだ」

「俺の結婚式以来じゃないか？　ちょうど、二十五年だ」

「そんなに経つのか。割と最近だったような気がしていたんだがな」

近頃は家の一階で書き物をしていて簡単な漢字も思い出せず、辞書を取りに二階の書斎に上がったものの、はて何をしにきたんだ？　とそのまま下りていくという体たらくだが、四半世紀前のことははっきりと思い出すことができる。

松本にとっては二度目の結婚であったが、時はバブル絶頂期。横浜の高層タワーの最上階レストランを借り切って盛大なパーティーが行われた。余興のビンゴ大会で私はテレビを当てたのだが、確か、三等辺りの景品だったはずだ。細君はひとまわり年下のモデルのような美女だった。

松本は学生時代からよくモテた。私や千川、清原のような地方から地方へ進学した者はいつまで経っても垢抜《あかぬ》けないままだったが、横浜出身の松本は入学時から彫りの深い顔に合う洒落た服装や髪形をしており、女子学生から注目を集めていた。松本の部屋にはレコードプレーヤーがあり、よくビートルズを聴かせてもらったものだ。その部屋に女を連れ込むことも多々あった。壁が薄いアパートの部屋で女が卑猥《ひわい》な声を上げるのを誤魔化すように深夜でもプレーヤーのボリュームを上げるため、それがかえって女を連れ込んでいるという合図になり、翌朝、大家のおじさんによくからかわれていた。羨ましければいつでも紹介してやるぞと、くわえ煙草《たばこ》でニヤニヤしながら言われたことは何度もあるが、頼んだことは一度もなかった。

「美人の奥さんとはうまくやってるのか？」

千川が松本に訊ねた。松本には常時三人のガールフレンドがいたため、アパート前で修羅場が繰り広げられたことは一度や二度ではなかった。私たちは、さわらぬ神にたたりなしと言わんばかりに、誰かの部屋の中に立てこもり、窓から三人、雁首《がんくび》を揃えて眺めていたのだが、一番ひょうひょうとした顔をしていたのはいつも、問題の張本人である松本だった。一度目の細君と離婚したのも松本の浮気が原因だ。円満離婚という言葉を初めて聞かされたのも松本の口からだった。

「美人？　はて、誰のことかな？」

　松本がおどけた調子で答えながらも、ジャケットのポケットから携帯電話を取り出して最近撮ったという写真を見せてくれる。最新型のスマートフォンだ。細君はシャープな輪郭が見事に丸くなってはいるが、それでも十分美人だと言える。ピンク色の服を着た赤ん坊を抱いて幸せそうに微笑《ほほえ》んでいる。

「可愛いだろう。先月生まれたばかりなんだ。俺もついにじいさんデビューだよ」

　どうやら私たちに写真を見せるタイミングを見計らっていたようだ。細君のことになど触れもせず、赤ん坊の別の写真をスライド形式で何枚も見せられた。

「娘が生まれた時も嬉しかったが、泣くわ、すぐ熱出すわで、大変だって方が勝っちまったけど、孫は可愛がってりゃいいんだから、別格だな」

「まだ寝てるだけだろ。これがしゃべれるようになってみろ、もっと可愛いぞ」

張り合うように千川も携帯電話を取り出した。こちらは私と同じ、旧式だ。まずは待ち受け画面を向けられる。三人の孫が勢揃いだ。一番上の子は来年の春、小学校に上がるらしく、先日、早くもランドセルを買ってやったのだと、嬉しそうに幼稚園の運動会などの写真を見せてくれた。松本も千川も子どもたちと同居はしていないが、車で気軽に行き来できる距離にいるという。

それが一番いい。東京に住んでいる長女の子は小学一年生の時から月に一度の割合で手紙を送ってくる。妻へのメッセージがほとんどだが、私へのメッセージも忘れたことはない。飼い犬のことばかりであるが、動物のことは高校の理科教師をしているおじいちゃんに報告しようと決めているのだろう。

「子どもから邪気を引いたのが孫だな。すなわち天使だ」

松本が上手いことを言ったというふうに、片手の人差し指で鼻の頭を拭った。

それは違うぞ、と進言してやりたいところだが、ぐっとこらえてベーコンのかたまりを口に放り込む。私もそんなふうに思っていた時はあった。特に、内孫は別格だった――。

「ところで」

会話に加わろうとしない私に千川が話しかけてきた。

「先月、清原に電話をしたら、佐伯はカミさん同伴だと言ってたが、何でここに連れて来なかったんだ？」

「すずらんの君が来ているのか」

松本が言った。就職試験を受けるために地元に戻る際、結婚前の妻に何かプレゼントを買ってやろうと思いアルバイトに励んだのだが、何を喜んでもらえるのか見当がつかず、松本に相談して、当時彼が付き合っていた女の一人にデパートまでついてきてもらったことがあった。松本好みの派手な女は自分に似合いそうなデザインのものばかり勧めてきたが、私でも判断できるほど、妻には似合わないものばかりだった。そうして自分で選んだのが、すずらんをかたどったブローチだった。

――なるほど、すずらんのような可憐で清純な子なんだな。

松本はニヤニヤとしたり顔で頷き、以来、すずらんの君と呼ぶようになったのだ。このキザ男は、私の結婚式で初対面の新婦にすずらんの君と呼びかけたものだから、まるで私が日頃から彼らの前でそう呼んでいたと妻から誤解されたのではないかと、式の前のただでさえ緊張している私をさらに混乱させることになったA級戦犯だ。

「いや、当初はその予定だったが、急に来られなくなったんだ」

「もしかして、体調が悪いのか？」

千川が心配そうに訊ねてくる。この年齢で突然のキャンセルと聞けば、原因はまず体調不良だと考えて当然だろう。皆、健康診断の結果には大なり小なり何かしらの注意書きが記入されているのではないか。

「まあ、たいしたことはないんだがな」

体調不良を否定していないような答え方をした。実のところは妻からのボイコットだ。だが、こちらに非があると私は思っていない。少しでもそのような気持ちを持ち合わせていれば、今回に限っては私の方から折れただろう。わが母校を見せてやるのは、妻と四十年越しの約束だったのだから。

ひとしきり孫自慢を終えた松本と千川は今度は趣味について話し出した。定年退職後、松本はゴルフ三昧、千川は何と料理教室に通い始めたのだという。

「週に二回、俺たちみたいなリタイア組を対象に簡単な家庭料理を教えてくれる男の料理教室なんだがな。まあ簡単と言っても、初めはイモの皮を剝《む》いても捨てる方が多いんじゃないかってほど悪戦苦闘してたんだが、今じゃ、カレーも肉じゃがもちょちょいのちょいだ。この間なんか長男の嫁さんが、カミさんが出かけてるときに風邪で寝こんじまって、俺が孫たちにカレーを作ってやったよ。じいじのカレーはママのよりおいしいってな。そりゃそうだろう、ママのカレーみたいに肉より野菜の方が多い健康カレーとは違う。どうこう言っても子どもは肉が好きなんだ。おまけにタマネギを飴色に……」

千川の料理話は止まらない。だが、松本もおもしろそうに相槌を打っている。孫に喜んでもらうために俺はお菓子教室にするか、若い奥さんたちが集まるような教室がいい、……三つ子の魂は本当に百まで続くのだろう。

「そういや、すずらんの君はパン屋を経営しているんじゃなかったか？」

松本がふと思い出したように言った。余計なことを、俺の家のことなどどうでもいいではないか、と嘆息しそうになるが、ここに清原がいればもっと早くそのことに触れていたはずだ。学生時代の記憶は色濃く残っているが、秀才の清原のように日付と一緒には思い出せない。清原はまだ教え子たちに囲まれている。列が途切れる気配はない。この調子なら私たちが並びに行くことはないだろう。彼とはこの後、別会場で一緒に飲むことになっている。

「じゃあ、佐伯もパン作りをしているのか？　いいなあ、退職後に店を持ちたいと本気で考えてた時期があるんだが、どうだ？」

千川が言った。千川は大学卒業後、東京に本社のある大手文具メーカーに就職した。今回も清原への記念品として皆で万年筆を贈ることになり、千川がすべて手配してくれた。

「店を持つなら相談に乗るぞ」

松本が言った。彼は親から引き継いだ不動産屋を経営している。バブル崩壊時は夜逃げを考えるほどの苦境に立たされたが、持ち前のバイタリティーでなんとか乗り越え、今は娘婿に会社を任せて自身は相談役に退いている。

「まあ、具体的な経営については佐伯に訊いた方がいいな」

またこちらに話が戻ってきた。

「俺は店に関してはノータッチなんだ。仕事も退職はしたが人手が足りなくて、嘱託として今年も通っている」

「そうか。近頃、学校が大変で教師のなり手が少ないらしいからなあ」

小学校入学を控えた孫を持つ千川には何か思い当たることがあるのか、神妙な顔で頷いている。

「そんな大袈裟なものでもないさ。田舎だから若い講師が見つからない、それだけのことだ。久々に教壇に立ったが高校生でも素直なもんだよ」

言葉にするうちに自信が湧いてきた。そうだ、今の学校はそれほど腐敗しているわけではない。昔よりも試練の場と化したわけでもない。中学もまたしかり。子どもの心が弱くなっているだけなのだ。

宴もたけなわとなり、清原自身のスピーチが始まった。これほどの規模ではないが、私も盛大な送別会を開いてもらった。充実した仕事人生だったと胸を張って言える。だが、ただ毎日ワハハと笑い過ごしていたのではない。松本だって、千川だって同じだろう。この会場に集まっている若い人たちもここでは楽しそうに過ごしているが、大半が社会の中に身を置き、体をすり減らし、心をすり減らしながら懸命に生きているはずだ。だからこそ同期生と顔を合わせる場に出席できているのだ。そうして、苦労話を笑い話へと変えながらまた次に会う日まで互いにがんばろうと、もとの暮らしに戻っていく。
ささやかな幸せと世間一般では呼ばれるのだろうが、それを豊潤な人生と呼ぶのではないか。なのに、若いうちから社会に背を向けてどうする。家に閉じこもってどうする。おまえがそうやって過ごしている先に、友と人生を懐かしむ時間などないことに気付いてくれ。――なあ、萌《もえ》よ。

山陰の小さな山間の町で生まれ育った私は、大学を卒業後、故郷に戻り、同じ町で生まれ育った妻と結婚した。時は高度経済成長期、豊かな暮らしを求めるために都会を目指すものも多くいたが、私はあえて地元に戻るという選択をした。故郷を捨てて自分だけが幸せになるのは難しいことではない。しかし、心のどこかに故郷を捨てた後ろめたさを抱えながら生きていくことになるだろう。そして、その選択は、人生を切り開くために必要なのは個の能力や努力ではなく生まれた環境なのだと証明したことになる。小さな田舎町に生まれた者は一生、そこから見えるものだけが世界のすべてだと思いながら生きていかねばならないのだろうか。何もないだろうと思われる高い山の向こうに、実は無数の灯《あか》りにともされた街があることを気付かないまま生きていかねばならないのだろうか。

町の外に進学し、灯りがあることを知った自分はその中に向かうことができる。しかし、それで満足できるのか。わが故郷に灯りをともすこと、大切な人たちが灯りの中で暮らせるように尽力することにこそ、自分がこの町に生まれた意味があるのではないか。

そのためにも故郷に戻り、子どもたちに灯りが存在することを教えよう。一人一人が灯りをともせるような人間になれるよう、この身を捧《ささ》げよう。……その決意のもと、高校の教師の道を選択した。今でこそ一番安定した職業とされているが、当時は「でもしか先生」の時代だった。先生でもやるか。先生にしかなれない。

私は何かをあきらめて田舎に戻ってきたように、まるで本当は都会暮らしに憧れていたように、都会に住むことができる人間を羨望していたように、ともすれば嫉妬していたように、一番理解してくれると信じていた人から誤解を受けていたのだろうか。

二人で温かな家庭を築き、町とともに生きてきたと思い込んでいたのは、私だけだったのだろうか。

長女と長男が揃って飛行機の客室乗務員や船乗りになり、町を出て行った時に気付けばよかったのだ。だが、そうやって子どもたちが羽ばたいていったことに対して文句はない。問題なのは、どんな灯りをともすこともできる可能性を秘めた若者が、自ら、それを放棄しようとしていることだ。

たいした理由もなく。そう思っていたのも私だけだった。

松本たちにはまだ仕事をみっちり続けているように取られてしまったかもしれないが、私が非常勤講師として自宅から近い公立高校に勤務しているのは、月、水、金の週三日、一日二時間の計六時間だけだ。時間を拘束することのないよう、どの曜日も午前中の二時間連続となるように時間割を組んでくれている。校長として定年退職を迎えた母校である私立校ではないが、知った教師は数人いる。が、彼らは授業がない時間も勤務時間であり、お茶や与太話に付き合わせることもできない。邪魔にならないよう、自分の仕事を終えるとなるべくすぐに帰宅するようにしていた。

帰宅は午後一時頃で、それに合わせて妻も店から戻り、二人で少し遅めの昼食を取る。毎日出勤していた時と変わらない妻の手作りサンドウィッチが定番のメニューだ。家でそれらを取る際には温かいスープが付く。ゆとりの時間ができたという証である。妻は午後三時から再び店に戻る。経営の一線から退くことを勧めると、退職旅行に連れていってくれるのなら、と微笑みながら言われ、まだ果たしていなかった約束のため、北海道のツアーパンフレットを集めたり、自己流にプランを立てたりしていた。要は、自宅でのんびりしていたということだ。

息子夫婦と同居する家に一人でいるなど、何年ぶりのことだろう。息子夫婦とはいえ、当の息子、秀樹《ひでき》は船乗りでひと月に片手で数えられるほどしか帰ってこない。嫁の亜紀《あき》さんは妻の店で働いている。もともと、高校生の時に店でアルバイトしていたのがきっかけで秀樹と知り合い、結婚することになったのだ。親子というものはこんなところまで似てしまうものかとあきれたものの、亜紀さんに対する不満は何もなかった。明るく、よく働き、そして何よりも、可愛い孫娘、萌を産んでくれた。

秀樹の結婚に伴い自宅を二世帯仕様にリフォームしたため、あちらの夫婦とは夕食時くらいしか顔を合わせることがなかったが、幼い頃の萌はよく私たちの居室に遊びにきていた。おじいちゃん遊んで、と言われても何をしてやればよいのかわからず、書斎で動物や植物の図鑑を見せてやったものだ。写真や絵を指さしながら名前を教えているうちに、萌は自然と字を覚え、小学校に上がるまでに平仮名は当然のこと、カタカナ、簡単な漢字も書けるようになっていた。ある時など、図鑑なしで図鑑に載っていることをペラペラとしゃべり出し、末は博士か大臣かと、私や妻を喜ばせてくれた。

息子夫婦は冷静で、十歳過ぎたら凡人になると笑いながら言っていたが、中学に入ってからもなかなかよい成績だった。おじいちゃんに似たんじゃないの？　と亜紀さんが気を遣って言ってくれたのを受け、じゃあ、おじいちゃんと同じ大学を目指そうかな、と私を最高に喜ばせてくれた。母校に案内してやる計画に、萌も加えてやろうかと妻に提案すると、ぜひそうしましょう、と妻は喜んで同意した。

朝から一人でいる時は何十年も眠らせていた本を読み返してみることにしていたのだが……。梅雨を迎えた辺りから、家にいるのは私一人ではなくなった。

息子夫婦の居室と繋がっているのは、家の内側では一階の台所のみだ。玄関は二つあるので、食事時以外に顔を合わせることはほぼない。最初におかしいと感じたのは、午後一時に妻が店から戻った気配がして台所に行くと、妻が息子夫婦の居室へ続くドアから入ってきたことだった。

——亜紀ちゃんに頼まれたの。……アイロンの電源を入れっぱなしだったかもしれないから確認してほしい、って。

妻は慌てた様子でそう言った。うっかり者の妻にはたまにあることだったが、しっかり者の亜紀さんにしては珍しいと思った。

──それは危ないな。

──でも、電源はちゃんと切れてたわ。ちょっと気になっただけじゃないかしら。

急いで家を出た際、家の鍵を施錠したかと気になることは私にもあったため、それ以上追及するのはやめた。が、それから数日後、二階の書斎で本を読んでいると、階下から物音が聞こえたような気がした。妻が帰ってくる時間にはまだ早かった。近年、田舎町でも、年寄りの家を狙った空き巣が増え物騒になっている。護身用に玄関に隠してある木刀を取り、音の聞こえる方へ忍び足で向かった。音は台所から聞こえていた。妻かもしれないため、木刀を構えたまま、いきなり叩きつけないよう用心しながら中に入ると、そこには、萌がいた。

学校は？　と訊ねると、お腹が痛くて休んでいるのだと、萌は下腹の辺りに手を添えながら答えた。病院には行っていないと言うので、車で送ってやろうかと訊くと、寝ていたら治るからと、逃げるように台所を出て行った。その直後、電子レンジから加熱が終了した合図の音が流れた。開けてみると、フライドポテトとからあげが旨そうな湯気を上げていた。腹が痛いのではないのかとの疑問もわいたが、それよりも、加熱の途中なのに部屋に戻っていったことの方が気になった。届けてやろうかとも考えたが、息子夫婦の居室に入ったことは一度もなかった。緊急事態でもない。腹の痛みがおさまれば自分で取りにくるだろうと皿を電子レンジの中に残したまま、私も居室に戻った。

その後、帰ってきた妻に、萌は腹痛で学校を休んでいるみたいだな、と伝えると、そうなのよ、と少し間が空いてから返事があった。知っていたのかと、一人知らず木刀まで持ち出したことが恥ずかしく、すぐに話題を変えたのだが、その時、もう少しきちんと訊いておけばよかったのだ。

妻は明らかに何か隠し事をしているような顔をしていたのだから。年をとっても、表情はあの日の朝と同じだった。

結局、私が萌の不登校を知ったのはそれから一週間後だ。情けない話であるが、その時すでに萌は一か月も学校を休んでいたのだ。


出席者全員で万歳三唱をして、会はなごやかな雰囲気のまま終了した。河岸《かし》を変えるため、戸口が込み合う前に席を立つ。店は主役である清原自身が予約を入れてくれたのだが、合流できるのはまだ少し先になりそうだ。

カバンに、出発前に自宅でプリントアウトしてきた店の地図が入っている。

「歩いて十分もかからないみたいだな」

松本が携帯電話を見ながら言った。時代の流れには追い付いているつもりでいたが、一歩遅れていたようだ。

「なんだ、息子に地図を印刷してもらったのに」

千川よりは一歩リードか。いや、五十歩百歩だ。店は大通りから一本中に入った通りにある。誰かのアルバイト代が入ったり、仕送りが届いた日にはこうしてよく街に繰り出していた。

夜なのにこれほど明るいところがあることを、田舎を離れて初めて知った。あの田舎町にいた頃は、バスに乗り市街地にある高校に通っている自分を、都会に出ていると思っていた。だが、灯りの数は十分の一、いや、百分の一にも満たない。彼女をここに連れてきてやればどんな顔をするだろうと想像した。山の向こうをなんとか覗くことができないかと空ばかり見上げていた彼女の顔を思い出した。きっと、目を丸くして、きれいだ、きれいだ、とはしゃぐに違いない。私の腕を取り、スキップをするような足取りで夜の街を歩くに違いない。こんな素敵なところに連れてきてくれてありがとうと、灯りを瞳一杯に湛えた目を向けてくるに違いない。

そのように、自分の方が外の世界を知っていると優越感に浸った想像をしていた頃、彼女の視線はより灯りの多い街に向けられていた。

「ところで、清風荘にはもう行ったか？」

松本が訊ねてきた。

「いや、今日の午後の便でこっちに着いたばかりだ。明日辺り、ゆっくり散策しようと思っていたんだが」

おまえは行ってきたのか？　と続けようとして言葉を止めた。訊いたことを後悔したような表情が一瞬だけ松本の顔に浮かんだことに気付いたからだ。

「なくなってただろ」

あっけなく、千川が言葉を継いだ。

「何だ、おまえも行ってきたのか」

「十年前にね」

千川の息子は父親と同じ大学に進学し、何と、入学式に夫婦揃って出席したそうだ。

「こういう機会でもないと行かないだろ。実は、息子も清風荘に住めばいいんじゃないかと思って、事前に不動産屋に電話で訊いてみたんだ。そうしたら、そういうアパートはないって。まあ、それでもおかしくないよな。俺たちの頃、大家さんはすでに六十近かったもんなあ。それから三十年後なんて、現役を続けているわけがない。それでも、跡地に何ができているのか見てみようと思って、カミさんと息子を連れていったら、こぎれいなマンションが建っていた。でも、その奥になんと、大家さんの家は残っていたんだ。表札も、おじさんの名前で出ていた」

千川の語る光景がまるで自分で見たかのように頭の中に広がった。あの家にドアフォンがついていた記憶はない。年がら年中、学生が何時に帰ってきても食事にありつけるように夜も施錠していない玄関の引き戸を、ガラガラと音を立てて開け、わずかに緊張しながら、ごめんくださいと声をかける。

「そうしたら、奥さんが出てきたんだ。元気そうな姿で」

奥さんは初め、千川を見ても誰だか思い出せなかったらしい。

「なのに、俺の後ろに立っている息子を見て、もしかして千川くん？　って。憶えててくれたんだよ。あら若くて可愛らしい奥さんをもらって、なんて言って。カミさん、俺より年上だぜ」

千川は洟《はな》をすすった後、やっぱり夜は冷えるなとわざとらしく身震いしたが、そんな演技などしなくとも、その時の嬉しさは手に取るように理解することができる。同時に羨ましくもあった。自分はなぜ、間に合ううちに家族を連れて訪れなかったのか。つまらない意地など張るのではなかった。

千川一家は食堂に上がり、しばらくおばさんと話したという。

「おじさんはその前年に亡くなったと言われた。まあ、長生きした方だよなあ。おじさんも俺たちのことは憶えてくれていたらしく、よく麻雀をしたなあ、って時々思い出したように言ってたそうだ」

「ハイライトを旨そうに吸ってたよなあ」

松本が目を細めて言った。麻雀の最中は皆でおじさんから貰《もら》い煙草をしていたせいで、今でも麻雀とハイライトの青いパッケージはセットで思い出す。

「昨日はもう家もなかったが、千川の話を聞けてよかった」

頷きながら、思い当たった。

「俺たち、当時のおじさんの歳をゆうに超えているんだな」

「ものすごいじいさんだと思ってたんだがな」

松本が言い、本当に、と千川がしみじみと頷いた。

「あそこに住めてよかったよ」

口をついて出てきた。松本に茶化されるかと思ったが、そうだな、と噛みしめるように返される。このまま皆で肩を組み、当時流行った歌でも歌いながら歩いてみたいところだが、目的の店はもう目の前にあった。

〈北漁場〉……チェーン店ではなさそうだが、学生や若いサラリーマンが好みそうな店だ。

奥のテーブル席に案内されて店内を改めて見渡した。黒くすんだ梁《はり》がむき出しになっている天井は漁師小屋を連想させる。壁には色とりどりの大漁旗が飾られている。北原ミレイの「石狩挽歌《いしかりばんか》」が流れ、なるほど若者のグループはちらほら見えるが居心地は悪くない。生ビールを注文してメニューを開いた。学生アルバイトらしき店員から、本日のおすすめはあちらですとカウンター内を指し示され、そちらをまず確認する。

ルイベ、ホッケ、ハッカク……。清原がこの店を選んだ理由がわかったような気がした。

ルイベと刺身の盛り合わせを注文すると、松本と千川はまた孫の話をし出した。千川の末の孫が魚卵アレルギーだと言ったのが発端だ。ホテルの時のような手放しで可愛さを自慢する内容ではない。息子一家が遊びに来るというので千川が特上寿司の出前を頼んだところ、ウニやイクラが入っており一悶着《ひともんちゃく》あったのだという。

「食わせなきゃいいだけなのに、子どもにガマンさせるなんてかわいそうだと、帰ったあとで息子からメールがきたんだ。嫁さんにそうしろって言われたんだろうなあ。まあ、同居をしてなくて丁度よかったのかもしれん」

うちは……、と松本が続けたため声に出して同意はしなかったが、気持ちはわかるぞと胸の内で頷いた。

若さ溢れる喧噪《けんそう》の中で四十三年間勤務し、今なお、週に六時間はその中に身を置いていても、生活音のない空間で過ごす時間が一日のうちの半分を占めるようになると、聴覚はこの歳になっても研ぎ澄まされていくようだ。ある朝、九時過ぎだったろうか、窓を開けたままの二階の書斎で本を読んでいると、シャカシャカという音楽が聞こえた。若者向けのテンポのよい曲だ。

この時間帯、この周辺に、このような音楽を聴く若い子はいただろうかと考えてみたが、何せ平日だ。近辺に大学や専門学校もない。そのうえ、音楽は割と近いところから聞こえているような気がした。音の出どころを探すように窓から顔を出し、耳に神経を集中させると、何と、我が家の同じ二階からではないか。

萌がいるのか？　しかし、体調不良で休んでいてこのような音楽を聴けるとは思えない。前回、台所で会った時のことも思い出すうちにある予感が込み上げてきた。身内というフィルターがかかっていたため、まさかうちの孫が、と見逃しそうになるところだったが、教師としてならすぐに察することができる。

萌は不登校なのではないか。

そうして、昼に帰ってきた妻に確認したところ、しぶしぶと白状した。誤魔化すならこれから直接本人に問い詰める、と言ったのだ。妻は毎日、私に内緒で萌に昼食を届けていた。

――どうして俺に言わないんだ。学校のことなら俺が一番わかっているじゃないか。

実際のところ、内心かなり不満だったが、妻の返事は私をさらに不愉快にさせた。

――理由を言っても、あなたには理解してもらえないと思って。

――そんなものは聞いてみないとわからないじゃないか。

わかると思いながら断言したものの、およそ納得できるものではなかった。

中学二年生の萌のクラスでは、近頃よく耳にするスクールカーストが顕著で、萌はその中のトップグループに属していたが、違和感を抱いていたのだという。成績は上位だが、そういうグループ分けは大概、声の大きさで決まるものだ。無神経に他人を傷つけることがある反面、学校行事などでクラスをまとめるのもカースト上位のグループであるので、一概に否定はできない。そのクラスで連休明けから、ある女子生徒に対するイジメが始まったらしい。無視をしたり、物を隠したり、教師の見えないところで突き飛ばすなどの暴力をふるったりという昔からのやり方に加え、携帯電話を使った嫌がらせも行われていたという。本人にリズム感がないことを承知の上でダンスをさせ、それを動画で撮って、ネット上でさらすというやり方だ。暴行を加えていたり、服をぬがせていたりといった内容なら学校を超え、警察が介入してくることも子どもなりに学習しているのだろう。ダンスでは処分に持っていくことは難しい。担任が気付いた時にはすでに手遅れで、その生徒は不登校になったのだという。

——それで、萌はどうかかわっているんだ？

イジメに加担してしまったのか。イジメを受けた子が親友であるのに、助けることができなかったのか。手を差し伸べてしまったがために次は萌が標的となってしまい、登校することができなくなってしまったのか。

そのどれでもなかった。

イジメには加担していない。見て見ぬフリをしていた。しかし、被害者とはそれほど仲が良かったわけでもない。ただ、そのような悪意に満ちた場所に身を置きたくない。これ以上、人間でいることに絶望したくない。たったそれだけの理由だ。

担任が我が家を訪れた形跡がなかったのは、イジメ問題に手一杯で部外者の萌にかまっている暇などないからだ。

そんな理由がまかり通るかと喉元まで出かかったが、妻に言っても仕方がない。祖父母二人で結論を出すことでもなかった。

――皆で話し合おうと亜紀さんに言っておいてくれ。

冷静に伝え、その夜、私と妻、亜紀さんと萌の四人で台所にて話し合いの場がもうけられた。私はまず萌に言った。

――なあ、萌、おじいちゃんは長年、学校で働いてきたが、教室の数だけ多かれ少なかれ、問題は抱えていた。皆が毎日笑って楽しく登校できるクラスなんてないに等しい。たまたまあったとしても、三年間ずっとということはありえないだろう。それは悪人が紛れ込んでいるからじゃない。間違いを犯しやすい人間がいるからだ。それは特定の誰かではなく、自分がそうなる可能性もある。そんな中で、間違いを正していくのが教師の役割だ。でも、本当に正していけるのは子どもたち自身なのかもしれない。自分や他人の間違いに気付き、それを立て直そうと努力することによって、人は成長する。勇気を持つことができる。他人と協力し合い団結することができる。強くなることができる。社会に出ればもっと大変なことが待っている。しかし、その時に自分を支えてくれるのが十代のうちに培った強さだ。今逃げてはダメだ。萌には何にでもなれる可能性がある。未来を拓《ひら》くためにも、学校へは行きなさい。

かしこい萌には少し語り過ぎたかもしれないと思った。これほどの言葉を重ねなくてもこの子ならきっと理解できるはずだ、と。しかし、返ってきたのは予想外の言葉だった。

——自分はおばあちゃんの夢を邪魔したのに？

頭の中が真っ白になり、そこに体中の滾《たぎ》った血が上っていくようだった。

——誰に聞いたのか知らんが、わかったような口を利くんじゃない。自分だけが物事を理解していると思うなら、おまえの身勝手な理由の不登校で不快な思いをしている子がいるかもしれないと考えてみなさい。特に、イジメを受けた子は、おまえが不登校になっていることを知ったらどう思うだろう。手も差し伸べなかったうえに、単に自分が怠けたいだけなのを他人のイジメに便乗するとは非道にもほどがある。むしろ、イジメをした者たちよりも、おまえの方が質《たち》が悪いと思われるんじゃないか。

——あなた、言い過ぎです！

妻が私の腕にすがりつくように制したが、時すでに遅し。萌は涙を浮かべ体を震わせながら部屋を飛び出していった。だが、私は自分が間違ったことを言ったとは思わない。親ならそれを当然理解できているはずだろうと亜紀さんに目で問うたのだが、こちらからも拍子抜けするような言葉が返ってきた。

——萌が自分から学校に行きたいと思えるようになるまで、待ってやろうと思います。だから、お義父《とう》さんも、萌を大きな心で見守ってやってください。

典型的な甘やかすばかりの母親の言いぐさだ。そう言って待った結果、学校に戻ってきた者などいた記憶がない。不登校は時間が長引くほど、精神的に、復帰するのが難しくなるというのに。クラスの子たちの目が被害者の方に向いているあいだ、体調不良だと誤魔化しがきくあいだに戻るのが、萌のためになるとは思い及ばないのだろうか。

それを大きな心でとは。しかし、母親とはそういうものだ。

——秀樹は何と言ってるんだ。

——秀樹さんには、心配をかけたくないので言っていません。

——はあ？　父親を何だと思っているんだ！

それほど強く怒鳴ったとは思わない。もともと、私は声を荒らげるのが好きではない。そんなことをしても、相手との距離は縮まらないことはわかっている。残るのは不信感と恐怖のみ。その二つの感情を湛えた目で亜紀さんは私を見返し、萌と同様、逃げるように部屋を出ていった。

——あなたは間違ったことは何一つおっしゃっていません。

残った妻が静かに言った。やはり、妻こそが私の一番の理解者なのだ。

——でも、あなたのように論理的に物事を考えることができる人たちばかりじゃないんです。自分の方が間違っていると気付いていても、それを簡単に感情は受け入れてくれません。あなたがそれをわかってくれるまで、私は亜紀ちゃんと萌ちゃんの味方です。

そして、萌が夏休みに入ると、二人で気分転換の旅に出ます、と行先も告げず大きな旅行カバンを提げて出ていったのだ。以来、食事は弁当屋ですませている。


生ビールをぐいと呷った。

「俺も自分の飯くらい作れるように、料理教室でも通うかな」

「おいおい、どうした。すずらんの君とケンカでもしたのか?」

松本が私の肩に手をまわしながら訊いてきた。ここで打ち明ければせいせいするのかもしれないが、何十年ぶりかに再会し、次いつ会うことができるのかわからない友人に、ここひと月ほどの愚痴をこぼすことにも抵抗がある。

「いや、第三の人生を模索中だ」

そう答えたところに清原がやってきた。一つあけた隣のテーブルの男女四人組が、先生お疲れ様でした、と声をかけている。普通の会社員だと思っていたが、どうやらパーティーに出席していた教え子たちのようだ。

清原が私たちのテーブルについたところで、あれをよろしく、と松本がカウンター内にいる店主に向かって声をかけた。若い店員がシャンパンのボトルと専用のグラスを運んできた。松本が事前に店に電話確認したところ、通常はシャンパンを置いてないが、今日の日のために用意してくれることになったのだ。

「よかったら、彼らのグラスも」

松本が四人分のグラスを追加し、乾杯が行われた。みんなからだ、と千川が記念品を渡して四人でテーブルを囲み直すと、清原はようやくネクタイをゆるめた。

「待たせて悪かったな」

「千川と孫自慢をし合ってたからあっというまだ。佐伯は第三の人生について考えていたらしい」

松本がニッと歯を出して笑った。料理をいくつか追加注文し、三人で清原を囲んだ。

「清原は今後のプランを何か決めているのか？」

千川が訊ねた。

「まだいろいろと片付けも残っているが、妻と船旅に行くことだけは決めている」

ほう、と三人同時に色めきたった。クラシックを愛する秀才は退職後の計画もモダンである。時期は、コースは、日程は？　と矢継ぎ早に質問を投げかけた。もう目星をつけているツアーがあるのだという。来年春頃に「ふじ山」という船で横浜を出発し、およそひと月かけて世界一周するそうだ。

「ふじ山といえば、日本一の豪華客船じゃないか。すごいな」

松本が言った。テレビ番組で紹介されていたのを見たことがあるのだという。カジノ、映画館、ダンスホール、プール、主だった遊戯施設は何でも揃っているらしい。食事も和食、中華、フレンチ、イタリアン、それぞれの一流の味を楽しむことができる。

「まさに、悠々自適だな」

清原夫婦には子どもがいない。家庭の問題で頭を煩わせることもないのだろう。

「しかし、カミさんと二人でか……」

千川がポツリと言った。松本も、うーん、と唸る。

「二十四時間ずっと一緒にいるわけじゃないだろう」

フォローしてはみたが、私が言える立場ではない。

「妻はもう十年ほど前から社交ダンスに夢中でね。若いパートナーを見つけてダンス三昧の日々を過ごすのを楽しみにしているよ。このあいだ借りてきた『タイタニック』のDVDに影響されたんだろうな」

清原がおかしそうに言った。

「じゃあ、清原は一人で何をするんだ？　ひと月は長いぞ」

松本が訊くと、清原はこの質問を待っていたと言わんばかりに目を輝かせ、皆を見渡した。

「小説を書いてみようと思ってる」

船旅発言に続き、ほう、と松本と千川が声を上げた。やはり万年筆にしてよかった、いやパソコンで書くんじゃないか？　などと学祭の出し物を話し合っている学生のようだ。

「でも、経済学部の教授が小説なんか書けるのか？」

千川が問うた。

「読書量には自信がある。退職したから言えるが、子どもの頃の夢は小説家だったんだ。親父の兄貴が出版社に勤務していたんで親も賛成してくれるかと思いきや、バカを言うな勘当するぞと一蹴された。だから、定年退職したら挑戦しようと決めていたんだ」

「すごいな。書くだけじゃなく、今から小説家になろうと思っているのか？」

松本が感心したように言った。

「かの流行作家、松木流星《まつきりゅうせい》もデビューは遅かった。たしか五十歳だったはずだ。当時の五十は今の六十五と同じだろう」

「じゃあ、次は出版記念パーティーだな」

松本が意気揚々と言ったあと、おまえ松木流星の本読んだことあるか？　と千川にこっそりと訊ねた。そりゃあるさ、と千川が有名な作品名をいくつか挙げると、映画で見ただけじゃないのか？　と松本は自分がそうであることを暴露した。

清原が黙ったままの私の方を見た。

「奥さんはあれから小説は？」

「あれ以来だ」

「そうか……」

妻が小説家を目指していたことを知っているのは、この中では清原だけだ。在学中、妻は手紙と一緒に自分が書いた小説を送ってきていた。素人が書いたにしてはなかなかおもしろく、続きを楽しみにしていたのだが、本気で小説家を目指しているとは思ってもいなかった。

松木流星の弟子になるから東京に行かせてほしい、と言われたのは婚約後だ。青天の霹靂《へきれき》、寝耳に水、とにかく何を言われているのかも当初は理解できなかった。小学生の頃の友人の紹介だと言うが、あまりにも話ができすぎている。清原の伯父が東京の出版社で勤務していることは学生時代から知っていた。清原の部屋の本棚には二十名ほどの作家の名前が並んでいたのだが、今一つ、共通点が見当たらず、何を基準に選んでいるのだと訊ねたところ、伯父の担当作家なのだと教えてくれたのだ。そこで、私は妻に内緒で清原に電話をかけ、事情を説明した上で、伯父さんに松木流星のことを訊ねてほしいと頼んだ。

「俺のやり方は正しかったんだろうか」

「おまえたち夫婦のあの後を、僕は知らない。だがこれだけは言える。松木流星の弟子だったという作家を聞いたことはあるか？」

そんなことは今の今まで考えてみたこともなかった。

「何だ？　すずらんの君も、もしかして作家を目指しているのか？」

松本が口を挟んできた。だが、今更、当時の話をしたくない。清原が口を開いた。

「松本だってこの歳になったら、書きたい話の一つや二つはあるだろう。それよりも、俺の構想を聞いてくれ。リタイア四人組が徳川埋蔵金をめぐる陰謀に巻き込まれ、果敢に立ち向かうという話なんだ」

「俺たちをモデルにするのか？」

千川も加わったところで手洗いに立った。用を足して出てくると、薄暗い廊下の角に女が立っていた。先ほど一緒に乾杯をした清原の教え子の一人だ。失礼、と軽く会釈して前を通り過ぎる。

「ハムさん！」

昔話をしたせいか、当時の妻に呼ばれたような気がして、足を止めて振り返った。清原の教え子と目が合ったが、彼女がこの呼び名を知っているはずがない。それどころか、私の名前も知らないだろう。

「あの、いえ、失礼しました」

女は頭を下げて駆け足で去っていった。空耳ではなかったということか。それとも、声はかけられたのかもしれないが、私の聞き違いか。テーブルに戻ってからも、彼女がこちらをちらちらと見ているのがわかる。一体どうなっているのだ。清原に訊ねてみたいが、どこまで本気の構想なのか、本の話題で盛り上がっているので後にしておく。

「おい、佐伯。俺は射撃の名手、千川は剣の達人という設定にしてくれと頼んでいるんだが、おまえは何にする？」

確か、学生の頃もこんな話をしなかったか。洋画の冒険映画を四人で見に行った帰りだった。

「清原はチェスが得意な参謀だったよな。俺は当然、爆弾作りはお手のものの発明家だ」

そうして、あの頃熱狂した映画の話題へと変わっていった。映画の後で必ず寄ったラーメン屋はまだあるという。

今はもう日常生活のやっかい事などどうでもいい。

散々飲み食いした後で、松本が今から学校に行ってみないかと提案した。賛成、と千川と同時に手を上げたあとで、不法侵入にならないかと清原に目で問うた。賛成、と清原も手を上げて早速、店にタクシーを頼んだ。

清原の教え子たちの勘定もこちらで持った。店を出しなに戸口で一度振り返ると、やはり手洗いで会った教え子がこちらを見ていた。が、気にせず外に出た。大型タクシーの助手席に千川が乗り、後部座席に松本、私と乗り込んだが、清原がいなかった。教え子たちに引き留められているんじゃないか？　と千川が言い、しばらく待っていると、清原が出てきた。すまない、と言いながら私の隣に乗り込む。

北大の正門まで、と千川が運転手に頼んだ。

「忘れないうちに、これを」

清原が記念品などの入った紙袋から書類が入る大きさの茶封筒を取り出した。

「さっきいた子から預かったんだ。君の忘れ物じゃないかって」

清原に封筒を渡されたが、身に覚えのない代物だ。糊付けされていない封をあけ、中を覗くと紙束が入っていた。ワープロで印刷された文字がびっしりと並んでいるのはわかるが、薄暗い車内では、中身を出さないまま文字を読み取ることは難しかった。しかし、確実に言えるのは、私はこのような物を北海道には持って来ていないということだ。

「まあ、ホテルに帰ってゆっくり確認してくれ。君のものじゃないようなら、僕から彼女に返しておくからフロントに預けてくれればいい。ホテルはどこだい？」

「ステーションホテルだ」

「連絡をくれたら、明日にでも研究室の学生に取りに行かせるよ」

清原に今受け取る気はいっさいなさそうだ。まあいい、とカバンに封筒を入れた。そうこうしているうちに目的地に到着した。大通りから少し抜けただけだというのに、ひんやりとした夜風が酔い覚ましにちょうどいい。

広い構内ではあるが、目指す場所は誰かが口にしなくとも、皆、わかっていた。高台に建つ大学創設者像の前だ。しかし、偉大なる先生にお会いしにきたわけではない。像を背に、先ほどまで飲んでいた繁華街の方を向いて、四人横並びに立つ。

「同じだ……」

ここからの夜景は、学生時代、私の一番好きな眺めだった。

函館や神戸、長崎など、有名な夜景の名所をいくつか訪れたことがある。いずれの場所も、眼下を埋め尽くす灯りの絨毯は、見ている者を吸い込んでしまいそうなほどに美しく輝いていた。それに引き替え、今、私たちの眼下に広がるのは黒い海を思わせるような闇だ。構内の広い緑地がそのように見せている。そして、巨大な海の向こうに鮮やかな街の灯りがあった。

理系の学生であった私は研究室に泊まり込むことがよくあった。その時、この景色に目が留まったのだ。黒い海は高い要塞のように故郷の町を取り囲む山と同じ類のもののように思えた。だが、故郷の景色と違うのは、その向こうにまばゆいばかりの灯りがきらめいていることだ。手を伸ばしても届く距離ではない。吸い込まれそうな感覚を覚えることもない。しかし、大きく隔てるものはあるが、自分の足で目指せない距離ではない。

そんな景色を眺めながら、将来のことや故郷にいる大切な人のことを思っていた。ある日、逢引《あいび》きでもするのか、と背後からいきなり松本に声をかけられた。ここが好きなことを打ち明けると、奇遇だなと、松本もこの場所を気に入っているのだと言った。横浜生まれのくせに、と言ってやったが、彼には彼なりの理由があった。

「昔はここに立つと、今はただの学生だが必ず光を操れる人間になってみせる、なんてギラギラした思いが湧き上がっていたが、今見ると、キラキラしてるものは、これくらい離れて見るのがちょうどいいんだと思えてくるよ。あんまり近すぎると呑み込まれちまうからな」

松本が夜景に目を向けたまま言った。

「実はここにもカミさんを連れてきたんだ。息子はもっと夜景に近寄れないのかと不満そうだったが、カミさんはじっと見ていたよ」

千川が言った。

「僕は壁に突き当たるたびにここへ来たなあ」

清原が言った。

ここで松本に会った数日後、ヤニ臭い部屋で麻雀をしている最中に急にこの景色を見たくなり、皆でやってきてからは、ここが清風荘に続く私たち四人が集う場所となった。生き方に悩み、世の中の出来事や政治、社会に対する不満をぶちまけるように、ここで夜通し酒を飲んだこともある。確か、守衛に怒られたはずだ。

凍死するぞ、だったかな。

無言のまま時が過ぎていく。あの時あんなことをしたなと口にせずとも、皆それぞれに、ここでのことを思い出しているのだろう。恐らく、このあと誰も、私も含め、また四人でここに集いたいなどと口にしないに違いない。

だが、またここで集おうと誰もが願っているはずだ――。

ホテルに到着してからは、どっと睡魔に襲われていたが、清原から預かった書類が気になり、確認することにした。原稿に書かれているのは「空の彼方」と題された短編小説のような文章だ。

あの山の向こうには何があるのだろうと、遠い景色を眺めてばかりいる、空想好きなパン屋の少女――。

これはどういうことだ。一枚目を読んだだけでわかる。これは私の妻をモデルにして書かれた小説だと。深夜零時をとっくにまわっているが、清原に確認してみようとカバンの底から携帯電話を取り出すと、着信ランプが点滅していた。メールが一通届いている。

午後八時の着信、妻からだ。

『ハムさん、お元気ですか？　ホテルに到着されたらご連絡ください。私もすぐ近くにいます』

旅路の果て

20×20

高い山に囲まれた小さな町があたしの世界のすべてだった頃はまだ、山はただ季節を教えてくれるカレンダーのようなもので、「要塞」と思ったことは一度もなかった。そう感じるようになったのは、山の向こうに別の町があり、そのまた向こうにはもっと大きな町があることを知ってからだ。

ここまでは、おばあちゃんと同じ。

都会で夢を叶えるチャンスが舞い込んできたのに、周囲の理解を得られず、小さな町で一生を送ることになってしまったおばあちゃんにとって、あの山々はまぎれもなく「要塞」だったに違いない。でも、今、おばあちゃんにあのときのことを訊ねれば、時代のせいよ、と笑いながら答えるのではないか。目尻に一割くらいの切なさを滲ませて。

あきらめたのは自分だけじゃない。あの頃のあの町には、進学を望んだけれど経済的な理由で断念せざるを得なかった人もたくさんいるし、他に好きな人がいるのに泣く泣く親の決めた人と結婚させられた人もいる、と。後者はあたしの想像ではあるけれど、過疎化が進み、人口五千人にも満たなくなってしまったあの町にだって、五人くらいはそういうおばあさんがいてもおかしくない。

そういう人たちは山を見上げ、その遥か上空を悠々と流れていく雲に自分の姿を重ねてみたり、実際には手も触れることのできないものに、せめて思いだけでも乗せて遠いところに運んでほしいと願ったりしながら、何十年もの時をあの町で過ごしていったのだろう。

そんなことはないか。

山の姿は同じでも、町を取り巻く環境は田舎なりに変化した。

昔はぐねぐねした坂が連なる山道を、車で一時間かけて越えて行かなければならなかった隣町も、あたしが生まれたときにはとっくに、正確にはパパが小学五年生のときに、トンネルが完成して、二十分足らずで行けるようになった。そこから空港行きのバスに乗れば一日一本ではあるけど、二時間かからずに東京まで行くことができる。特急電車で大阪まで行き、そこから新幹線に乗ったとしても、半日はかからない。

大学にも、各学年の四分の一くらいの人は進学しているし、見合い結婚はたまに聞いても、泣く泣くといったエピソードは皆無だ。バーベキューパーティーなどのお見合い案内のポスターをたまに町中で見かけるけど、参加したいしたくないは別にして、とても楽しそうな雰囲気を醸し出している。

そんな時代の変遷をおばあちゃん世代の人たちは実際に見てきたのだから、いつまでも山を「要塞」のようには思っていないだろう。もしくは、低くなっているように感じる、とか。いや、それは、発展の恩恵を受けた人たちだけだ。

生まれるのがもっと遅ければ、とため息を一度でもついたことのある人の方が多いはずだ。

おばあちゃんは息子が船乗りになりたいと言ったとき、どう思ったのだろう。娘がキャビンアテンダントになったとき、素直に祝福できたのだろうか。自分もこの時代に生まれたかった、と羨ましく思う気持ちはきっと心の片隅にあったに違いない。

ならば、おばあちゃんはもう一つ次の世代、あたしを見て、この時代に生まれたかったと思ったことはあるだろうか――。

「萌ちゃん、パノラマ撮影はどこを押すんだっけ？」

シャボン玉がはじけるように、あたしの頭の中で膨らみ上がっていたものが一瞬で消え、現実世界に戻される。おばあちゃんが差し出したデジカメのショッキングピンクの鮮やかさは、大自然の中においては異物であるはずなのに、ここ知床《しれとこ》では、何故かマッチしている。

朝からバスで知床五湖などの観光をした後、昼食に鮭の親子丼を食べて、クルーズ船に乗った。一般人は陸路から訪れることができない、世界自然遺産にも登録されている知床半島の自然を、海から眺めるというコースだ。高い山から海まで裾を広げる大地の色、ごつごつとした岩の色、それらを鏡のように映し出す透明な水の色、そして天まで突きぬける空の色、どれもが鮮やかに自己主張している。作り物が目立つ余地などどこにもない。とはいえ、外から訪れた色たちを排除することもなく、懐深く迎え入れている。

色鮮やかな背景は、おばあちゃんだっていつもより十歳は若く見せている。そんな中にいるからこそ、あたしの体の中にある濁った色まで炙りだされそうで、居心地が悪い。

「真ん中のボタンを押して、矢印をパノラマに合わせるの」

言うより早く手を動かしておばあちゃんにカメラを返した。そうだったわね、とおばあちゃんはあたしから受け取った形のままカメラを目の高さに合わせて、シャッターを押し始めた。まったく機械音痴なんだから、と心の中ではあきれるけど、顔にも声にも出さない。

一日中家に閉じこもっていたあたしを、連れ出してくれたのはおばあちゃんだ。本当はおじいちゃんと行く予定だった北海道に、あたしと二人で来ることになったため、急《きゅう》遽《きょ》、自分用のカメラを買ったのだから、使い方がわからなくて当然だ。

高さ一〇〇メートルの断崖から海に向かって流れ落ちる滝を湯の華の滝、別名「男の涙」と呼ぶと、ガイドさんが説明している。さっきは確か、「乙女の涙」もあった。乙女の涙は清楚《せいそ》なイメージがあるけど、男の涙ってどうなの。

パパなんか、動物ものの番組を見るたびに、テレビの前でぐすぐすと泣いている。あたしやママがバカにすると、男の方がピュアなんだよ、と開き直るけど、おじいちゃんが泣いているところは見たことがない。

まあ、とか、へえ、とかガイドさんにいちいち相槌を打ちながら必死でシャッターを押しているおばあちゃんは、男の涙と聞いても、おじいちゃんのことなんてちっとも思い出してなさそうだ。

「萌ちゃん、このコースはヒグマが見られるかも、ですって」

目をキラキラさせてそんなことを言われても、返答に困る。熊なんて、一昨年、あたしたちの町にも出没したのに。パン職人のおばあちゃんはバターやはちみつの匂いがしみ付いているから、あまり山の辺りを一人でうろつかない方がいいって、おじいちゃんに注意までされていた。それとも、旅先で遭遇する熊はまた別物なのだろうか。

「海もきれいねえ。エメラルドグリーンにコバルトブルー。どうして近くと遠くじゃ色が違うのかしら」

おじいちゃんならすぐに答えることができるはずだ。でも、あたしが黙っていてもおばあちゃんはおかまいなしに話を続ける。地上三センチ足が浮いているというのは、旅先でのおばあちゃんを見て、こういうことかと理解できた。

とはいえ、あたしはもう、海は飽きた。

おばあちゃんがあたしを北海道に連れてきた理由はわかっている。要塞のように高い山の向こうにある世界、その中でも特に広大な場所を、あたしに見せてやろうと思ってくれたのだろう。学校に行けなくなったあたしに、狭い世界のことで悩む必要はないのだと、教えてくれようとしているに違いない。今は辛くても、世界は広く、逃げ場所はたくさんあるんだよ、と。

そんなのは、ひと昔前の考え方だ。

あたしだって、山の向こうの町に行くと解放感を抱いた時期はあった。パパは船乗り、ママはパン職人、と両親は休みが不定期な職業の割には、旅行に連れていってくれたのではないか。京都や奈良のお寺、ディズニーランドといった誰もが知っている観光地から、自分たちが住んでいる町よりもさらに鄙《ひな》びたところまで。特に、海には年に一度必ず訪れていた。

——海はすごいだろう。萌が家からどの方向に進んでも、必ず海が待ってるんだぞ。

パパはよくそんなことを言っていた。パパは中学生になった頃から、町を出たいという思いが募っていくばかりだった。毎晩地図を広げて、どこに出ていってやろうかと考える。そうして空想家出が始まり、距離が長くても短くてもどこかの海に辿り着いた頃、眠りに落ちていたのだ、と。

あたしは空想家出という言葉が好きだった。子どもだから、怒られて家にいたくないときも、友だちとケンカをして町を出ていきたいと思ったときも、ただ漠然とどこか遠くに行ってみたいと思ったときも、一人で遠出することはできない。せいぜい、町の外れまで。それですら、熊が出たら危ないからと、見ず知らずの大人でさえも声をかけて阻止してくる。でも、空想家出は自由だ。

もしかすると、あれはあたしが町から逃げ出すシミュレーションだったのかもしれない。本当にもうダメだと思ったら逃げ出せばいい。その思いを持っているだけで、大概のことはやり過ごせると信じていたけど……。

今はまったくそんなふうに思えない。

二十人乗りの船は満席状態だ。夏休み期間だというのに、ほとんどがおばあちゃんと同じ歳くらいの人たちだけど、家族連れも何組かいて、あたしと同じ歳くらいの男の子も一人いる。あまり景色を楽しもうとしていないあたしが不快に思うのもなんだけど、彼は船に乗ったときからずっと、スマホに視線を落としたままだ。知床について調べている、なんてことはないだろう。いつもと同じように身近な友だちとやり取りをし、知らない人たちともそれを共有する。どこから来たのか知らないけど、彼にとっては知床も家も、スマホが使える場所、という意味では同じなのだ。

あたしだって、今すぐに彼と同じ状況を作ることができる。たとえこちらが遠い場所に来ていても、それを伝えなければ、相手にとってはあたしが家にいるのと同じだ。どんなに遠くに逃げたって、相手にとっては知ったことではない、とも言える。

直接、嫌がらせをされるのなら、その場から逃げればいい。町を出ていけばいい。去ったあとに悪口を言われるかもしれないけど、戻らなければ聞こえてくることはないし、日が経てば消えてしまう。追いかけてきてまで嫌がらせをしようとする根性の据わった悪人なんてそうそういないし、そうされるには、こちらも余程酷いことをしなければならない。

だけど今は、どこに逃げてもまったく新しい生活を始めることは難しい。新しく友人ができても、名前を検索されれば、誹謗中傷《ひぼうちゅうしょう》が溢れ返り、こんな子と仲良くするのは止《や》めようと、態度を変えられることだってある。それでも、平凡な生活の中ではそれほど奪われるものはないのかもしれない。

でも、もしも大きな夢を持っていたら。芸能人やスポーツ選手、そして小説家。どんなにがんばって夢を叶えても、おもしろい的ができたとばかりに石を投げてくるはずだ。ネットという空間を使って。

麻奈《まな》にやったのと同じように。

小学校高学年くらいからのあたしの夢は小説家だった。だからといって有名な作家がよくインタビューで答えているように、朝から晩まで本を読んでいたり、本が友だちだというような日々を送ったりはしていない。学校の図書室で週に一冊本を借り、月に一度、お小遣いの日に好きなシリーズの文庫本を二冊買って読む。その程度だけど、周囲を見渡すと、趣味は読書だと答えていいだろうと自信を持てていた。

中学生になって入った部活はコンピューター部だ。

部員数は一学年男女合わせて十五人。文化系クラブとしては一大所帯となっているけど、活動内容は学校ホームページ内の生徒が書くコーナーの更新と、学校行事のポスターやチラシ作りといった地味なものばかりだ。実際、週の半分以上は顔を出し、それらの作業を行っているのは片手で数えられるメンバーだけ。

コンピューター部は、田舎の学校の部活で練習していたら下手になるだけだと思いあがっている、隣町のサッカークラブや野球チームに所属している子たちの、とりあえずの所属場所でしかない。だから、体育祭の部活対抗リレーではいつも優勝する。体育会系の部活に勝っちゃったよ、と優越感に浸るリレーのメンバーをあたしは内心バカにしているけれど、彼らの人気は高い。一番ムカつくのは、萌って男子目当てでコン部入ったんじゃないの？　とたまに言われることだ。

バカにすんな。羨ましいなら、あんたも入ればよかったんじゃん。そもそも、コン部って何？　と、頭に浮かぶ言葉を口にしたことはない。無駄な言葉はやっかい事の種にしかならないということは、田舎の常識ある子どもなら十歳になるまでに気付いている。

あたしがコンピューター部に入ったのは、自分用のパソコンを買ってもらうためだった。我が家にはパソコンが一台しかなかった。しかも、二世帯住宅のおじいちゃんたちが住む側の書斎にあるものだから、いちいち使用許可を取らなければならない。高校の理科教師だったおじいちゃんは「それゆけ科学館」という子ども向けの理科の実験サイトはこちらが頼まなくても、今日は見ないのか？　と訊いてくるのに、芸能人やテレビ番組の公式サイトを見るのは一日一回だけ、とよくわからない制約がかけられた。

これならいっそ、家に一台もない方がよかった。中途半端に使わせてもらえていたので、中学生になる際にノートパソコンを買って欲しいと頼んでも、即却下された。ママに至っては、そんな犯罪の温床みたいなものを、とおじいちゃんですらそこまでは思っていないような偏見を前面に打ち出して反対した。町のパン屋では毎日、大小様々なうわさ話が飛び交うのだから仕方がない。

それなのに、両親、祖父母がみな働いているため、携帯電話はこちらが頼んでもいないのに簡単に与えられた。学校の友だちとメールはしてもいいけど、インターネットにつないではダメだと、ごちそうさまでした、の後に毎日言うくらいなら、与えなければよかったのに、と今になっては思う。

いや、思ってない。

解約したいといつでも言い出す事ができたのに、あたしのパーカーのポケットは今も四角い形を浮き上がらせている。電源だって入っている。でも、悪いことばかりじゃない。これがなければ小説を書きたいという気持ちは起こらなかったはずだ。

だけど、麻奈を追い詰めることもなかった。

「萌ちゃん、ヒグマよ、ヒグマ！」

おばあちゃんの指さす方に目を遣《や》った。茶色いヒグマが子どもを二匹連れて、海岸沿いの岩場を歩いている。ガイドさんの、子連れとはとても運がいいですねえ、という言葉に、ほとんどの人たちが興奮気味に頷いている。熱気に乗れていないのは、あたしと、スマホを持ったままの男の子だけだ。

いい加減それしまったら？　と隣のお母さんらしき人に言われても、うっせえ、とばかりに下を向くだけだ。こんなに天気がよくて、景色もきれいなのに、とお母さんは懲りずに続けるけれど、彼はもう完全に無視だ。多分、お母さんの隣にいるのはお父さんだろうけど、二人の様子なんかおかまいなしに、大きな望遠レンズのついたカメラを構えてヒグマの姿を追っている。お母さんも小さくため息をついて、ヒグマの方に目を向けた。

せっかくこんな遠いところに連れてきてあげているのに、というお母さんの心の声が聞こえてきそうだ。でも、同じことをおばあちゃんも思っているかもしれない。あたしの反応の薄さにがっかりしているのではないか。

だけど、あたしはわざとスカした態度をとっているんじゃない。旅行の楽しみ方がさっぱりわからないのだ。

高校の校長まで務めた自分の孫が引きこもりになったことが許せず、ぴりぴりした空気を家じゅうにまき散らしているおじいちゃんの下から連れ出してくれたことには感謝している。

北海道に行きましょう、とおばあちゃんに言われて、二つ返事で、うん、と答えたものの、北海道のどこに行きたいとか、何をしたいといった思いはまったく湧き上がってこなかった。冬ならスノボやスキーができそうだし、雪まつりもあるんだろうけど、夏の北海道には何があるんだろう。スマホで検索してみると、人気スポットとして富良野のラベンダー畑や旭山《あさひやま》動物園が挙がり、写真も添えられていた。

これを生で見たい、と人生の半分以上をネットなしで過ごしてきた人たちなら思うのかもしれない。その場所が遠ければ遠いほど、非日常の空間に行くような気分を味わえるのだろう。旅行に出ているあいだは、日常生活の煩わしいことからすべて解放されるに違いない。

どこでもいいや、とプランは全部おばあちゃんにまかせることにした。おじいちゃんに内緒で計画を進めるために、おばあちゃんは自宅のパソコンを使わず、そもそもあまり使えないみたいで、町の商店街に一軒だけある旅行代理店に通っていたから、おばあちゃんの希望はまったくわからなかった。けれど、これは、半分はあたしのためであり、半分はおばあちゃんの反乱であるような気がして、まったく詮索しないことにした。おじいちゃんの定年退職後、おばあちゃんはついに反旗を翻し、おじいちゃんの下から逃げるのだ。

それなら、東京にすればいいのに。そう提案してみたくなったけど、グッとこらえた。おばあちゃんの昔の日記を見つけたことが、バレてしまうじゃないか。


いやあよかった、と満足そうに話しているおじいさんたちの後ろについて、おばあちゃんと一緒に船を降りた。皆が同じ「魅惑の道東・一日ツアー」と看板が掛けられたバスへと向かう。私たちの席は、おばあちゃんが事前に乗り物酔いをしやすい体質だと自己申告していたため、運転席側ではない列の一番前だ。

今回の旅行中、行きのフェリーでおばあちゃんはずっと寝込んでいた。横になっていると何ともないのに、体を起こした途端、振動が縦方向に体に伝わってきて、気分が悪くなるというのだ。

——バスより大きいから大丈夫だと思ったのに。

あたしを心配させないように笑ってたけど、顔色は真っ青だった。

――でも、向こうに着いたら大丈夫よ。いい薬ができたおかげか体質が変わったのか、車や電車はまったく酔わなくなったから。

その言葉通り、北海道に到着してからはすごく調子がよさそうだ。多分、フェリーに対しては初めから少し不安があったのかもしれないけど、息子の職場を参観日気分で覗いてみたい思いもあったのだろう。運賃も家族割引が適用されたみたいだし。

「皆さん、お揃いですか？」

ガイドさんが人数を確認している。窓側がおばあちゃんなので、通路に立つガイドさんとあたしとの距離は三〇センチくらいか。知床半島観光のときには、「知床旅情」なる歌をうたい、年配の客たちから大喝采を受けたので、また、何かうたい出すかもしれない。

「それではこれから知床峠を越えて根室まで向かいます。途中、標津《しべつ》で休憩をとりますが、それまでにもご体調が優れないなどありましたら、遠慮なくお申し付けください」

拍手が返事の代わりとばかりに、これにも喝采が上がった。おばあちゃんもガイドさんの方を向いて手を叩いている。全国各地からたまたまこの日に北海道のこの地を訪れ、同じツアーに参加した人たちとの連帯感を楽しんでいるようだ。

おばあちゃんの気持ちは今、あの町にはない。ここにだけある。おじいちゃんのことは少しばかり気にしているかもしれないけど、昔の男の人にしては、自分のことを自分でできる人だ。靴下がどこに仕舞われているのか未《いま》だに知らないパパより、余程心配がない。

あたしも気持ちばかりに手を叩いた。ため息をつきながら。

本当にスマホのせいだから、だろうか。

携帯電話がない時代でも、あたしはこの旅行を楽しめていなかったかもしれない。逆に、麻奈のことがなければ、ポケットにスマホが入っていても、普通に楽しんでいたかもしれない。ヒグマをおばあちゃんよりも早く見つけ、じゃんじゃん写真を撮って、今頃、ガイドさんの存在なんかまったく無視して、友だちに画像を送りまくっていたかもしれない。

おばあちゃんが楽しそうなのは、あの町に何も残していないからだ。だから、繋がっている恐怖に駆られることもない。もし、おばあちゃんがあのとき、電車に乗れていても、おばあちゃんは幸せになれなかったような気がする。どうして、おじいちゃんは笑っておばあちゃんを送り出してあげられなかったんだろう。

おばあちゃんの日記を見つけたのは、学校に行かなくなって二週間ほど経ってのことだ。一人きりで過ごす長い長い時間を、読書に当てたいと思った。分厚い紙の本を読みたくて、おじいちゃんが仕事に出た隙に、書斎に忍び込んで物色した。

ガラスの扉がついた本棚には『吾輩は猫である』とか『伊豆の踊子』といった日本文学全集や『風と共に去りぬ』などの世界文学全集がびっしりと並んでいた。あたしは棚の一番上の段の左端にある『嵐が丘』の巻を取りだした。冒頭だけ読んでみようと、紙箱から本を取りだそうとしたけれど、振ってもなかなか出てこない。よく見ると、数枚重ねて折ってある紙が本と紙箱のあいだに挟まっていた。

それが原稿用紙に書かれたおばあちゃんの日記、というよりは、手記だ。他の本も調べてみると『嵐が丘』の巻と『風と共に去りぬ』全三巻に挟まっていた。隣に並ぶ『ハムレット』の巻には何も挟まっていなかった。

おばあちゃんは幼い頃から何もないあの町で、高い山を見上げながら空想ばかりしていた。しかし、小六の時に転校してきた道代さんと親しくなったのを機に、小説を書くようになる。

まさかおばあちゃんが、と小説を書く若い姿のおばあちゃんを思い描くのは難しかった。あたしにとっておばあちゃんはパン職人で、誰よりもパン作りが大好きな人だと刷り込まれていたからだ。ひいおじいちゃんの代からパン屋をやっていたことは知っていたので、おばあちゃんは物心ついたときからパン職人を目指していたとばかり思い込んでいた。

小説を書く姿が浮かんでこないおばあちゃんの代わりに、あたし自身が若い頃のおばあちゃんの姿に一瞬重なり、そうじゃないと頭の中でかき消した。あたしは道代さんだ。上手な作文や、内容はぺらぺらだけど語り口だけはそれなりの文学もどきなら書けるけど、物語を作る能力は、彼女の足元にも及ばない。

若い日のおばあちゃんの姿は江藤《えとう》麻奈と重なった。

学校のパソコンを使って小説を書き、ゆくゆくは自分専用のを買ってもらうのだ、と思いコンピューター部に入ったものの、周りに人がいると集中できず、何しているの？と覗き込まれるのも恥ずかしく、三行も書かないうちに当初の思惑は打ち砕かれた。仕方なく、部活の時間中は保健便りや防犯便りを作る役割を買って出ていたのだけど、学校で果たせなかったことのしわ寄せはどこかで調整しなければならない。

インターネットに繋いじゃダメ、と食卓で言われた数分後には自室でスマホを片手に、「夢工房」という小説の投稿サイトにアクセスするようになった。書き手も読み手も十代の女子をターゲットにしたサイトもいくつかあり、いずれ投稿するのならそちらの方がハードルが低そうだと思い、そこを中心に読んでいた時期もあったけど、どうにもしっくりこなかった。文章も下手くそだし、内容も同じようなのばかり。万能な男子と普通の女子のラブストーリーなんて、一作読めばお腹いっぱいだ。ましてや、自分で書きたいなんて、これっぽっちも思わない。

あたしはこの町の男子とは絶対に付き合わないと決めていた。

投稿作品をいくつか読んで相性診断をしている中で、これはおもしろそう、と引き込まれたのが、「夢工房」に掲載していた『ガラスちゃん』という作品だ。作者の名前は更科《さらしな》エマ。

作者と同名の主人公、エマは十二歳の誕生日を迎えた朝、頭、両手足と、上下で二分された体の、七個のガラスパーツでできたガラス人間になっていた。枕元に置かれていた差出人不明のバースデイ・カードには「これはきみがガラスのように心の透き通った素敵な人になるためのプレゼントだよ」というメッセージの他に、注意事項が書いてあった。

ガラス人間でいる期間は一週間。ガラスは多少の衝撃では割れないけど、一日一回、自分以外の誰かのためになる行いをしなければ、ワンパーツずつ割れてしまう。判定はその日の終わり、深夜零時。七日目のその時間にワンパーツでも残っていればもとの人間の体に戻れるけれど、全部割れていたら死んでしまう。ということは、一週間のうちに一つだけ良い事をすればいいのだから簡単だよね。じゃあ、がんばって。

ガラス人間になったエマは状況を呑み込めないまま、とりあえずいつも通りに小学校に登校した。どうやらエマ以外の人には、エマの姿は普通に見えるようだ。エマは早速、図工の時間に視覚障がいを持つクラスメイトの男子の作品を一緒に仕上げてあげたのだが、その夜、時計の長針、短針、秒針が一直線に揃ったと同時に、右手パーツがあっけなく割れてしまう。

まだ、第一章だけだったし、不定期掲載なので、続きがいつ読めるのかもわからなかったけど、あたしはその作品を、日をかえて三度読んだ。「夢工房」では投稿された小説ごとにコメントを書き込めるようになっていたので、「とてもおもしろかった、続きが待ち遠しいです」というコメントを書いた。インターネット上に書き込みをしたのは初めてだった。

ママが知ったら卒倒しそうなことだけど、不安も罪悪感もなかった。だって、褒めているのだ。興奮できる作品に出会えたことがただただ嬉しかったのだ。自分もこんな作品を書いてみたい。そう思いながらノートに書いた短い作品はどれも『ガラスちゃん』の足元にも及ばないものばかりだったのに、その頃の私は自分とエマが肩を並べるライバルのような気持ちでいた。

『ガラスちゃん』は二か月に一度の割合で更新され、コメント欄に厳しい意見もちらほら見られたけれど、確実に、コアなファンを増やしていた。

吹奏楽部のニューイヤーコンサートのポスターを、同学年の部員、麻奈と一緒に作ることになったのは、一年生の二学期も終わろうとしているときだった。出席率は高いもののの、コンピュータールームの一番端の席のパソコンを陣取り、毎回、時間いっぱい作業をしている麻奈と共同作業をするのは初めてだった。クラスも出身小学校も違ったため、同じ部屋にいてもほとんど口を利いたことはなかった。西洋人形のような色白で彫りの深い、田舎町には不似合いなきれいな顔も、話しかけるのに抵抗があった理由の一つだ。

――絵がメインなのって苦手なんだよね。

まったくアイディアが浮かばず、早い者勝ちだと言わんばかりにマウスを放り出すと、麻奈は、ずるいよ、と笑い、そして、こんなことを言った。

――確かに、萌ちゃんは文章が上手いよね。必要なことが全部、無駄なく、読みやすいように書いてある。このあいだの人権作文も選ばれていたし。うらやましいな。あたしなんて文章がダラダラしてるって言われてばかり。

そんなことないでしょ、と言い返そうとしたけど、あたしは麻奈が書いたものを読んだことがなかった。自分だけが褒められて、照れ笑いを浮かべるあたしに、麻奈はさらに続けた。

――小説とか、書いてないの？　コンピューター部に入ったのもそのためかな、なんて思ってたんだけど。

どうしてわかったの？　とは返さなかった。調子よく答えたが最後、手のひらを返すような冷たい声で、キモい、と言われる可能性は十分にある。周りのほとんどの子が小説やマンガを読んでいて、この人の作品が好き、などと当たり前のように話しているのに、誰かがノートの片隅にイラストを描いていた、となると途端に気持ち悪いと声を上げる。その瞬間からオタク呼ばわりだ。だから、あたしはずるい返し方をした。

――麻奈ちゃんはそうなんでしょ？

――えっ、気付いてたんだ。

あっけなく麻奈はそう答えた。それからあたしも、実はあたしもなんだ、と打ち明けた。

――よかったら、お互いの作品を見せ合おうよ。

仲間ができたあたしはつい嬉しくなってそう提案したけど、これに対しては、麻奈は安請け合いしなかった。

——完成している作品はいくつかあるけど、今書いているのが完成したら、それを読んで欲しいな。

そうなると、あたしも今から新しい作品を書いてみようかな、なんて調子のいいことを答えてしまい、小説を見せ合う件は保留になった。だけど、互いのプロフィールは交換して、「書いてる?」「書いてるよ」「ちょっとスランプ気味」といった短いメールのやり取りを行うようにはなった。クラスのグループの子たちとのダラダラ続くやり取りよりも、こっちの方があたしの日常にピリッとスパイスを利かせてくれているようで、スマホを持っててよかったと初めて思えた。

「萌ちゃん、国後島《くなしりとう》よ」

おばあちゃんが窓に寄せた顔をほんの少しだけ振り向かせて言った。北方領土四島のうちの一つだということは、あたしでも知っている。

「大きな島だったのね。それに、こんなに近いなんて」

おばあちゃんが感心しながら声を上げたのに、あたしも素直に頷いた。教科書の地図で見て思い描くのとはまるで違う。

「海に線なんて引かれていないのに」

おばあちゃんの頭の中にも、さすがに教科書ではないだろうけど、北方領土と線で囲まれている地図が浮かんでいるのかもしれない。

もしかして、あたしはおばあちゃんの意図を勘違いしているんじゃないだろうか。

フェリーで小樽に着いてから、特急列車やバスを乗り継いで向かったのは、あたしがほんの少しだけ調べていたようなところではなく、最北の町、稚内《わっかない》だった。途中、サロベツ原生花園にも寄ったけど、ラベンダー畑ではなかった。黄色や白の高山植物のような花が咲き乱れ、その先には海が見えた。市場でイクラやウニやホタテがこれでもかというほど乗った海鮮丼を食べた後に連れて行かれたのは、宗谷岬《そうや》だった。

日本最北端の碑があり、「宗谷岬」の歌がエンドレスで流れていた。それに合わせておばあちゃんも一緒に口ずさんでいたので、そんなにここに来たかったのか、なんて一瞬だけ思ったけど、周囲からも歌声がちらほら聞こえ、ある一定の年齢以上の人にとっては有名な歌だということがわかった。

あたしにはどこがいいのか、さっぱりわからなかった。

ただ、そういえば、と思いついたことがある。おじいちゃんやおばあちゃんがたまに見ている歌番組では、神戸や長崎といった地名が出てくる歌が時々ある。これもきっと、興味がある場所の画像が簡単に見られるような時代になる前の人たちが、遠い場所に思いを馳せる役割をはたしていたんじゃないだろうか。

おばあちゃんの両親が始めたパン屋の名前も〈ベーカリー・ラベンダー〉で、植物事典を見て付けられたのだけど、二人が初めて北海道を訪れたのは、還暦を超えてからだという。

秋に行ったにもかかわらず、帰ってきた二人が口を揃えて、すずらんもラベンダーも咲いていなかった、と驚いたように言っていたことは、孫たち、あたしのパパと叔母さんのあいだではインパクトのあるエピソードだったらしく、法事のたびに話題に上がっていた。ひいおじいちゃんたちの思う北海道では一年中花が咲いているのだ。それを、鬼の首をとったかのように否定してバカにする人たちも周囲にはいなかったのだろう。

実際、娘婿であるおじいちゃんは北海道の大学を出ていたけど、とんちんかんな感想を言う二人に、かなりの人がそう思っているみたいですよ、と優しくフォローしたらしい。きっと、今、あたしが同じことを言うと、なさけなさそうな顔をして、きちんと調べてみなさい、なんて言うんだろうけど。

パン屋が流行ったのも、あの狭い町の中に、北の広大な地に憧れる奥さんたちがたくさんいたからじゃないだろうか。その店を継いだおばあちゃんは北海道に来てからも、パンを売っているのを見つけては買い込んでいる。いろいろ味見してみたいから半分こしましょうね、とあたしもかなりの数を食べさせられた。これはと思ったものに関してはメモまでとって、やっぱり、根っからのパン職人にしか見えない。

本当に小説家を夢見ていたんだろうか。夢はきれいさっぱり消えてしまったんだろうか。あたしがしたことを打ち明けたら、怒られるだろうか。そんなことを思いながら、途中、サロマ湖にも寄ったけど、基本、海ばかりを眺めここまでやってきた。

正直、海はもうお腹いっぱい。単純にそう感じていたのだけど、北方領土の島を隔てる海を見て思った。

海もまた砦《とりで》なんじゃないか。

山を越えても、その先にはまだ砦がある。日本の最果てまで来ても、砦はある。逃げ出すことはできないんだから、その中で戦いなさい。

おばあちゃんはそうあたしに教えてくれようとしているんじゃないだろうか。……って、それが事実ならちゃんと自分で気付けるなんて、あたしはすごくものわかりのいい子だ。でも、戦い方はわからない。それとも、逃げられないんだから、あきらめろということか。限られた環境の中で最善策を考えろ、と。

おばあちゃんが小説家をあきらめて、パン職人になったように。しかも、夢を見ていただけではない。チャンスはすぐに手の届きそうなところにあったのに。

麻奈のように……。

二年生になり、あたしは麻奈と同じクラスになったけど、教室の中では一年生から仲がよかった子を中心としたグループに所属していた。リーダーは瑠伽《るか》。バスケ部の主要メンバーで、頭もそこそこよく、クラス委員長に立候補はしないけど、推薦されたら笑顔で引き受けるような子で、さばさばした雰囲気があたしは好きだった。

瑠伽が一年生のとき、クラス内で影が薄いはずのあたしに声をかけてくれたのは、〈ベーカリー・ラベンダー〉のファンだからだと、そのときは言われた。皆に、萌んちのパンってすっごくおいしいんだよ、と勧めてくれたのも素直に嬉しいと思えた。

そんな瑠伽がまた一緒に弁当を食べようと言ってくれているのに、それを断ってまで麻奈と一緒にいる理由はなかった。そもそも麻奈からはそんな誘いを受けていないし、彼女にも彼女と話が合いそうな、おとなしそうな友だちがいた。

部活の時間にコンピューター室で時々一緒に作業をし、メールでの「書いた？」というやり取りがあたしたちには丁度いいと思っていた。「書けたよ」というメールが届いたのはゴールデンウイーク前、『ガラスちゃん』の第六章を読み終わり、いよいよ最後の一パーツとなってしまったガラスちゃんがどうなるのだろう、とワクワクしながら想像しているときだった。

春休みについにノートパソコンを買ってもらい、自分なりになかなかよくできたと思える短編が仕上がっていたので、早速、連休明けに、部活の時間に互いの作品を見せ合う約束をした。

あたしのペラペラのクリアファイルに対し、麻奈は分厚い茶封筒を持っていた。先に渡されて中を開けると、大きく書かれたタイトルが見え、思わず息を呑んだ。

——『ガラスちゃん』だ。

ゆっくり吐き出した息と一緒に、敗北宣言のような弱々しい声が漏れた。

——知ってたの？

麻奈が驚いたように目を見開いたけど、今度は頷いただけ。あたしの様子なんかおかまいなしに、麻奈の表情はパアッとほころんだ。

——夢工房って書籍化のチャンスもあるし、萌が知ってるのなんて考えてみたら当たり前なのに、急に恥ずかしくなっちゃった。もしかして、あたしも萌の作品を読んでるかもしれないね。

それはない。夢工房ではネット上に載せられるのにも、審査がある。

——萌のも見せて。

麻奈は興奮気味に両手を差し出してきたけど、あたしはファイルを背中に隠した。

——ムリ、ムリ、ムリ。『ガラスちゃん』を書いた人になんて見せられない。あたしの作品はもうちょっとだけ延期して。

大袈裟に両手をすり合わせて頭を下げると、仕方ないなあ、と麻奈は笑った。そのときあたしは、麻奈のくせにちょっと生意気だな、と感じなかっただろうか。地味グループのくせに、と。

だからあたしは、あんなことをした。

バスは納沙布《のさっぷ》岬に到着した。滞在時間は一時間。花咲ガニを食べるぞ、とはりきって向かう人たちがたくさんいた中、おばあちゃんとあたしは納沙布岬の先端へと歩いていった。

「日本最東端ね」

おばあちゃんは国後島を眺めながらそう言ったけど、宗谷岬の最北端のときのように、ここが果てか、という実感はわいてこない。東といえばやはり東京のイメージがあり、日本地図の形を把握していても、本当にここが日本の東の果てなのかな、と疑ってしまう。

「北と東を押さえたから、あとは南と西を押さえれば、日本の大きさを実感できるかしら」

おばあちゃんが言った。

「オセロじゃないんだから」

「そうよねえ」

おばあちゃんは若い子みたいに口をとがらせた。さらりと流してみたけれど、あたしにはおばあちゃんのような発想はない。もしもおばあちゃんが小説家になっていたら、どんな物語が生まれていたのだろう。

「もしもね……。外国で夢を叶えたいと思った子がいて、その夢に手が届きそうなのに周りの人に止められて、あきらめることになったら、その子には海が砦のように見えると思う？」

海を見ていたおばあちゃんは、そうねえ……、とさらに視線を遠くに向けたけど、うん？　と眉根を寄せてあたしの方を見た。

「やっぱり、萌ちゃんは世界文学全集を読んでいたのね」

あたしは黙って頷き、視線を落としたまま、おばあちゃんにずっと訊きたかったことを口にした。

「夢を奪われるのって、どんな気分？」

少し待ってみたけど、おばあちゃんの返事はない。何十年も前の出来事でも、やはり、大きなしこりとなって残っているのだろうか。触れてはならない傷となっているのだろうか。ごめんなさい、と言おうと顔を上げると、おばあちゃんは悲しそうな顔であたしを見ていた。

「萌ちゃんは誰を傷つけてしまったの？」

どうしてわかったんだろうと、今度はあたしが口をつぐんでしまう。でも、少し考えれば簡単なことだ。あたしが被害者なら、被害者の気持ちなんて訊ねない。自分が一番理解していることだから。おばあちゃんが悲しそうなのは、あたしをずっと被害者だと思ってくれていたからだ。学校に行かれなくなった理由をクラスの子たちのせいにしたあたしの言い分を信じてくれていた。だから、おじいちゃんに責められてもあたしの味方になってくれたし、旅行にも連れてきてくれたのに。

おばあちゃんはあたしに失望しているだろうか。

「あの町じゃ、ささやくような声で話しても、こだまになって広がっちゃうから、何にも言えないでしょ。ごめんなさい、だって相手にだけ聞こえれば十分なのに、みんなに聞こえるから詮索されておかしな噂が広がってしまう。でも、ここなら大丈夫。おばあちゃんは誰にも言わない」

おばあちゃんはあたしをまっすぐ見つめて、力強く頷いた。あたしは自分自身の背を押すようにぐっと力を入れて空を見上げた。

——萌ってコン部だよね。麻奈と仲いいの？

放課後、瑠伽に突然そう訊かれたのは五月の中頃だった。

——そんなに、仲がいいってわけじゃ……。部活中も麻奈はずっと一人でパソコンに向かいっぱなしだから。

——もしかして、オタク？　キモい趣味でもあるとか？

——ううん。普通に小説書いてるだけ。『ガラスちゃん』っていう作品が、夢工房っていう小説投稿サイトで読めるけど、けっこうおもしろいよ。

——へえ、おもしろそう！

瑠伽はそう言って、あたしの肩を叩いた。よくやった、というふうに。

麻奈があたしに原稿を渡してくれた翌日、夢工房にも『ガラスちゃん』最終章がアップされた。圧巻だった。ガラスちゃんはもとのからだに戻れるか、死んでしまうのか、そういう一人の女の子の物語ではなかったのだ。

夢工房ではふた月に一度、完結した作品を対象に人気投票が行われ、一位を獲得した作品は書籍化検討会議にかけてもらうことができる。翌月から始まった投票で『ガラスちゃん』は独走態勢でトップに立った。が、あるときからいきなり、コメント欄に中傷コメントが目立つようになる。

読んだ人全員がおもしろいと思う作品なんてあり得ないし、評判のいいものを貶したがる人もいる。『ガラスちゃん』と順位を争っている作者やその人を応援している人が足を引っ張ろうとしていることも考えられる。

作品の掲載中から辛口コメントを寄せる人もいた。内容はおもしろいが文章はもう少し研鑽《けんさん》した方がよいのではないか。主人公視点から突然、神視点になっている箇所がある。ガラスの割れ方の描写が不足しているので、粉々になっているのか、罅《ひび》が入った程度なのか判断がつきにくい。こういう人たちはちゃんと読んだ上で書いているし、作者自身を攻撃しようと思っていないのは一目瞭然だ。

でも、あとから急に増えた書き込みは違う。人類史上最低の駄作。糞《くそ》つまらん。作者の頭の悪さがもろバレ。とにかく作者を貶《おとし》めてやりたい、という悪意しか感じられない。

そして、時を同じくして、瑠伽からスマホに麻奈を無視しようというメッセージが届いた。表向きの理由は、態度が気に入らない、だったけど、本当の理由はすぐにわかった。麻奈は同じコンピューター部の男子から告白されたけど、断った。その男子のことを瑠伽は好きだった。

　麻奈は誰もいないところでこっそり断ったのに、告白したバカ男子は、プライドとも呼べないくだらない自我を守るために、皆がいる教室で、振られたことを悲劇のヒーローのように嘆き、当てつけのように翌日から三日間ずる休みをした。勝手に嫉妬し、イジメを始めたバカ女子。麻奈に何の恨みもないのに自分に飛び火するのを恐れて、こそこそと嫌がらせをするバカクラスメイト。自分のクラス内で起きている問題に気付こうとしないバカ教師。

　田舎町にはバカばかり。

　悪意むき出しのコメントも、貧弱なボキャブラリーが尽きてきたのか一時は下火になったのに、一見、褒めているようなコメントで、さらに状況は悪化した。

『自分はこの作品を大変おもしろく読んだ。天才SF作家、星村良一《ほしむらりょういち》の初期のとある作品と構成は似ているが、作者は見事、自分の作品として昇華させている』

　ボキャ貧たちは、ひたすらコメント欄に盗作という文字を書き込んだ。やがて、夢工房のサイトから『ガラスちゃん』は削除され、ランキングの一位には、日常の小さな謎を美少年探偵が推測だけして終わる『ほっこり倶楽部《クラブ》』という作品が選ばれ、書籍化が決定した。

ネットの中にもバカばかり。

そして、麻奈は学校に来なくなった。

後日、教室内で聞き取り調査が行われた。あたしは「無視をした」という項目にのみ丸を付けた。でも、麻奈に話しかけられたり、ましてや、助けを求められたこともなかった。聞き取り調査だけの結果を見れば、あたしは傍観者だ。瑠伽を中心にグループの子たちは靴を隠したり、体育の時間にわざと麻奈を転ばせたり、何かしら無視以外の嫌がらせをしている。麻奈に無理やりダンスをさせて、それをネットにアップしたりもしている。担任の勘がもう少しよければ、首謀者と同じグループのあたしが無視だけで免除されていることに疑問を抱いたはずだ。

おじいちゃんが校長を務めていた隣町の私立高校を瑠伽は受験するつもりだと聞いたことがあったけど、それと今回の件は関係ない。瑠伽から見れば、あたしは誰よりも大きな仕事をしていることになるのだから。

おもしろいネタの提供。夢工房に『ガラスちゃん』の誹謗中傷コメントを書き込んだのは、多分、瑠伽やクラスメイトたちだ。

麻奈の心が折れてしまったのは、教室内でのイジメよりも、『ガラスちゃん』を非難され、書籍化のチャンスが断たれたことの方が大きかったはずだ。学校で辛いことがあっても、大きな世界に繋がる夢という拠《よ》り所があれば、耐えることができたかもしれない。なのに、一番大切な場所を土足で踏み荒らされた。麻奈の絶望と恐怖はどれほどのものだったのか。奪われたのは『ガラスちゃん』という一つの作品ではない。この先、新作を書いても、プロの作家としてデビューしても、どんなに人気が出ても、バカたちはネットという道具を使って簡単に追いかけてくるのだ。

その、バカの筆頭はあたしだ。

その上、無意識じゃない。あたしは心の奥底で麻奈のことを妬んでいたのだ。瑠伽が攻撃するかもしれないなんて思ってもいなかった、と言ってしまえば、あたしの体は木端微塵《こっぱみじん》に砕け散るだろう。

バスは海を背にして、摩周温泉に向かう。今日の宿泊地だ。

バスに戻っても、おばあちゃんは麻奈の話には触れてこなかった。話し疲れて喉が渇き、水を一気飲みした後のペットボトルを見て、よかったらおばあちゃんのも飲んでね、と言ってくれただけだ。おばあちゃんの手記を読み、初めは自分をおばあちゃんに重ね、すぐにそれは道代さんへと変わり、最後にはおじいちゃんへと変わっていった。

夢を追い求める人、夢をあきらめる人、夢を手助けする人、夢を妨害する人。あたしがおばあちゃんの手記をパソコンで打ち直したのは、旅のあいだに持ち歩いていたかったからだ。なのに、それを行きのフェリーの中で早々に手放したのは、自分で持っていても何の答えも出せないとあきらめたから。そして、読み返せば読み返すほど、おじいちゃんの姿に自分が重なったから。理由も知らずに学校に行かないあたしを責めたおじいちゃんは、きっと同じような感じで、東京に行くために駅に向かったおばあちゃんを待ち伏せし、一方的に正論を振りかざして、おばあちゃんを家に連れて帰ったのだ。

手記はおじいちゃんが待ち伏せしていたところで終わっていたけど、おばあちゃんがあの町で暮らし続けてきたことが答えを物語っている。おばあちゃんは自分の夢に区切りをつけるためにあの手記を書いたのかもしれない。ただし、最後の場面を書ききることができなかった。夢が消えた瞬間は、それほどに辛かったのだ。

あたしはこの先どうすればいいのだろう。

フェリーで出会った智子さんにおばあちゃんの手記を渡したのは、智子さんが旅の記録を文章で残していたからだ。ビデオカメラの映像もすごかった。部屋でゆっくり休むために本を買ってきてほしいとも頼まれた。それが松木流星《まつきりゅうせい》の短編集だったことで、あたしはこの人ならおばあちゃんの手記をどう読み、どんな結末を想像するのか知りたくなった。

おばあちゃんの手記です、と渡すことはできなかった。長い船旅のあいだに智子さんとおばあちゃんが顔を合わせる可能性は十分にある。その前にいとこのお姉さんの話をしていたので、その延長のような曖昧な誤魔化し方をして、手記を渡した。

でも、小樽に着くまでのあいだに智子さんがあたしのところにきて、手記の感想を話してくれることはなかった。体調があまりよくなかったのかもしれない。あたしから訊きに行くこともしなかった。あの物語を信用できそうな人が引き受けてくれただけで、少し心が軽くなった気になれたからだ。

「おばあちゃんはどうやって、おじいちゃんを許せたの？」

小さな声で訊ねた。幸い、おばあちゃんは老眼のせいで新聞を読むときに眼鏡は必要になったものの、耳はよく聞こえている。

今でこそ、おじいちゃんとケンカ別れみたいな形になっているけど、普段はとても仲がいい。もしかすると、今回が初めてのケンカだったのではと思うほどに。まだあたしが小さかった頃、おばあちゃんとよく散歩をした。田舎の舗装されていない道の傍《わき》には季節ごとの野の花が咲き、昆虫の姿を見つけることもできた。おばあちゃんに名前を訊いてもうろ覚えのものばかり。でも、おばあちゃんはそれが当たり前というような顔をして、おうちに帰っておじいちゃんに訊こうね、おじいちゃんは何でも知っているんだから、と言うのだった。そしてその通り、おじいちゃんは訊いた以上のことを教えてくれ、この町の小さな道端のことを教えてもらっただけなのに、おじいちゃんは山の向こうのことも何でも知っているんだろうな、と尊敬の念を抱いた。

「許す、って何のこと？」

「小説家になるために家を出たのに、駅で待ち伏せしていたおじいちゃんに連れ戻されたんでしょう？」

おばあちゃんは少し首を傾げた。

「もしかして、萌ちゃんは『嵐が丘』と『風と共に去りぬ』は読んだけど、『アンナ・カレーニナ』は読んでいない、とか」

「続きがあったの？ でも、あたし『風と共に去りぬ』の隣の本も確認したけど、何も入ってなかったよ。『ハムレット』」

「順番が違うわね。亜紀ちゃんが読んで、そこに戻しちゃったのかしらね。ハムさんは一度読み終わった本をもう一度開くくらいなら新しい作品を読んだ方がいいって人だし、秀樹も美和子《みわこ》もあんな分厚い本を読むような子たちじゃないから、絶好の隠し場所だと思っていたの。見つかるなら孫の代に入ってだろうけど、もう昔の笑い話として受け止めることができるだろうなって」

おばあちゃんはなんだかおかしそうに微笑んだ。おじいちゃんのことをハムさんと呼ぶトーンもあたたかくて、これだけで、おばあちゃんがおじいちゃんのことを未だに好きだというのがよくわかる。それにしても、

「続きはどうなってるの？」

「自分で話すのは恥ずかしいけど、萌ちゃんの誤解は解かなきゃねえ」

おばあちゃんはそう言って、物語のおわりを聞かせてくれた。


ハムさんが駅で絵美を待っていたのは、バスに乗っている絵美を母親が見つけたからだ。隣町へ向かうバスはパン屋のすぐ前を通る。母親はハムさんの職場に電話をかけ、ハムさんは職場を飛び出して駅に向かった。

だけど、絵美を無理やり連れ戻そうとしたのではない。

「見送りくらいさせてくれ」

そう言ってハムさんは、絵美に茶色い封筒を渡した。中には地図と名刺が入っていた。名刺は錦州社《きんしゅうしゃ》という大手出版社の文芸部編集者、清原義彦《よしひこ》のものだった。ハムさんの大

学時代の友人の伯父だという。

「どうしても小説家になりたいのなら、松木流星ではなくその人を訪ねるんだ」

「どうしてこんなことを？」

絵美が訊ねた。ハムさんは絵美が夢を叶えるために自分ができる最善の方法を考えて、この結論を出したのだと答えた。その日、絵美は結局電車には乗らなかった。後日、絵美は錦州社の清原宛にこれまで書いてきたいくつかの作品を送り、ハムさんと二人で出版社を訪れた。

一年後、絵美の生涯最初で最後の本、『すずらん特急』が刊行された。

おばあちゃんは本を出した。

「どうして教えてくれなかったの？」

「もう何十年も前のことだし、萌ちゃんが小説家になりたかったことも知らなかったんだもの。それにね、本を出して、おばあちゃんの最初の夢はちゃんと叶って、満足して終わったことなの」

「二冊目は？」

「『すずらん特急』はまったく売れなかった。これ以上は追及しないで。おばあちゃんは本を書く才能よりもパン作りの才能に恵まれていたんだな、って思ってちょうだい」

おばあちゃんはそう言って、照れ笑いを浮かべた。でも、穏やかな表情のまま、まっすぐあたしを見つめた。

「でも、萌ちゃん、おじいちゃんがおばあちゃんにそうしてくれたからといって、麻奈ちゃんへの償いは出版へのルートを切り開いてあげることだとは思わないで。今の萌ちゃんにそんな力や人脈はないし、かといって、将来、なんて先送りにしていいレベルの問題じゃない。萌ちゃんが今できる麻奈ちゃんのための最善策を考えるの。いい、勘違いしてはダメ。萌ちゃんがラクになる方法じゃない。麻奈ちゃんが何を求めているかを考えるの」

おばあちゃんはあたしが傷ついたふりをして、自分のことしか考えていなかったことまでお見通しだ。

「あたしは……、麻奈に謝らなきゃいけないと思う。それで……、誰が何と言おうとあたしは『ガラスちゃん』がとてもおもしろかったことを伝えたい。また、新しい作品を書いて、ってお願いする。楽しみにしている人がたくさんいるから、とか、麻奈の才能がもったいないから、とかじゃない。あたしが読みたいから書いてください、って頼む……。どうやって？」

「家に帰ってからでもいいし。ポケットに入っている便利な道具を使ってもいいんじゃない？　そういうときのためにあるんでしょう？」

パーカーのポケットの上からスマホに触れてみた。

「わたしもいい加減ハムさんに連絡しないと。寂しくなってそろそろ一人で泣いているんじゃないかしら。おじいちゃんが学生時代をすごした町をじっくりと案内してもらいましょうね」

おばあちゃんも膝に置いたハンドバッグから携帯電話を取りだした。が、山道に入ったバスが減速しながら弧を描くように進んでいく。この手の道になるとおばあちゃんはアウトだ。目を閉じてじっとしていないと酔ってしまう。おじいちゃんへのメールはお預けだ。でも、あたしは大丈夫。よく考えながら言葉を紡いでいこう。

その前に……。

「おばあちゃん」

呼びかけると、えっ、と驚いたようにおばあちゃんは閉じたばかりの目を開けて、まばたきを数回繰り返した。

「言い忘れたことが一つあったの。おばあちゃんは最初で最後の本って言ったけど、最後かどうかはまだわかんないよね」

そうね、と小さく笑っておばあちゃんは窓越しに空を見上げた。北国の夏の夕方の空は、まだ高く青い。その向こうにある物語を見てみたいと、おばあちゃんもあたしも、この先ずっと願い続けるに違いない。

解説

藤村忠寿

僕は、幼少期を愛知県の山間の小さな町で過ごしました。おじいさんとふたりで北海道旅行をしたことがあり、中学生のころ「ランドナー」というツーリング用の自転車を買ってもらってあちこち走り回り、高校を卒業するころには、貯め込んでいたお小遣いを全部はたいてバイクを買いました。あの当時、誰もがカッコいいと思っていた大排気量の銀メタのカタナではなく、ホンダの赤いオフロードバイクでした。

一浪の末、北海道大学に進学し、ラグビー部に所属、創成荘というボロアパートに仲間たちと住み、休みになればバイクで北海道中を旅していました。ドラマ『北の国から』が大好きで富良野のラベンダー畑は何度も訪れていましたが、あるとき前田真三という写真家が富良野の近くにある美瑛町に『拓真館』という札幌時計台のような三角屋根のおしゃれなギャラリーを開いたことを知り、バイクを走らせました。そこで見た風景写真に感動したことをカメラマンである父に伝えると、父は前田真三の写真集を送ってくれました。大学卒業後は、札幌にあるテレビ局に就職し、今は『水曜どうでしょう』というバラエティー番組やドラマを制作しています。

なんでしょうか、この本に出てくるエピソードのいくつもが自分と重なり、僕は引き寄せられるようにこの物語の中に入り込んでいきました。そういえば自分は小学生のころ新聞配達をしてコツコツとお金を貯め込むような子供だったし、中学生になると布団の中で毎晩のように地図帳を眺めて「早く自分の力で遠くへ行ってみたい」と願っていたことも思い出します。

この物語は、北海道を舞台に、幾人もの主人公が登場します。道内を旅したことのある人なら、細部までリアルな風景描写に自分が見た風景を重ね合わせたことでしょう。ラベンダー畑でソフトクリーム片手に写真を撮る観光客の喧噪。洞爺湖を見下ろすように建つ高級リゾートホテルの偉容。興味本位で行った網走監獄館が思いのほか良かったこと。そして最果ての小清水原生花園に咲く野の花の可憐な風景。一方、北海道を訪れたことがない人も、自分と重なる境遇や思いを抱く人物が登場し、僕と同じように物語に入り込む瞬間があったのではないでしょうか。

はじめの物語の主人公は、山間の小さな町に住む絵美という文学好きの少女。文学好きという時点で地味な女の子の風貌が僕の中に浮かび上がります。そんな少女が年上のハムさんに淡い恋心を抱く。絵美はハムさんに連れられて山を越え、初めての旅に出る。ハムさんの高校、本屋さん、文具店。それはたった半日ほどの出来事でしかなかったけれど、知らない世界に足を踏み入れ、心が踊ったという体験は、まぎれもなく旅と言えます。

どんなに遠くへ行き、どんなに素晴らしい風景を見たところで心が反応しなければ、それは旅をしたとは言えません。小さな旅を終えた絵美は、ハムさんとの別れが寂しくなる。切ないですよねぇ。わかります。ところがその日、ハムさんは絵美の両親の前で突然プロポーズをする。絵美ちゃん、すごいな！　こんな小説みたいなことがあるんだな（いや、小説なんだけど）！　と、至極単純な男である僕は嬉しくなりました。

やがて北大へと進学したハムさんとの「遠距離恋愛」とも言えない、変わらぬ淡い関係が三年半も続き、ようやく帰郷したハムさんとの再会の日。絵美は、なぜ自分を好きになってくれたのかをハムさんに聞く。ハムさんは答える。「顔が好きだ」「ふと気が付くと遠いところを見ている、あのときの顔が好きなんだ」「何を見ても嬉しそうな顔をして。この先もっと、きみにいろんなものを見せてやりたいと思ったんだ」いやもう！ハムさんわかる！　男ってそういうもんだよね！　単純な男である僕は大きく頷きます。「じゃあ、いつか北海道に連れていって」「約束だ」「その夜、ハムさんはバスには乗りませんでした」くうっ！　いいねぇ！　小学四年生並みに単純な僕は、この一文に胸をズキュンと撃ち抜かれました。

ところが絵美は、小説家になりたいという幼いころからの夢を捨てきれず、誰にも告げず初めての一人旅に出る決心をする。深呼吸を繰り返し切符売り場に向かう絵美。「するとそこにはハムさんがいた」「まるで、わたしがここに来ることがわかっていたかのように」よし！　いいぞハムさん！　そりゃそうだ。別にね、「行くな」って止めに来たわけじゃないんだよね。ただね、男は生活を守っていく責任があってね……なんて、勝手に浮かんだ自分の言葉を連ねていると、次の一文にはこう書いてある。「この物語に続きはない」と。えっ？　なに？　どういうこと？　ていうか別にいいけどさ。だってハムさんが止めようが行かせようが、結局のところ絵美ちゃんはハムさんと夫婦になるに決まってんだから。だってね、こんな小説みたいな男女の出会いってないわけでね（いや、小説なんだけど）、間違いなく幸せだよこの二人は。そりゃあこのあと人生いろいろあるだろうけどさ——なんてことを単純極まりない男の思考で考えていると、どうしたことか物語の舞台はいきなり時空を超えて、日本海を北へと向かうフェリーの船上へとすっ飛んでいく。うーん、どういうことだ？　そこにいたのは絵美とは無関係なひとりの女性。ほぉーこれはまた別の話になるのかな？

女性の両親はテレビ局に勤め、父親はテレビドラマを作っていた。おっと、いきなり自分との接点を見つけて興味深く読み進めていく。すると途中、こんな一文があった。

「（テレビという）小さな箱の中の世界を、日本中の人たちが楽しんでいるのだ。田舎でも都会でも。毎週同じ時間に、同じ世界を共有することにより、父は自分が広い世界と繋がっているのだと認識することができた」

そうか、と思いました。テレビ局に勤める自分がハッとした一文です。テレビが持っている力を、これほど端的にわかりやすく言われたことはありません。確かにテレビをつければかわいい女性が歌い、派手に暴れ回る刑事がいて、大人たちがバカげたことをやって笑わせてくれる。田舎に住んでいた小さな自分にそんな世界を見せてくれたのがテレビでした。一番大事なテレビの魅力を忘れてしまっていた自分にハッとしたのです。

湊かなえという作家は、現実を分析する鋭い観察眼と素早い理解力があり、それを端的な言葉で読者に伝える力がある。それによって自らが作り出した空想の物語にリアリティーを持たせて読者を惹き付ける。そう思いました。

「花咲く丘」は、写真家を志す青年が主人公。そこにはこんな言葉が書かれています。

「いくら技術が高くても、何も考えずにただ風景を切り取った写真では、見る人に感動を与えることはできない」「激しい波しぶきの小さな一粒にも躍動感を持たせたい。あの山の向こうには町があり、見知らぬ人たちが泣いたり笑ったりしながら生活しているのだと感じることのできる、空の広がりを表現したい」

なるほどその通り！　と、実際に写真家を志している人もそうでない人も、両者をうならせる端的な言葉。これによって作者は、主人公の青年と一緒に読者にも写真の真意を理解させる。そうすることで、初めてのコンクールで優秀な成績をおさめるという空想の世界にありがちなラッキーな進行にもリアリティーを持たせている。

しかし、プロの写真家になるという夢はそう簡単に実現するものではない。物語の中の青年もやはり挫折する。それはとても現実的なことで、読者も「そりゃそうだよね」と腑に落ちる。それでも物語の中の青年は最後にもう一度奮起する。「都会に出て行って有名になるよりも、山間の町で魂を紡いだ作品が、日本中の人の心を震わせる、こちらの方が何倍も愉快ではないか」と。そう、それも実際にアリだ。僕は北海道の小さなテレビ局でバラエティー番組を作り続け、日本中の人に笑ってもらっている。それはとても愉快なことだ。でも、残念ながらこの青年がそれを実現したのかはわからない。

その後に登場するテレビ制作会社に就職が決まった女子大生も、娘の行く末を案じる中年ライダーも、42歳独身のキャリアウーマンも、それぞれの物語の続きを知る術は僕らにはない。

（編集部註：ここから物語の核心に触れています。未読の方はご注意ください）

でも僕らは最後に、数十年後の年老いた絵美とハムさんに再会する。

ふたりは、孫の萌を通して、現代の煩わしい問題を垣間みる。萌は思う。

「山を越えても、その先にはまだ砦がある。逃げ出すことはできないんだから、その中で戦いなさい」

それは絵美の時代よりも厳しい現実。おばあちゃんになった絵美は、そんな時代を生きる萌にとても具体的なアドバイスを送る。

「萌ちゃんが今できる麻奈ちゃんのための最善策を考えるの。萌ちゃんがラクになる方法じゃない。麻奈ちゃんが何を求めているかを考えるの」

自分の気持ちがラクになる方法ではなく、他人が本当に求めているものとは何かを考えさせる。現代を生きる多くの人々は、山を越えても砦に囲まれていると感じ、自分の中にも砦を築き、自分が傷つかないようにと努力し続けている。現実世界では他人に同調し、ネット上に広がる海のような漂いに、個人的な言葉を投げ散らかして憂さを晴らしている。そんな繰り返しの中で人は自分のことだけで精一杯になり、他人が心の中で本当は何を求めているのかなんて考える余裕をなくしている。でも人は結局、それほど難しいことを他人に求めてはいるのではなくて。ただ自分のことを認めてくれているかどうか、それさえ伝えてくれれば良いと、そう思っているだけなのだ。

萌は傷つけてしまった麻奈に言うべき正直な言葉を絵美に言う。

「誰が何と言おうとあたしは『ガラスちゃん』がとてもおもしろかったことを伝えたい」と。

この単純な思いこそ、実は絵美自身がハムさんにずっと求めていたことではないだろうか。でもきっとハムさんは、昔も今もそんなことは言わないだろう。だって、昔の友人たちと訪れた懐かしい場所に来ても「また四人でここに集いたい」なんてこっ恥ずかしくて言えないのが男で。でも心の中では「またここで集おう」と願っているのが男というもので。

でも、と僕は考える。もし年老いたハムさんが、学生時代を過ごした懐かしい町を絵美と歩いているときに、ふとこんなことを言ったらどうだろう。

「ファン第一号として、またきみの新作を読みたいんだ」

それを聞いた絵美おばあちゃんはどんな顔をするだろう。きっと絵美おばあちゃんは、高校生のハムさんが好きだった、中学生のころと同じ夢や希望に満ちた嬉しそうな顔をしてくれるに違いない。きっと絵美おばあちゃんは、しわだらけの顔をさらにしわくちゃにして笑ってくれるに違いない。そんな物語の続きを自分なりに夢想して、僕は最後のページを閉じました。

（ふじむら　ただひさ／テレビディレクター）

物語《ものがたり》のおわり
朝日文庫

2018年1月30日　第1刷発行

著　者　湊《みなと》かなえ

発行者　友 澤 和 子
発行所　朝日新聞出版
〒104-8011　東京都中央区築地5-3-2
電話　03-5541-8832（編集）
03-5540-7793（販売）
印刷製本　大日本印刷株式会社

Published in Japan by Asahi Shimbun Publications Inc.
定価はカバーに表示してあります

ISBN978-4-02-264873-0
落丁·乱丁の場合は弊社業務部（電話03-5540-7800）へご連絡ください。
送料弊社負担にてお取り替えいたします。